Für Gerdi

von

Horst Lay

HORST LANG
DIE ATZEL

Mundart-Kolumnen
aus der Saarbrücker Zeitung
2003 - 2010

BEXX GMBH MEDIEN- UND VERLAGSGESELLSCHAFT

IMPRESSUM

Satz: LUXX S.A., Remich/Luxemburg
Druck: Bexx GmbH Medien- und Verlagsgesellschaft, Sulzbach/Saar
1. Auflage 2011
ISBN 978-3-941748-00-2

INHALT

Atzel, Drossel, Fink unn Star **09**
Wellflääsch statt Wellness **10**
Mied, kabudd unn läädisch **11**
Ich glaab mei Händi piepst **12**
Mir sinn kää Neschdhugger **13**
Ei kennschde mich nimmeh? **14**
Was sich neggd das maan sich **15**
Alles lauder Experde **16**
Schnäbbcher in de Wääncher **17**
Unser Hund geht on Lein **18**
Alles im griene Bereich **19**
Die Karawane zieht um **20**
Krallemacher unn Knebbdrääjer **21**
Auf zum leddschde Geschäft! **22**
Immer beschdens bedient **23**
Also nää, wie originell **24**
Vill se heiß gebaad **25**
Was soll dann de Geiz **26**
Oh Maria, mei Drobbe! **27**
Gesucht unn gefunn **28**
Ich glaab ich grien die Flemm **29**
Doo iss alles geschwäddsd **30**
Verschwibbd unn verschwääscherd **31**
Bligg serigg vunn vorn **32**
Rathaus mit Fassongschnidd **33**
Geld un annere Kläänischkääde **34**
Noch massisch vill Zeit **35**
Mir hann kää Buddik **36**
Kräffdisch ebbes weggebuddsd **37**
Breedcher unn Spielcher **38**
Es Gelwe vumm Ei **39**
Maigibbse im Aanfluuch **40**
Hie doo – wer dort? **41**
Redden die Wahle! **42**
Mir Middelstädder **43**

Lauder schwenkende Geschdalde	44
Himmel unn Mensche	45
Modelladdleede in der Arena	46
Nix bleibt wies war	47
Doo mach dir mool e Bild	48
Kabaredde sich wer kann	49
Mer lernt joo nie aus	50
Käärdcher, Päss unn Passwerder	51
Wanns im Beidel dreimool klingelt	52
E Tännche steht im Walde	53
Kummt e Vochel gefladdert ...	54
Männer midd Spaade	55
Wann emool die Steckdoos streikt	56
Im Kiehlschrank brennt noch Licht	57
Em Müller sei Luschd	58
E Paradies fier Fischers Fritz	59
Solle mer wedde	60
Mach mer mool de Kinski	61
De Mond iwwer Dengmerd	62
Schwaanesee unn Tanzpalaschd	63
E Rasebank am Hünegraab	64
Isch hann e Plan im Sagg	65
Se sinn all ausgeflooh	66
Schnäägischi Eiszeit	67
Indianer im Summer	68
E Selbschgezabbdes	69
Fier Dengmerd e Medallje errung	70
Friejes Feschd!	71
Schmuggstigger unn antike Stään	72
Frielingsgefiehle im Herbschd	73
Spischel, Spischel ann der Wand ...	74
Nix genaues wääs mer nidd	75
Wuddserei im Wald	76
Hoch-Zeide fier Figaros	77
Wann de Waldi Gassi geht	78
Wie e uffenes Buch	79
Uff groosi Tour im Gau	80
Dengmerder Aushängeschilder	81

Dengmerder Luffd - gudd gewerzt	82
Besuch vunn driwwe	83
Ballisdigg fiers Fußvolk	84
Maß fier Maß in Dengmerd	85
E faires Aangebodd	86
Spinnereie im Summerloch	87
Hallali unn Hallimasch	88
Verneddsd unn zugenääd	89
Uff de Spuure vum May Karl	90
E kräffdischer Zuuch aus der Trommel	91
Erschd mool gudd gess ...	92
Machen kää so Krach!	93
E Bligg noo vorre	94
Alles nur Spielerei	95
Witz kumm raus, de bischd umzingelt	96
Friejohrbudds middem nasse Labbe	97
Tuurischde in Dengmerd	98
Wanns im Netzwerk zwäämool klüngelt	99
Mei liewer Schwaan!	100
Miede bin ich, gehn zur Ruh	101
Ei, wo klemmds dann?	102
Die Nas essd aach midd	103
Danz ums Feijer	104
Kulduur im Hinnergrund	105
Also nää, Zufäll gebbds!	106
Es iss zum in die Luft gehn	107
Nix wie Biecher im Kobb	108
Die ware middem Radl doo	109
Uffem Holzwää	110
Passen uff eier Pass uff	111
Spare werrd deijer	112
Emm Kaiser sei neije Werder	113
Wunschhlos gräädsisch	114
Morjestunn hadd korze Bään	115
Ball kää Luschd meh?	116
Raucher ins Eggelche	117
Maske in Blau unn Hering in Aspigg	118
E Bersch voll Schlagge	119

Söörwiss midd Back-Stubb	120
Ein Sägen fier Dengmerd	121
Geleede unn ungeleede Eier	122
Pi mool Daume	123
Traum-Dschobbs	124
Mundere Fisch im Wasserglas	125
Wann de Gasmann dreimool klingelt	126
Noo Gummere gammere	127
Kaader treffd Mieze am achte achte	128
Die Preisschraub iss logger	129
Saa zum Summer leise Servus	130
E klääni Schlachtmusigg	131
Heejeri Maddemadigg	132
Wann die Blädder zeidisch falle	133
Stäänzeit in Dengmerd	134
Dengmerder Unnerwelt	135
Tiecher-Ente unn annere Viecher	136
Harde Zeide	137
In Blei gegossener Kaffeesadds	138
Wanns Lamedda ab iss	139
Treuepunkte fier Dengmerder Kunne	140
Hochgestochenes unn Hausgemachdes	141
Dumm gelaaf	142
Verbinnendes unn Trennendes	143
Awweile iss awwer Feieroowend	144
Mir sinn so frei	145
Mir sinn biologisch	146
Unnerricht im Rinnbeise	147
Ei gebbds dich dann aach noch?	148
Midd Rat unn Tat beiseide stehn	149
Awweile goes it awwer loose	150
Jeede Daach Feierdaach	151
Originaale unn Noogemachdes	152
Glei kummt es Vechelche	153
Gruus aus Sankt Dengmerd	154
Gell, doo guggschde	155
Dengmerder Spätleese	156
Gloggespiel unn Klingelteen	157

Huddel midd de Päggelcher **158**
Johre im Zehnerpagg **159**
So spät noch uff **160**
Waard nur! **161**
Ich glaab, ich heer nidd richdisch **162**
Heringe uff Rezebbd **163**
Sie kinne ruuisch du zu mir saan! **164**
In Etappe uff Schuuschders Rappe **165**
Emm Kaiser sei neiji Stroos **166**
Friehjohr midd Piff **167**
Das doo iss joo kriminell **168**
Schulweh weejem Schulwää **169**
Haschde mool e Mark? **170**
Volle unn lääre Plätz **171**
Noo Schnäbbcher schnabbe **172**
E kiehles Helles uff die Bierstädder **173**
Dem Redaktör iss nix zu schwör **174**
Masseweis Urlaubsfoddoos **175**
Dengmerder Paradies fier Knoddler ... **176**
Awwer nadierlich! **177**
Deutsche Sprach - schweri Sprach **178**
Kischde voll Käschde **179**
Tragisches unn Luschdisches **180**
Milljoone unn Pienadds **181**
Es iss joo kää Wunner **182**
Trick 17 midd Hund **183**
Die Naduur schlaad serigg **184**

Annex **185**

„Die Grundlegung der Existenzphilosophie aus dem Geist des Saarländischen" Aus den nachgelassenen Schriften von Prof. Dr. Waldemar Kramm-Metzler

Saarbrücker Zeitung, 04.02.2003

Atzel, Drossel, Fink unn Star

Es schwirre joo all Sorde schrääsche Veschel unn verriggde Hingel durch die Geeschend. Doo frood mer sich nadierlich, wieso ausgerechend e Atzel jetzt jeed Wuch hie de Schnawwel uffreise derf. Woos doch vill nitzlischere Veschel gebbd, wie jeder Gefliechelzischder beschdäädische kinnd. Awwer e Hingel hadd hald nidd denne Iwwerbligg, weils gar nidd richdisch flieje kann. Vum Gockel mit seine ungeleede Eier brauche mer erschd gar nidd se schwäddse.

Unn de Klabberstorch, der wo bevelgerungspolidisch so wichdisch wär, denne kammer aach vergesse. Der iss joo ausem Kreiskrangehaus graad hochkandisch eraus gefloh. Unn die Nachdigalle die wo frijer moo so romandisch gesung hann, die heerd mer meischd nuur noch tabbe. Awwer isses nidd gloor, dass die Väschel in unsrer Sprooch so e schlechder Ruf hann. Lahmi Ent saad mer odder vumme Fußballer, er machd e Schwalb, was joo aach kää scheener Zuch iss. Odder änner pluuschderd sich uff unn bloosd Feddere in die Luft. Wo dann awwer oft hinnerhär de Pleitegeier uff Besuch kummt. Unn wer maan schunn ebbes se duun hann midd so Erscheinunge wie Rohrspatze, Schmutzfinge, Schnappsdrossele odder Schluggspechte.

Doodegeje iss doch e Atzel gar nidd so iwwel. Die iss neigierisch unn flied iwwerall hin unn kann de Schnawwel nidd halle. Unn schnabbd als gääre ebbes uff, was noo Ause scheen glitzert, fier e bissje genauer hinsegugge. Das soll nidd glei heische dass hie nur noch gefliechelde Worde abgesondert genn. Es iss joo nidd, dass mer schwätzt, mer saad joo bloos.
Ei allez dann, hallen eich munder unn lasse die Fliddsche nidd hänge. Bis näägschd Wuch mach ich die Fladder.

Saarbrücker Zeitung, 18.02.2003

Wellflääsch statt Wellness

Die Geschmäcker sinn joo verschieden, saad mer, besunnerschd beim Esse. De ään maan liewer Dibbelabbes unn Schaales. annere die woo e bissje meh Schbutz hann, die schlemme sich soo durch. Hie bei uns doo war mer eher fiers Deffdische. Unser keltische Urahne hann joo aangeblich ganze Wildschweine vedriggd. Beim Esse war doo nur wichdisch die Spachtelmasse. Unn mer hadd joo noch nidd soo uff die Figur uffgepasst. Wer schwäär schaffd, der derf aach beim Esse ebbes wegschaffe.

Awwer das mir noo dem Motto lääwe: Erschd moo gudd gess, geschaffd hammir noohäär schnell, das iss e beesi Unnerstellung. Es hadd joo aach Zeide gebb wos niggs gebb hadd wie Supp, Salat unn Kaffee. Aangefang hadd das mit der Esskultur dann, glaab ich, wie unser Vorfahre spitz kried hann, dass mer Nudelholz unn Waffeleise notfalls aach in der Kich benutze kinnd. Unn dann nadierlich wie mer ausem Urlaub die ganze Rezebde mitgebrung hadd. Leit, die wo mool gemännt hann, Zatziki wär e Haushaltsreinischer unn Proseggo e Versicherung, die kaafe heid uffem Markt Balsamico unn Pesto. Aanreeschunge kammer sich aach im Fernseje holle, wo aweile in all meeschliche Panne unn Dibbe gebruzzelt unn rumngeriet werd.

Doo gehn awwer aach die Aansichde schwäär ausennanner. Ich männ jedds iwwers Fernseje. Dutzende vunn Programme unn meischd niggs Rares. Dass manche Sender sich Kanal nenne kummd wahrscheins doodevunn dass mer das Programm direggd an die Kanalisation aanschließe kinnd. Awwer das iss widder e anner Gespräch. Also lassen eich de Abbedidd nidd verderwe in denne hoorische Zeide.

Saarbrücker Zeitung, 18.03.2003

Mied, kabudd unn läädisch

Sinn Sie aach dauernd so ferdisch? Ich glaab als ganz dass steckt uns all in de Knoche noch vunn unsere Ururahne her, die wo domols ihr Winderschloof gehall hann. Hann dies scheen gehadd! Awwer in drei Daach isser joo rum – de Winder. Unn dass mir dann nidd so ruggardisch uffwache, schickt uns die Naduur praktischerweis die Friejohrsmiedischkääd. Unn die Summerzeit, dass mer morjens e Stunn länger schloofe kann. Im Märzen der Bauer die Rösser aanspannt, hannse friejer gesung. Awwer mer is joo kää Päärd, unn desweje spanne mir erschd emool aus.

Dass es Friejohr awweile unweigerlich kummt, merkt mer ann de laue Temperaduure. Unn an denne dolle Audos mit Schiewedach. Wammer graad so scheen sei Middachsschlääfche halle duud unn träämt: Ich wollt ich wär e Tebbisch, doo kind ich de ganze Daach leije bleiwe, doo falld mer vor Schregg ausem Bett. Saa nur, die duun bei uns widder mool die Stroos uffreise? Awwer nää, es is nur e Kabrio, wo änner es Radio bis hinnewidder uffgeriss hadd unn sei Frielingsgefiele am Modoor auslossd. Der doo hadd nidd nuur es Verdegg uff, denkt mer unn dreht sich widder uff die anner Seit.

Doo sinn mir die Schneegleggcher liewer, die bimmele nur ganz leis, unn die Krokusse mache gar kää Gereische wannse wachse. Unn mer kann joo schunn drause hugge unnn ne doodebei zugugge. Awwer passen uff dass ner nidd die Fregg krien. Wie schnell leid mer uff der Nas. Ei das is e gudd Idee! Vunn dem doo Ardiggel bin ich ganz bibb. Ich verdinnisiere mich nommool in mei Neschd unn hau mich bis näägschd Wuch in die Feddere.

Saarbrücker Zeitung, 25.03.2003

Ich glaab mei Händi piepst

Seid mei Freind in Hannover uff der „Zehbidd" war, iss der ganz nääwe der Kabb vor Begeischderung. Ich hann noch ganz naiv gesaad, fier das bissje Fuusfleesche breischd er nidd so weit se fahre. Doo hadd der mich vielleicht aangeguggd. Unn hadd mier verggliggerd, was es doo fier subber-mega-neijes Spielzeich gebbd. Die Händies kinnde jetzt Bilder knipse, falls mer de richdische Knipser finnd, unn ihm sei Lieblingsarie spiele. Nur Kaffee koche kinnde se noch nidd. Awwer doodefier kann er sei Kaffeemaschien jetzt vumm Auto aus aanfunke, dass se schummool lossleed. Unn de Eierkocher is middem Kiehlschrank vernetzt. Der schickt dann e Fax, wann em ebbes fehlt. Wann nidd graad de Backoowe im Internet is. Mei Freind der is joo so wild uff alles, wo Knebbcher draan sinn zum draan drääje. Der hadd im Bad kää Dusch meh, der hadd e Brauser.

Stutzisch is der erschd wor, wie sei Wäschmaschien uffem Aanrufbeantworter vum elektronische Bischeleise hadd ausrichde losse, wies dann mool middeme frische Hemd wär. Unn de Doseöffner hadd beim Kiehlschrank aangeruf, bei ihm dääd noch es Licht brenne. Sei Garaasch, wo aach e Kamera inngebaut is, hadd ne erkennungsdienstlich behanneld, weil er sei Passwort vergess gehadd hadd. Se gudderleddschd is aach noch e dringender Notruf vunn seinem Konto kumm.

Unn wie dann bei der Hotlein so e Stimmche wie e Lorelei uff Krankeschein gefrood hadd: Was kann ich für Sie tun?, doo isser e bissje iwwergeschnabbd. Näägschd Wuch kummder awwer schunn widder raus aus der Nerveklinik.

Saarbrücker Zeitung, 08.04.2003

Mir sinn kää Neschdhugger

Mir Saarlänner sinn joo soebbes vunn boddemständisch, das is jo ball nimmeh scheen. Wo mir uns moo niddergeloss hann, doo schlaan mir Wurzele. Awwer uff der anner Seit sinn mir kää Neschdhugger. Wann Vollmond is oder die Sunn aanfangd se scheine, doo kummd unser zwäddi Naduur zum Ausbruch. Doo lasse mir dehemm dehemm sinn unn gehn uff die Schnerr. Mit dem Ruf: Nix wie jää! klemme mir de ambulante Schwenker unner de Arm unn ab geeds ins Griene oder ins Blaue. Dass aach mool exodische Landstriche mit unsere Kuldurgieder in Beriehrung kumme. Manchmool gehts sogar niwwer ins Pälzische, wo mer die bugglisch Verwandtschaft heimsucht. Wann die nidd selwer ausgefloo is.

Mir sinn nämlich aarisch mobil, was uff gudd Deitsch beweeschlich hääschd. Also nidd direkt mir selwer, weil mir hanns meischt furchbar im Kreiz unn Bloose an de Fies. Awwer middem Audo, wo joo middem Familienoome Mobil heischd. Wanns nidd graad im Stau stegge bleibt. Mer losst sich joo nidd gäär noosaan, mer ging känner Häärd noo. Desweje sinn se all gleichzeitisch kilometerweit uff Tuur – ään äänzisches fahrendes Volk.

Denne wo das zu stressisch is, die fahre liewer mit der Bahn, das sinn dann die Zuuchveschel. Doo hadd mer awwer aach sei Huddel. Die Bahn kummt, saan se in der Reklame. Das kann joo sinn, awwer mer wääs nie genau wann. Am schlauschde maches die Wanderveschel, die gehn em Stress ausem Wää. Unn geniese die ville scheene Fleggscher in unserer Geeschend. Wo emm es Herz uffgeht unn nidd es Messer im Sagg vor lauder lauder.

Saarbrücker Zeitung, 15.04.2003

Ei kennschde mich nimmeh?

Es gebbd joo heidsedaachs, wo se all ziemlich bedribbsd erumm laafe nix Erfreilicheres wie freindliche Mensche. Awwer manchmool kinne die emm aach ganz scheen in die Bredullje bringe. Wann nämlich so änner uff emm zukummt, wo strahlt wie e Baddschäämer, unn em bei der Begriesung beinäägschd zwää Ribbe kabudd schlaad: Unn, alder Lazaroner, was treibschde dann so? Doo werd mer gäär saan, mer wär selwer vill se vill getrieb als dass mer vill treiwe kind.

Unn mer iwwerleed krampfartisch, ob mer denne jetzt kenne missd unn wenn joo wieso. Unn solang mer das nidd genau wääs, passt mer besser uff was mer reduur gebbd. Weil alles was mer saad, kann joo geeje em verwendet werre, wies in de Krimis immer so scheen hääschd. Vielleichd is es e alder Schuulkameraad unn er schafft uff der Regierung, odder er hadd ääni geheirad wo änner kennt ... Wer wääs wie mer so jemand mool noch gebrauche kinnd. Zu freindlich derfs mers nadierlich aa widder nidd mache, es kinnd joo änner sinn, der wo em blos aanbumbe will.

Was gar nidd gudd aankumt is so e saarlännisch herzhaftes: Ei lääbschd du aach noch? Das kridd änner leicht in de falsche Hals, weil er mennd, es wär e Vorwurf, dass er noch nidd längschd de Fiererschein odder am beschde gleich de Leffel abgebb hädd. Unn mer sollt aach nidd frooe: Klappts noch?, weil dann unweigerlich kummt: Joo, unn wanns sesamme klappt! Es beschde iss mer trefft jemand uffem Stadtfeschd. Doo brauch mer sich nur pantomimisch mit Handzeiche se unnerhalle, weil mehr sowieso kää Wort versteht. Doo kammer aach niggs Verkehrdes saan. Odder der duud uns werklich mit jemand verwechsele. Doo losst mer nur falle, mer gängd ne genau kenne unn grääd noch 50 Mark vun em. Doo is mer denne schnell los. De Schock kummt hinnerher wammer denne sieht mit dem wo der uns verwechselt hat: So soll ich aussiehn? Doo kammer nix mache, mir werre all älder. Bis zum näägschde Mool minneschens e Wuch.

Saarbrücker Zeitung, 22.04.2003

Was sich neggd das maan sich

Ich muss eich ebbes Schlimmes beischde: ich hann nix geje Pälzer. Also perseenlisch. Die Veschel unn mir Atzele besunnersch mir gugge joo nidd so uff Grenze. Mir flieje doo äänfach driwwer weg. Iwwerhaupt hann ich de Verdacht, dass mir Saarlänner meh mit de Pälzer gemeinsam hann als wie uns lieb is. Ei, wammer im Saarpfalz-Kreis wohnt! Unn die endlos luschdische Witze, die wo doo kursiere, die kammer joo leicht riwwer unn niwwer verzähle.

Ich bin awwer vielleischd e bissje voringenom. Odder hann ihr gewissd, dass es midde in der Palz e Ortsdääl gebbd, der wo Atzel hääschd? Gell, doo guggener! Unn zwar in dem scheene Städtche Landstuhl, wo die Bursch Nanstään steht. Doo hadd de Franz vunn Sigginge gehaust, der wo sogar beim Goethe vorkummt. Unn vorsch Johr hann se dort das Teaaderstigg „Herzogsnarre" uffgefiehrd. Unn doo wäre mer widder in Dengmerd. Weil der wo das geschrieb hadd, de Heinrich Kraus, der is hie bei uns geboor. Unn wohne duud er jetzt in der Palz. Unn das was er dichte duud, das kammer in der ganz Welt lääse bis ins Japanische eninn. So sinn se, die Dengmerder.

Awwer e anneri Sach wärs nadierlich, falls änner versuche sollt fier sich unser klään Ländche unner de Nachel se reise. So als Aanhängsel, als „Appendix" (Nidd se verwechsele midd dem erschde Knappschaftsarzt ausem alde Gallje, der hadd genauso gehiesch). Wie mer an dem Dobbelnoome „Rheinland-Pfalz" sidd, sinn die Pälzer joo schunn verheiraad. Unn wammir dann doo noch debei käme, doo wär das joo e Dreieggsverhäldnis. Unn so ebbes machd mer äänfach nidd!

Saarbrücker Zeitung, 29.04.2003

Alles lauder Experde

Mer macht sich joo iwwer alles meeschliche so sei Gedanke im Lääwe. Mir dabbische Normalverbraucher tabbe doodebei awwer meischd ziemlich im Dunkele. Unn wammer dann midd unsere Spatzehirne widder mool im Wald stehn, wärs scheen, mer hädd jemand, der wo uns zeid wos lang geht. Ich menn jetzt nidd unbedingt die Kameraade am Stammdisch. Die schwäddse joo all so, als ob se Ahnung hädde. Wanns aach nuur e ziemlich dunkli iss. Nää, wammer richdisch uffgeklärt genn will, – iwwer die Weltlage unn alles – doo heerd mer am beschde uff e Experde. Unn die gebbds joo mittlerweil meh wie genuch. Experde fier Gesundhääd, fier Sicherhääd, fier die Ernährung, fier wer wäs was unn leider aach Militärexperde. Fussballexperde breichde mer eichendlich nidd, das simmer all selwer.

Dass änner Experde iss, das merkt mer an der Titulatur unn dass er aarisch schlau im Fernsehn schwäddse derf. Es gebbd aach ganze Inschdiduude voll Experde, meischdens aus Iwwersee unn streng wissenschaftlich. Iss ihne schunn uffgefall, dass das faschd immer amerigaanische Forscher sinn, die wo zum Beispiel spitz kried hann, dass mer morjens schlecht raus kummt, wammer nachts nidd beigeht. Odder sie hann noo jahrelange Unnersuchunge feschdgestellt, dass statistisch gesiehn linkshändische privatversicherte Brillenträäjer mit Halbglatze im Schnitt 1,7 mool so vill Lioner verdrigge wie alläänstehende Kassepaziente mit Schweissfies unn Fachabitur. Das hädd ich jetzt nidd gedenkt. Awwer was e Gligg, dass mir so Experde hann, sunschd missde mir all noch dumm sterwe.

Wo e paar Experde uff äänem Haufe hugge, doo heischd das Kommission. Odder Ausschuss. Also wann e Gremium schunn mool so heischd, doo hann ich e ganz ungudddes Gefiehl. Unn gehn liewer widder an mei Stammtisch wo die ganze Spezialischde hugge. Doo verzähle se aach vill Fubbes, awwer mer kanns ne wenischdens saan: Das doo kannschde ennem verzähle, der wo die Buggs mit der Beisszang zumacht!

Saarbrücker Zeitung, 13.5.2003

Schnäbbcher in de Wääncher

Mir misse joo alle spare un das nidd se knabb. Doo kenne mir nix. Unn so Sonderangebote gebbds joo aandauernd, mer muss nuur genau in der Zeidung gugge: Schaffbuxe, Gebissreinischer, rechtsverdrehder Joggurd oder vorderasiatisches Knabbergebäck. So ebbes kammer joo immer gudd gebrauche. Unn sowas vunn billisch, mer glaabds ball nidd. Nur dummele muss mer sich, sunschd hadd emm ääner die Schnäbbscher weggeschnabbd. Unn dann heischds: Die Heggeschääre? Ei, die sinn all all!

Desweje gebdds dann die Schlange vor der Kass. Hauptsächlich drei Sorde: die Wasserschlange, das sinn die wo ihr Läärguut serigg bringe. Die Blindschleiche, wos nidd vorran geht unn die Leid sich geejeseidisch in die Kniekeelcher fahre, weil se nidd gugge. Odder die Riesenschlange, wann nur ääni Kass uff iss. Wann die Schlang iwwer 20 Meeder lang iss, gebbd se gedäält. Doo ruft ääns: Leeje se schummool uff der anner Kass uff. Unn glei isse widder verschwunn.

Awwer mer will joo niggs saan iwwer die arme Määde an der Kass, die hanns schunn schwäär genuch. Ich bin immer ganz begeischdert, wie schnell die alles intibbe was mer kaaf hadd. Vill schneller als wie mers inpagge kann. Doo kummd mer sich dann vor wie uff der Aarwed. Hall druff! denkt mer unn dummelt sich, dass mer dem näägschde nidd in de Fies erum laafd. Awwer eischendlich will mer die Sache jo nidd bloos bezahle, mer wirds joo aach gääre midd hemm hole. Wammer das ganze Gelumb äänfach leije lasse wird, gings nadierlich flodder. Awwer dann wäres joo kää Schnäbbcher meh. Unn weitere Kommentare duun ich mir spare.

Saarbrücker Zeitung, 20.5.2003

Unser Hund geht on Lein

Mir Saarlänner sinn joo schwäär sprachbegabt. Bevor mir in die Schul kumme doo schwäddse mir schunn perfekt auslännisch. Seerschd mool unser Dialekt, dann e astreines Hochdeitsch mit Striefen drein unn dezu noch e bissje Loddringisch fier de Grenzverkehr unn e paar Brogge Italienisch wammer Eis kaafe gehn. Desweje hammir aach gar kää Huddel midd denne ganze englische Ausdrigg wo heidsedaachs schwäär in sinn. Das is alles weeje der sogenennde Klobanalisierung, glaab ich. Awwer sowieso is das Englische joo faschd es selwe wie unser Saarlännisch: Tee heischd bei denne tea nur warum die doodebei immer e Kapp off hann, is mir nidd ganz klar. De Summer werd im Englische genauso geschrieb, die duuns nur e bissje verknoddelt schwäddse. Bei der Farb grien isses umgekehrt. Die schwäddse das genauso, nur duun ses komisch schreiwe. A propos grien: die beriemd Grien Kaard, die iss joo eischendlich e saarlännischi Erfindung. Bei meiner Fraa im Kerchechor, wann die e Konzert gewwe, doo frooe die Leid immer: Kinnd ich noch e Kaard grien? Awwer Kaarde heische joo jetzt Tickets unn mer muss se telefonisch beschdelle, nur nennt mer das das awweile Hü- unn Hotline. Seit das nämlich nimmeh Telefon heischd, geht doo kenner meh draan an die Stribb.
Nää werklich, manchmoll duun ses iwwertreiwe mit ihrem fit for fun unn life-style unn Autowash selfservcie. E Freind vunn mir hadd neilich getobt: Solang ich kää Rehbock bin, sinn mei Kinner aach kää Kitz. Odder das Walking, wo so Reklame defier gemacht gebbd. Fier uns heischd das immer noch Massage. Weil mir joo immer schunn eejer franzeesisch aangehaucht ware. Wann mich noomool änner aanlaabert mit call-zenter unn faschd food unn dem ganze gaga-speech, doo saan ich nur: Jetzt mach awwer mool e point! unn schwätze mit dem Platt. Doo versteht der dann aach nix, awwer ich hann äänfach vumm Feeling her e guddes Gefiehl, wie e grooser Balltreter mool gesaad hat.

Saarbrücker Zeitung, 27.5.2003

Alles im griene Bereich

Graad wo mer es leddschde Mool devunn geschwäddsd hann, doo stehts schunn in der Zeidung: Es grient so grien unn zwar am Grien. Unser Saarland soll e richdischi Golf-Reeschion werre. Also nidd so balaawermääsisch, nää scheen friedlich unn gedieschen. Unn doo gebbd aach nidd druff geschlaa, sondern drunner. Nämlich unner so klääne Bäll, die wo vunn weidem ausssiehn als wenns Eier wäre vunn freilaafende Hingel. Joo werklich, iwwerall wolle se jetzt so Plätz aanleje, wo mer Golf spiele kann, alles scheen im Freie. Desweje is das awwer noch lang kää Feld-, Wald- unn Wiese-Sport.

Friejer hann das nur Leid gepielt wo Schbutz gehadd hann. Das wär awwer nimmee so, heischds jetzt. Golf Spiele wär so billisch wie Zigaredde raache, hadd der ään gesaad. Hoffentlich hadd das de Finanzminischder geheert, doo hädd der aach mool widder was se lache. Mei Freind de Schorsch, der war doo glei debei. Er hadd zu seinem gesaad: Leh mer mool mei Golf-Sogge raus. Wieso dann Golf-Sogge? – Ei die mit denne 18 Lecher.

Doo häddener ääs awwer mool solle heere. Vunn weje e Bällje in der Geeschend erumm se schlaan wo er doch sowieso sei Sache nie finne dääd. Unn sei Händikäbb, das dääd se schunn lang kenne. Er gengd joo noch nidd emool middem Nachel es Loch in der Wand treffe. Er hadd dann noch was gemurmelt vunn Ballistik unn dem groose Star Taiga Wutz awwer es hadd em nix genutzt. Er spielt jetzt widder Minigolf. Doo schlaad er aach dauernd denääwe. Awwer wann er de Hund mit nemmt, brauch er nur se rufe: Suchs Bällje!

Saarbrücker Zeitung, 24.6.2003

Die Karawane zieht um

Mer glaabds ball nidd, was in so e klääni Wohnung an Gerimbel unn Krembel alles eninngeht. Erscht wammer aus seiner ald Behausung eraus soll, kumme die ganze Reichtümer zum Vorschein. Midd Faasenacht hadd so e Umzuch nix se duun, er iss nämlich dobbelt so deier, awwer doodefier nur halb so luschdisch. Es iss meh so wie Weihnachde unn Ooschdere sesamme: Iwwerall stehn Pakeede erumm, mer iss allegebodd am Suuche unn stoost dauernd irjendwo uff Iwweraschunge. Dann ruft ääs ausem Keller: Gugge mool was ich doo gefunn hann! Zwää Tisch-Grille, e Fondue-Gerät vum leddschde runde Gebordsdaach unn e Reemer-Dibbe mit leichte Macke. 40 Joorgäng vun Scheener Wohne, leicht angeschimmelt unn 23 Gläser Ingemachdes vumm Tande Luwies mit Haltbarkeitsdatum ausem voorische Jahrtausend.
Die Requisiddekammer vumm Staatstheater is nix degeje. Mer kinnd menne de Mensch stammt vumm Hamschder ab. Ään Gligg, denkt mer noch, dass unser Klääner Blockfleed geleert hat unn nidd Klavier, sunscht missde mer das aach noch mitschlääfe. So e Umzuuch muss joo strategisch geplant genn. Wammer dann wääs, wo das ganze Gelumps in der nei Wohnung hinkummt, merkt mer uff äämool, dass kää Platz meh is fier die Meewel. Awwer wer brauch schunn Meewel, wanner e Dach iwwerm Kobb hat.
De Mensch is e aanhängliches Wesen unn will joo aach nix weg-schmeise. Wer wääs wie mer soo e Näädsrellje nochmool gebrauche kinnd. Mer wird sich gäär per Handschlag vun jedem gudde Stigg verabschiede. Unn das guggd emm dann so vorwurfvoll aan, dass mer garnidd hingugge kann, wammers weg schmeißt. Desweeje leid am Container aach immer so vill denääwe. Unn wammer sich dann mool doodezu durchgerung hadd unn macht klar Schiff, bringe garandiert bei der Inweijungsfeier die Leid dann neier Nibbes mit. Damit mer sich in der nei Wohnung so richdisch wie dehemm fiele duud.

Saarbrücker Zeitung, 1.07.2003

Krallemacher unn Knebbdrääjer

De Luftraum hie owwe gebbd langsam e bissje eng. Weil em in de ledschde Wuche immer effder Prominende unn soone, wo sich doodefier halle, uff ihrem geischdische Hööjefluuch entgeje kumme. Die sinn meischd noch nidd ganz drogge hinner de Ohre unn ejer durch Schberenzjer uffgefall, awwer se schreiwe schunn mool ihr Memoire. Unn weil mir uff anner Leids Balaawer unn Gehuddelsches ganz gierisch sinn, gebbd das kaaf wie wild.

Der ään is mit seine Enthüllunge sogar in die Lischd fier de beschde Sellerie kumm, oder wie das heischd. Unn er soll jetzt doodefier es Bundesverdienschdkreiz am Bembel grien. Doo kammer mool sien was so e Hitzwelle alles aanrichte kann. Weil er sei Steiere in Deitschland bezahlt. Wann das so iss, doo hädde mir joo aach all noch Chance. Jetzt hat noch e beriehmder Ledder-Akrobat zugeschlaa, im wahrschten Sinne des Wortes. Ich hanns ne all all gewies, so heischd das kolossale Opus vumm Effenbersch. Wahrscheins mennt er doodemit sei Stinkefinger, weje demm se ne doomols aus der Nationalmannschft erausgeschmiss hann.

Awwer in unserer Äätsch-Gesellschaft kummt mer joo mit so originelle typische Handbeweeschunge immer gudd aan. Unn er haddd sich joo aach so uffgereescht iwwer die ganz Faulenzer die wo bei uns nix meh schaffe wolle. Ganz annerscht wie die arme Fuusballer, die wo sich geschlaane 90 Minudde abhetze misse. Unn manchmool sogar zwäämool in der Wuch. Doo kinnde ihr eich mool e Beischpiel draan holle. Unn denken draan, das ner de Ball scheen flach halle odder wie mir Veschel saan: Immer iwwer die Flieschel!

Saarbrücker Zeitung, 15.07.2003

Auf zum leddschde Geschäft !

Sunddache sinn joo sowas vunn zäh unn langweilisch. Weil das de äänzische Daach iss, wo die Geschäffde zu sinn. Mir sinn im Grund all Jääscher unn Sammler, awwer mir hann äänfach nidd genuch Geleeschenhääd fier unser villes Geld unnersebringe. Weil die Geschäffde nidd lang genuch uff hann. Behaupte jedenfalls unser Owwere. Weil, mir missde dringend die Wirtschaft aankurbele. Unn die Kurbel hädde se jetzt gefunn. De Frieh-Schoppe kammer vergesse, was uns widder uff die Bään bringt, is Spät-Shopping. Die ganz Wuch unn besunnerscht am Samschdaach minneschdens bis 8 Uhr geöffnet! Die Feierdaache wolle se joo aach ball ganz abschaffe. Es gääbd nix meh se feiere, so saan se. Unn die paar wo noch in die Kerch gehn, die kinne das in der Middaachspaus mache, wo sowieso noch die meischde Geschäffde de Rollade runner mache. Doo leid nämlich de Haas im Peffer: se sinn sich unnerenanner noch nidd ganz äänisch, wer wo wann unn wie lang sei Laade uffmacht. Wie ich mich bei denne beschwääre wollt, die wo das ausgeheggd hann, doo wars Freidaach middaach unn se hann graad die Dier zugesporr. Ei so grien mir das doch nie gereeschelt. Wann mich morjens um 5 Uhr zum Beispiel de Kaufrausch packt odder ich grien nachts Luschd uff e Dutzend Hering, doo stehn ich dumm doo. Gudd, ich kinnd an die Tankstell fahre. Awwer dort gebbds widder kää Briefmarke.

Bei de Banke is das prima gereeschelt, doo kammer kumme wammer will, mer driggt uffs Knebbche unn prompt kumme die Scheincher raus. Gummo was fier e fein Sach, hann ich gedenkt. Awwer es war doch e Hooge debei. Die hammir doch tatsächlich hinnerher das ganze vunn meinem Konto abgebucht. Unn jetzt hugg ich doo, ich hann Zeit noch unn nöcher unn all Geschäffde hann uff. Es äänzische was mer fehlt isses Geld. Awwer dass es hinnerher nidd widder heischd ich dääd mich verweischere, gehn ich jetzt graadselääds groos inkaafe. Uff Pump. Es is joo fier e gudder Zweck.

Saarbrücker Zeitung, 29.07.2003

Immer beschdens bedient

Jetzt laafe se widder uff Hochtuure, die Bedienunge in de Lokale unn in de Biergäärde. Die Heinzelmännjer unn -weibcher, die wo all die feine Sache aanschlebbe, wammir die Bään unner de Disch stregge unn uns de Gudde aanduun. Awwer ich hann immer das Problem, wie ich se rufe soll, wann ich noch gäär e Nachschlaach hädd. Mer will joo nidd als Hewwel uffalle. Äh, Bedienung! is vielleicht nidd ganz die allerfeinschd Art. Unn Frollein rufe joo noch nidd mool meh die Schulkinner ihr Lehrerin.

Herr Ober saad mer wahrscheins nur in ganz edle Etablissemangs. Wo de Kellner noch im Frack serviert odder die Mamsell im Häubche. Es beschd wär joo dann noch: Schwester Oberin. Manchmool schwätzt mer aach anenanner vorbei. De Enkel wunnert sich, dass ausgerechnet de Opa mit seiner klään Rente dauernd dran iss mim bezahle. Weil de Babbe immer saad: Oba, zahle! Die Bedienunge unnerenanner nenne sich joo Kolleesche. Ei es heischd doch immer: De Kolleesch kummt glei. Nur kridd mer denne so schwäär se greife. Ich mache das neierdings iwwers Handy unn rufe am Buffet aan: An de Disch 12 missd dringend e Bier hin.

In de Hotels hann se desweje beim Friestigg die Selbstbedienung inngefiehrt. Odder es gebbd e Service-Team. Das derf mer ausnahmsweis uff englisch saan. Uff deitsch wird das nämlich Mannschafft hääsche unn das wär joo diskriminierend. Weil in der Gastronomie joo aach die Fraa schafft unn das nidd se knapp. Apropos knapp, ich genn immer e scheenes Trinkgeld. Obwohl die joo eischendlich im Dienschd gar nix trinke derfde.

Saarbrücker Zeitung, 5.08.2003

Also nää, wie originell

Jetzt isse joo erumm, die groos Ausstellung vumm Albert Weisgerber, wo se sei Bilder vunn iwwerall her sesamme gedraa hann. Unn alles Originale! Wo mer graad devunn schwätze: es hadd joo in Dengmerd noch e Albert Weisgerber gebb unn das war aach e Original. De „Senkel" war in Dengmerd minischdens genauso bekannt wie sei beriehmder Unkel unn Padd. Wammer midd dem sesamme durch die Stadt gang is doo is mer als in der Stunn nur 10 Meeder voran kumm, weil er iwwerall Leid getroff hadd, mit denne wo er hadd kinne sprooche. Unn de Senkel war joo aach de äänzische Mensch, der wo uff seiner eischene Beerdischung Musigg gemacht hadd. Ei, wie sellemools es Zedd-Dee-Eff hie bei uns denne Film „Die Buddick" vum Heinrich Kraus gedreht hadd, doo hadd de Senkel in seiner Roll e herzzerreissendi Sterwe-Szeen hingeleed. Unn bei der Beerdischung vunn dem, wo er doo gemiemt hat, doo hadd die Berschkabell gespielt. Unn doo hadd nadierlich de Senkel aach nidd derfe fehle.

Unn so Originale hadds joo in Dengmerd frieher noch meh gebb, zum Beispiel de Ammenickel. Mer mault joo als, dass es so urische Type heidsedaachs nimmeh so vill gebbd. Awwer wann se masseweis vorkääme dääde, doo wäres jo kää Originale meh, odder? Im Grund kumme mir joo all als Original uff die Welt. Mer wunnert sich dann nur, dass noher so vill Abziehbildcher doo rumlaafe. Unn wann mer vunn äänem saad er wär e kloorer Typ, doo mennt mer ejer, dass er vielleicht nidd ganz kloor im Kobb is. Unn es heischd höchstens: Das doo iss mool widder typisch. Weil mer denne Titel Original erschd verlieh kridd, wammer nimmeh doo is. Dann saan die Leid: Wääschde noch…? Das hann die Originale iwwrischens midd de Kinschdler gemeinsam. Ich menn jetzt die richdische, so wie de Mooler Weisgerber. Mich mecht mool wisse, was die Dengmerder iwwer denne gesaad hann, wie er noch gelääbd hadd. Awwer vielleicht doch besser nidd!

Saarbrücker Zeitung, 12.8.2003

Vill se heiß gebaad

Fier all die wo unner der doo Hitz stöhne, hann ich e echter Geheimtibb: Kneipe. Nidd was sie jetzt menne. Nä, in Schüre midde im Wald gebbds e Treedbegge, wo mer sich sei gliedische Haxe unn sunschdische Exdremitääde scheen erfrische kann. Unn uff dem Parkplatz vorredraan doo steht sogar e Schild: Betreten der Eisfläche verboten! Also wammer doo nidd uff kiehle Gedange kummt.
Noch besser hannses in der Beziejung joo in London. Doo hadd e grooses Kaufhaus jetzt sogar schunn sei Weihnachts-ardiggel in die Regale gestellt. Ei die hannse doch nimmehr all am Chrischtbaam! Unn doo behaupte se als, es Wedder gängd veriggt spiele. Awwer mir brauche uns garnid iwwer annere se amisiere: ab näägschde Monat leid aa bei uns in de Auslaache de Spegulaadsius unn de Lebbkuuche. Solle mer wedde? Die Leid wolle das so, weil se dann alles schunn rechtzeidisch innkaafe kinnde, so gebbd gesaad. Joo, vunn weje! Was die Leid so alles wolle, das hadd mer voorisch Wuch im Fernsehn gesiehn. Do hadd sich änner, wo um 12 Uhr middachs in Spanie am Strand gelää hadd, beschwert: Es ist rein gar nicht auszuhalten. Doo is mir nur de Spruch ingefall: Das hallschde doch im Kobb nidd aus. So e rooder Ballong hadd der gehadd. Awwer solangs joo kää lääwenswichdische Organe treffe duud. Wahrscheins hadd der geheerd, dass es 45 Grad im Schadde sinn. Unn doo hadder gedenkt, dem gehn ich ausem Wää unn leje mich in die Sunn.
Odder er hadd vumm Doggder geheerd, mer miss'd bei denne Temperaduure vill trinke unn hadd das falsch verstann. Doo duun se als forsche obs intelligendes Lääwe uff annere Planete gääb. Wammer sowas sidd unn heerd, doo frood mer sich ejer, obs intelligendes Lääwe uff unserm Planede gebbd. Also, aach wann die Brieh noch so laafd: Immer cool bleiwe. Es beschde is e scheener Schadde. Unn das nidd nur wammer in Kur geht. Unn wanns ganz schlimm kummt, draan denke: In 30 Wuche is Weihnachde aach schunn vorbei. So schnell kann ebbes gehn.

Saarbrücker Zeitung, 26.08.2003

Was soll dann de Geiz

Mit unserem Geld isses wie mit manche Leid ihre Buxe. Es sitzt schunn lang nimmee so logger wie friejer. Abgesiehn doodevunn, dass ich mer e bequemeri Sitzgeleeschenhääd denke kinnd wie uffm Geld se hugge, iss dass joo finanzökonomisch gesiehn es Verkehrdeschde was mer mache kinnd. Doo sinn sich unser sämtliche Finanzminischder unn Stadtsäckelkämmerer äänisch. Weil de Staatsbürscher awwer de Verdacht hadd, die wollde ihm nur an sei Beschdes, doo stellt er sich graadselääds stuur unn saad: Awwer ihr kriens nidd! So verbohrt sinn als die Leid.

Doodebei hann se vor e paar Jährcher noch midd de Scheine unn de Aktie nur so um sich geschmiss mit Holla, die Geige! unn Was koschd die Welt, ich kaaf se!. Unn uff äämool soll Geiz geil sinn! Wo unser Wirtschafte doch unser Geld so needisch brauche dääde, damit se widder floriere kinnde. Was mir mache mit unserer Kniggischkääd wär ganz falsch, saan die Experde. Mir missde meh bumbe, unn zwar das Gesparte in de Kreislauf, de ökonomische unn in de Konsum. De Rubel missd rolle, duun se uns preddische. Joo vun weje! Wann mir denne mit Rubel käme, doo gängde die dumm gugge. Unn Geld wo rollt, wolle die aach nidd. Die nemme doch nur Geld wo knischdert.

Demnägscht kummts noch so weit, dass mer sich strafbar macht, wammer sei Geld sesamme halt. Zum Beispiel, wann änner uffheerd mit Trinke unn Raache unn vielleicht sogar nimmeh sei Auto benutzt unn dann vun dem gesparte Geld ins Ausland in Urlaub fahrt, doo is das joo heid schunn e eindeutischer Fall vunn Steierflucht. Also lossen eich doodebei nidd verwiddsche!

Saarbrücker Zeitung, 11.09.2003

Oh Maria, mei Drobbe!

Das is de Stoosseifzer vunn all denne, die wo feschdstelle, dass uffem Kalenner mool widder e Daach middeme dicke rote Kreiz markiert is. Doodebei kinnd e Geburtsdaach doch so e scheeni Sach sinn. Wann er em nidd penetrant doodraan erinnere dääd, dass mer schunn widder e ganzes Johr älder worr is, unn zwar mit wachsender Geschwindischkääd. Awwer denne richdische Schock grieht mer an denne sogenannte runde Geburtsdaache. Jesses Maria, wo sinn se hin de paar Jährcher! Uff äämool hat mer vorre die Zahl gemeinsam mit Leid wo mer doch gedenkt hat es wär ball e anneri Generation. Wammer die Kerze uff der Geburtsdaachstort nimmeh packt fier ausebloose awwer die Tort selwer schunn noch, dann kummt mer langsam ins gesetzte Alter. Odder wammer im Bus steht, doo guckt mer änner ganz wiedisch aan unn denkt: Unnersteh dich un biet mir e Platz an! Solang mer jung is macht em das nix aus, weil mers joo nidd erwarte kann bis mer zu de Große geheert. Awwer das geht schneller wie mer denkt. 20 is joo es scheenschte Alter, doo brauch mer nidd driwwer se schwätze. Bis 30 muss mer gugge, dass mer unner die Haube kummt, weil se joo saan: Trau keinen über 30. Mit 40 hat mer statistisch so ungefähr die Hälft gepackt, doo kried mer dann langsam die Krise in der Lebensmitte. Mit 50 is mer angeblich im beschde Alter, awwer es is halt e aarisch rundes Datum. Wammer mool die 60 erreicht hat, doo hat mer joo schunn Routine im Bilanz zieje, doo traad mer das mit Fassung. Un mit 70 doo geht joo dann schunn es biblische Alter los, doo brauch mer sunscht kää Geschenke meh. Wanners nit glaawe, lääsen dort mol noo. Awwer ich heere jetzt uff mit denne tiefsinnische Gedanke. Ich schicke an all Geburtsdaachskinner, an die runde unn die schlanke, e herzlicher Glickwunsch. Feiere scheen unn lossen eich reich beschenke. Doo siener dann mool dass es aach sei Vordääle hat, wammer älder werd. Besunnerschd wammer bedenkt was die Alternative wär.

Saarbrücker Zeitung, 18.09.2003

Gesucht unn gefunn

Wer sucht der finnd, das saan se als, die Owwerschlaue. Wann das stimme gängd, doo missd ich joo andauernd ebbes finne. Ich bin nämlich laufend am Suche. Mer macht sich joo kää Vorstellunge wie hinnerhäldisch so Schlisselmäppcher odder Brilleetuis sin kinne. Doo käm doch e normaler Mensch nie druff, fier in denne unmeeschliche Egge se suche, wo die sich versteggele. Mei Fraa hadd schunn gemennt, ob ich mer nidd besser e Hund aanschaffe, der kinnt mer suche helfe. Vielleicht hann ich aach de beese Blick, dass sich bei mir all Zeich so ver-krimmelt. Unn das scheint sich sogar rummseschwätze. Wann ich irjendwo hinkumme, dann saan se glei: Ei was suchscht du dann doo?
Am schlimmschde isses wann es Sogge-Monschder zuschlaad. Kaafe duun ich die Strimp immer paarweis. Unn ich wääs joo aach nidd was die in der Schublad so treiwe. Awwer anscheins hann se sich ziemlich ausenanner geläbt, weil ich die dann nie meh sesamme siehn. Mei Klääner hadd mer jetzt awwer e Tip gebb. Es gäb im Internet so Suchmaschien. Ei, doo genn ich bloos in: dreggische Sogge unn schunn wääs ich wo se geblieb sinn. Praktisch is aach so e Händi. Wann das sich mool widder verdinnisiert hadd, doo ruf ich äänfach vun der Telefonzell aus an, doo heert mers klingele. Wieso vun der Telefonzell? Ei menne Sie, seit das Telefon nimmeh an so rer Schnur feschtgebunn iss, doo dääd ich das finne. Awwer annere Leit gehts scheins aach so. In der Zeitung hann se jetzt e Meldung gebrung, was mer uffem Fundbüro alles abholle kinnd: 3 Dutzend Räänschirme, Uhre, Taschen in all Greese, e beleedes Breedche, wo mer nidd wääs is es alder Gouda odder junger Schimmelkäs un zwää Trauringe. Das erinnert mich an die Geschicht, wo de Delinquent vorm Richter steht unn der ne froot: Wieso hann sie denne Ring wo se gefunn hann, äänfach inngesteckt. Ei das hann ich doch derfe, hat der doo gesaad, gugge se mool was doo drinn steht: Auf eewisch dein.

Saarbrücker Zeitung, 25.09.2003

Ich glaab ich grien die Flemm

Uff denne Johrhunnertsummer kummt jetzt de ganz hundsgeweenliche Herbscht. Awwer nää, das derf mer so nidd saan, weil der joo aach noch sei scheene Daache hadd. Wann er maan. Doo gebbds die Kerb, mer kann Drache steije losse, die Blätter leeje noch e bissje Rouge uff, bevor se sich for dis Johr verabschiede. Die Pilze wachse und die Hirsche röhre. Die Äbbel wärre reif un die Niss unn die Kürbisse. Nur beim Spazieregehn muss mer uffpasse, dass em die Äbbel unn Niss nidd uff de Kürbis falle. Die Zuuchveschel zieje in ihr warmes Winterquardier.

Kurz, die Naduur treibst nochmol bunt, bevor dann endgildisch es Sauwedder unn es groose Schnaddere losgeht. Oowends gebbds jetzt rasend schnell dunkel unn naachts iss es als schunn kälter wie drauße. Die Heizung kummt langsam uff Tuure –wann se nidd graad widder Zigge macht. Awwer es gebbd joo bekanntlich kää schlechtes Wedder, bloos falsche Klääder. Doo zieht mer sich warm aan unn holt sich sei Ration Frischluft, dass die Konokogge nidd aan emm gehn. Unn hinnerher huggd mer in der warm Stubb, uffem Disch steht ebbes Guddes se trinke, de Fernsejer laafd unn die Nas laafd aach.

Unn wann dann drause de Wind peift unn de Rään uffs Dach platscht, doo is em so richdisch wohlisch-melancholisch unn mer entdeckt sei poetischi Ader. Ich hann aach schunn e Gedicht gemacht: De Herbscht das is e Jahreszeit, die wo direkt vorm Winter leid; Das muss so sinn, weil hinnedraan doo fangt joo schun es Friejohr aan. Also lassen die Fliddsche nidd hänge, näägschd Johr geht alles widder vunn vorre los.

Saarbrücker Zeitung, 30.10.2003

Doo iss alles geschwäddsd

Mir iss neilich, wie ich mool widder so e bissje die Flemm unn mei selbschdkridischi Tuur gehadd hann, ebbes uffgefall. Nämlich, dass das, wo ich doo jed Wuch in der Rubrik hie veranstalte, ziemlich paradox is. Dass ich uff Platt ebbes vun mir genn und dass das dann in der Zeidung steht. Weil joo es Platt, es Dialekt odder die Mund-Art geschwäddsd gebbd unn nidd geschrieb. Awwer es geht halt nidd annerschd, weil ich joo nidd bei jedem extra vorbeiflieje unn e Ohr lalle kann, wies heid so scheen heischd. Mer saad joo als, er lieht wie gedruckt. Awwer wie issen das, wann änner so schreibt wie er schwäddse duud? Wann sie jetzt de Indrugg hann, ich dääd aweile e bissje struddelisch schwäddse, doo kinnde sie recht hann. Das is nämlich e schwer heikles Thema, wo sich die Fachleid driwwer streite : was is e aschtreines Platt unn wie gebbds rischdisch geschrieb. Frieier hadd joo ball jeed Stroos ihr eischenes Platt gehadd. Awwer dass die ville Zugezooone unn Hergeloffene unn Inngeschleppte denne Idealzustand ziemlich verwässert hann, das iss vor iwwer hunnert Johr schunn dem Heimatdichter Karl August Woll uffgefall: „Na, korz, aus aller Herre Länner, Do hocke hie die Deiwelsbänner. Bei dem Geworschtel jede Dag. Gedeiht kä richt´gi Muttersprach".
Unn wie mer sieht, hadder in der Schreibweis die Marke Eischenbau bevorzugt. Wie all die annere die wo später hie Mundart getrieb hann: zum Beischpiel de Karl Uhl unn de Klaus Stief. Odder de Hubert Motsch der wo erscht dies Johr die Fedder aus der Hand geleed hat. De Heinrich Kraus, wo jetzt in der Palz wohnt un de Manfred Kelleter, der wo aach noch so scheen moolt. Odder ausem Gau de Peter Stolz odder de Albrecht Zutter, der arm Kerl, wo wejem Alphabet immer seleddschd draan kummd. Die duun all, jeder mit eischener Handschrift un ganz speziellem Tonfall e neier Farbtubbe dezu genn zu dem bunde Bild, wo unser Platt abgebbd. Obwohl se all sogar prima Hochdeitsch schwäddse kinne. Un korrekt schreiwe.

Saarbrücker Zeitung, 13.11.2003

Verschwibbd unn verschwääscherd

Ebbes scheenes sinn joo Familiefeiere, je greeser um so besser, finn ich. Wann die ganz Sibbschaft sich zu alle meeschliche erfreiliche odder weenischer erfreilische Geleeschenheide sesamme finnd. Doo stellt mer dann meischd feschd, dass widder e paar debei kumm sinn, die wo mer noch gar nidd kennt unn wo mer nidd wääs wo die genau dezu geheere. Weil mer e bissje de Iwwerbligg verlor hadd unn sosesaan vor lauder Stammbääm de Wald nimmeh siehd. Ei wääschde dann das nidd, saad dann de Nochbaar linker Hand, das iss doch em Luwies seiner Stieftante ihr aangeheirader Großkuseng. – Nää, saad die Madam vunn der anner Seid, das muss doch der sinn, denne wo emm Babbett seiner Good ihr Enkel aus zwedder Ehe mitgebrung hadd.

Unn schunn geht die Dischbudiererei los, besunnerschd, wann das dann emool erbrechtliche Konsequenze hadd. Faschd wie bei de Royals in England unn annere gehobene Kreise. Jedenfalls geht fier die näägschde Stunne de Gesprächsstoff nidd aus. Friejer war das joo schunn nidd äänfach, fier die verknoddelte genealogische Verwandtschaftslinie all ausenanner se halle. Awwer seit statistisch die Leid in ihrem Lääwe circa 1,7 Mool heirade duun, doo kridd mer die äänzelne Abschnittspartner mit Anhang kaum noch sordierd.

Nur mir im Saarland siehn das nidd ganz so eng, weil mir joo um zisch Egge sowieso angeblich all middenenner verwandt sinn. Oder weenischdens änner kenne, der wo midd äänem poussiere soll, dem wo sei Schwibbschwoer sellemols midd der Urgroßoma liiert war. Aber das gebbd nidd verrood. Das bleibt in der Familie.

31

Saarbrücker Zeitung, 18.12.2003

Bligg serigg vunn vorn

Die Kalennerblädder maches de Atzele noh, sie mache die Fladder unn verdinnisiere sich. Awwer die neije Kalennere leije schun bereit unn bei de VIPs (völlisch inngespannte Pensionäre) sinn se schunn ball voll mit de Termine fier näägschd Johr. In de Geschäfde gebbd schunn widder gestöhnt, weil die groos Inventuur ball fällisch is. Die Vereine veranstalte ihr Jahreshauptversammlung, wo de Kassierer unn all, wo sunscht noch was se saan hann, ihr Rechenschaftsbericht abgenn.

Un doo werds jetzt aach fier uns Normalverbraucher Zeit fier serigg se gugge uffs verflossene Johr. Wann em de Nigolaus aus seinem schwarze Buch ebbes vorgelääs hadd, doo ahnt mer schunn dunkel wie die Bilanz aussieht. Hammer all das geschafft, was mer uns vorgeholl hann? Was hammer nidd alles hoch unn heilisch versproch! Mer dääd die Garaasch endlich mool uffraume, die Steiererklärung vun 2001 garandierd noch ferdisch krien unn aach die Vokabele im VHS-Kurs immer scheen lehre. Awwer mer hadd joo immer so vill anneres um die Ohre. Unn iwwerhaupt lasst sich im Privatlääwe so e Gewinn- unn Verluschd-Rechnung nidd so äänfach uffstelle wie in rer Firma.

Awwer simmer mool ehrlich: das is joo graad das Interessande am Lääwe, dass mers nidd kalkuliere kann. Weils meischd ganz annerschd kummd wie mer denkt. Desweje soll mer sich aach nidd verriggd mache losse unn nidd so streng midd sich selwer sinn. Entlastung des Vorstandes heischd das bei der Generalversammlung. Unn wammer dies Johr kää silwerner Wappeteller kried, doo klobbd mer sich äänfach mool selwer uff die Schullere. Das helft!

Saarbrücker Zeitung, 15.01.2004

Rathaus mit Fassongschnidd

Die Atzel hat joo seit kurzem e neier Stitzpunkt, vun wo aus se ihr Rundfliech starte kann unn e prima Iwwerbligg hadd. Em Dengmerder Rathaus hann se nämlich jetzt die Kroon uffgesetzt. Mer kinnd aach saan se sinn der Verwaldung uffs Dach gestieh. Mit allem needische Respekt nadierlich. Damit mer nimmeh behaupte kann, dass se die Leid wo uffs Amt misse im Rään stehn losse, hann se unserm architegdoonische Schmuggstigg noch e Häubche verpasst.

Dass Gudde doodraan is joo werklich, dass es dann nimmeh so grusselisch zieht, wann de Wind geht. Unn weil mer bei so me Klotz nidd kleckere soll, iss das Material vumm Feinschde. Also sinn mir nidd bees, awwer wann ich Kissedach heere, doo muss ich immer an mei Middaachsschläfche denke. Unn es Rathaus soll joo aach unnedrunner e neier Verbutz grien. Fier die Aktion Unser Stadt soll scheener genn hann se em e Gesichtsoperation spendiert. Nur wie das nooher mool ausiehn soll, doo sinn se sich noch nidd ganz äänisch. Awwer nidd nur die Fassad gebbd renoviert, aach innerdrin duud sich manches ännere.

De neie Hausherr hann se schunn vorsch Johr gewählt unn im Summer zieht dann aach de Stadtrat in neijer Besetzung in das hohe Haus in. Doo wärs joo gudd wann dann nimmeh so vill Gerischde unn Zäun im unn ums Rathaus erum stehn dääde. Bis doohin iss es äänzische Gebäude, das wo am Marktplatz richdich ebbes dehäär macht de neije Busbahnhof. Der steht doo wie geleckt, geberscht unn gestrählt. Notfalls kinnt mer joo dort mool e Ratssitzung abhalle, ganz öffentlich unn unner freijem Himmel. Wie bei de alde Germane.

Saarbrücker Zeitung, 29.01.2004

Geld un annere Kläänischkääde

Mer solls nidd menne, awwer es sinn jetzt schunn zwää Johr her, dass se uns midd dem neije Geld begliggd hann. Wammer die Leid so heerd, doo hann se in unsere Breite denne Euro awwer noch nidd so richdisch ins Herz geschloss. Aangeblich solle joo noch horrende Beträäsch in alder Währung in de Schublaade, de Sparstrimp unn de Matratze vor sich hin schimmele. Wahrscheins hann mir Endverbraucher es dumpfe Gefiehl gehadd, mer gängde bei dem Währungswechsel kää so guddes Geschäft mache. Unn hann als Geejemaasnahme schwer aangefang se spare. Die neije Geldstigger, es Minz, wie mer fiejer gesaad hat, sinn jetzt schunn ganz abgegriff, so oft werre die erumgedreht bevor mer se ausgebbd. In manche Branche hadd mer joo aach als gedenkt, die hädde bei der Umstellung bloos die Buchstaawe awwer nidd die Zahle ausgewechselt. Es Obst unn es Gemies duun se demnächst nur noch 100-grammweis verkaafe, weil em beim Kilopreis de Abbel im Hals stegge bleibt. Unn zum Salat kammer ball saan: Euro Gnaden!

Ääni Branche is vun dem Geiz-iss-geil-Sydrom besonnersch betroff, das sinn die Wertschafte. Unn in dem Punkt sinn die Dengmerder joo schwäär empfindlich. E paar schwarze Schafe, wies hääscht, hanns doo so iwwertrieb, dass schunn vunn gastronomische Summe die Redd war, die wo mer fier sei Schnitzel odder sei Bier bezahle misst. Seltsamerweis laaft nur in äänem Punkt de Trend ganz annerscht, nämlich beim Trinkgeld. Do heischts immer noch munter: Es stimmt so unn Machs rund wie in alte Zeite. Doo gebbd mer an der Thek schnell zum edle Spender noo dem Motto: Wer freudig gibt, gibt doppelt. Mer will halt vor seine Kolleesche nidd als Kniggstiwwel doostehn. Es kinnd aach sinn dass das neije Geld so schwäär im Buxesagg leid, dass mers schnell los werre will. Nidd dass mer uns falsch verstehn: ich duun jeder Bedienung e scheenes Trinkgeld gönne. Weil joo aach die Gäschd, die wo so e feiner Zuch an sich hann, besonnerschd verwehnt werre. Odder?

Saarbrücker Zeitung, 4.03.2004

Noch massisch vill Zeit

Hann Sie nidd aach das Gefiehl, die Mensche dääde e immer gehetzterer Inndrugg mache. Als ob se iwwerhaupt kämmeh Zeit hädde. Alles was mir mache, muss joo immer im Hoppla-Hopp gehn, im gestreckte Galopp sosesaan, wie uff der Rennbohn. Doodebei is de Mensch doch kää Päärd. Awwer jetzt hadd in der Zeidung geschdann, sie hädde noogerechend unn feschdgestelld, dass es Universum noch genau 30 Milliarde Johr bestehn dääd, bis es middeme Knall ausenannerflieht. Doo war ich awwer schwäär erleichdert. Weil ich jetzt doch noch all das erleedischd grien, wo ich mir fier die näägschd Zeit vorgeholl hann.

Obwohl ich joo dem Friede nidd ganz traue duun unn nidd alles glaawe, was die Wissenschaftler so eraus tüftele. Sie hann joo aach behaupt, es Weltall dääd sich ausdehne. Joo, Peifedeggel! Unn wieso finn ich dann hie in der Innestadt nie e Fleggelche, wo ich mei Auto abstelle kann? Ich glaab als ganz, was uns genauso dringend fehlt wie die Zeit iss de Platz. Awwer irjendwie hängt das joo alles middenanner sesamme. Das hadd schunn de Einstein gewisst unn der war joo änner vunn de Schlauschde, – relladief gesiehn. Das sieht mer schunn an de Parkuhre: doo stellt mer die Park-Zeit fier de Park-Platz inn. Unn weil die alle zwei so rar sinn, desweje gebbds das alles nidd umsunschd. Nidd umsunschd saad mer joo aach: Zeit iss Geld.
Friejer hadd mer zum Beispiel kinne doodemidd aangewwe, dass mer e Audo gehadd hat. Heid kammer doodriwwer nur lache, weil so e Karee doch jeder Hergeloffene, bzw. Hergefahrene hadd. Wer werklich zu de VIPs geheerd, der kann sich e eischener Stellplatz leischde. So ännere sich halt die Zeide. Awwer mir hann joo in unsere Breite sowieso zur Zeit e vill loggereres Verhältnis. Wammir ännem begeeschne, doo saan mir: Ei, ich hann dich joo schunn e Eewischkääd nimmeh gesiehn. Unn all die ville Probleme, die duun sich doch aarisch reladiviere, wammer sich denkt: In 30 Milliarde Johr iss das alles längschd kää Theme meeh.

Saarbrücker Zeitung, 18.03.2004

Mir hann kää Buddik

Am dem jetzische Wocheenn, doo zeije se in der Kinowerkstatt in Dengmerd noch emool denne Film, der wo sellemols hie so Furore gemacht hat. Der spielt nämlich ganz an markante Lokali-tääde in unserer Stadt. Unn das Drehbuch war aach vumme Dengmerder Bub, emm Heinrich Kraus unn hadd denne bedenkkliche Titel „Die Buddik" gehadd. Die, wo der Film hadd solle gedreht werre, die hann sogar em ZDF die Drehgenehmischung widder entzoo, weil sie in ihrem Haus, so hannse gesaad, kää Buddik hädde. Es hann aach jede Menge hiesische Schauspieler mitgespielt nääwe de Profis, die wo awwer ihr liewi Not middem Dengmerder Platt gehadd hann. Änner wo doo nidd hadd derfe fehle, war de Senkel. Der hadd e ganz ergreifende Sterwe-Szen hingeleed. Unn hinnerher uffem Friedhof hadder dann aach in der Berschkabell mitgebloos. Seitdem hadd de Senkel immer ganz stolz verzählt, er wär so ziemlich de äänzische, der wo uff seiner eischene Beerdischung Musigg gemacht hadd.
Ich hann joo sogar aach dirfe e winzischi Roll spiele. Unn doo debei iss ebbes Kloores passiert: Mei Fraa unn ich mir hann doomols graad Zwillinge gried gehadd. Unn midd denne Bobbel-cher im Kinnerwäänche isse zur Josefskerch spaziert, fier mool se gugge was die Schauspieler-Kolleesche doo so fier Dinger drehe. Wie de Regisseur se midd denne Kinner gesiehn hadd, isser direkt uff e geniali Idee kumm: Sie sollt midd dem Wäänche sich die groos Trepp erunner quäle unn känner hadder geholf. Schwer gesellschschaftskritisch! Unn damit se mit denne zwää Kinner e Hilf hädd, sollt se mich halt mitbringe, ich derft dann aach emool durchs Bild laafe. Ich hann awwer doomols graad so e schwarzer Rollkraachepulli unn e franzeesisches Berret uffgehadd. Wie ich dann mei groser Ufftritt aus der Kerch eraus gehadd hann, hädd mer kinne vun weidem menne doo käm e Paschdoor. Unn wie ich an dem Wäänche vorbeigang bin, hadd sich ääns vun de Kinner rumgedreht unn ganz freindlich gesaad: „Babba!"

Saarbrücker Zeitung, 25.03.2004

Kräffdisch ebbes weggebuddsd

Ach wammers em Wedder noch nidd so direggd aansieht, awwer es Friehjohr kummt mit Macht. Das merkt mer doodraan, dass ääs wie de weiße Wirbelwind durchs Haus feeschd. Unn porentief denne ganze Gilb unn Grauschleier eraus buggsiert, der wo sich de Winder iwwer aangesammelt hadd. Uffem Programm steht de große Friejohrsbutz unn doo werrd geschrubbt unn gewienert bis de Butz vunn de Wänn falld. Weil iwwerall so vill Abfall erum leije dääd hann se jetzt sogar landesweit zum Uffraume uffgeruuf.

„Pico Bello" heischd die löbliche Kampagne, wahrscheins, weil se mit dem Dreck wo der ään odder anner Bello hinnerlossd aangefang hann. Im öffentliche Lääwe wird joo iwwerhaupt schwer vill gekehrt, meischdens unner de Debbisch. Unn es soll joo so fanaadische Sauwermänner genn, die duun sogar es Geld wäsche. Awwer Männer kinne joo bei dem Thema gar nidd richdisch mitschwäddse. Wann dehemm die Wohnung uff Hochglanz poliert werrd, doo is de Göddergadde meischd sowieso bloos in de Fies. Doo hängd der de Butzlumbe uff Halbmaschd unn verzieht sich. Entweder huggd er sich bei de Frisör unn lassd sich die Woll ausem Nagge eraus schaabe.

Mer saad joo aach: Sauwer die Hoor geschnidd. Odder er duud sich in seiner Stammkneip dann eischenhändisch die Kehl feicht butze unn waard bis de Sturm sich verzoh hadd. Unn dass er widder hemm kann, das sieht er dann am Wedder. Wieso am Wedder, frooe ihr jetzt? Ei, das is doch ganz äänfach. Wann die Fraa dehemm als Leddschdes die Finschder gebutzt hadd, doo fangds zehn Minudde spääder immer an se rääne. Awwer garandierd!

Saarbrücker Zeitung, 1.04.2004

Breedcher unn Spielcher

Jetzt hann se widder so e phänomenali Idee gehad. Wo ich mir gesaad hann, gugg mool aan, dass se doo noch nidd friejer druff kumm sinn. Es gääb ball in Dengmerd so e - wie nenne ses – e Breedche-Taste! Das hann ich gleich meinem Freind Schorsch verzählt. Mer werd uff die Taste bloos druffdrigge unn doo kääme dann die frische Breedcher eraus, direggd am Parkplatz. Unn es sollt noch nidd emool ebbes koschde. Brot fier die Welt unn Breedcher fier Dengmerd.

Doo hadd der mich so komisch aangeguggd unn gemennd, ich wär immer schunn e bissje schwäär vunn Begriff gewään. Das wäär ganz annerschd. Wann ich in Zukunft parke wollt, doo missd ich mit Breedcher bezahle, es dirfd awwer nidd länger dauere wie e Vierdelstunn. Doo war ich so schlau wie vorher aach. Awweile wird ich nur mool gääre wisse, ob das aach mit Bier unn Lyoner geht. Mir esse joo doodezu sowieso meischdens eher e Weck als wie e Breedche. Awwer wahrscheins hannse gedenkt, wann ses Weck-Taste nenne, doo werre die Leid joo noch meh wurres, weil se joo irjendwo hin wolle unn nidd glei widder weg.

Die Hipos, die wo uffpasse, dass mer sich nidd unneedisch uffhalle duud, die hann joo ihr Dienschtanweisung ausem Wilhelm Tell vumm Schiller: „Fort musst du, deine Uhr ist abgelaufen!" (4. Akt, 3. Szene). Awwer wann jetzt all Leid weeje dem koschdeloose Parkplatz an die Bäckerei fahre, doo gebbds joo dort aach widder ziemlich eng. Unn weil sich dann an der Thek die lange Schlange bilde, dauert das bestimmt länger wie e Vierdelstunn. Nää werklich, weje äänem Breedche holl ichs Audo nidd aus der Garaasch.

Saarbrücker Zeitung, 8.04.2004

Es Gelwe vumm Ei

Mir Saarlänner hann joo e besunnerschd engi Beziehung zu Oosch-dere. Nidd bloos weil mer jetzt ball widder im Freie schwenke kann. Nää, mer merkts am erhöhte Ausstoß vun Produkte aus der Hiehner-haldung. Das heischd, eischendlich heischd das Huhn bei uns joo Hinkel. Unn wie unser gallische Vorfahre das nitzliche Viehzeich geschätzt hann, sieht mer doodraan, dass se em mit denne bekannte Hinkel-Stään e Denkmal gesetzt hann.

Eier sinn nahrhaft unn vielseidisch se gebrauche. Doo kann ihne so mancher Nachwuchs-Kinschdler e Lied devun singe. Unn es hat vum Design her e scheeni klassischi Form, wo se noch nix besseres gefunn hann. Das Ei duun mir Saarlänner joo schunn sprachlich midd der Muddermilch innsauge – sosesaan. Doo brauch sich gar kääner unneedisch driwwer se moggiere, dass mir denne Urlaut so gääre gebrauche. Schließlich is ausem Ei joo alles entstann, wann sich aach nimmeh feschdstelle lassd, wer eejer doo war, es Ei odder es Hinkel. Das heerd sich dann so aan: Ei, hanner se schunn aangemoolt? – Ei was dann? – Ei, eier Eier! Doo merkt mer dann direkt, dass es stramm uff Ooschdere zugeht.

Mir hann joo dehemm e spezielli Quell wo mir uns mit Eier inndecke. Awwer nur vunn Feddervieh wo noch das Lied der Freiheit gackert. Was mich bei der Sach nur uffreeschd, iss, dass die Eier aangeblich de Has bringt. Also nix geeje Karniggel, awwer das is doch e klarer Fall vun Produktklau. Doo sieht mer awwer wie de Has laafd. Die ääne reise sich sensible Körperdääle uff unn die annere duun es ganze Renommee innheimse. Ei doo gebbd doch es Hinkel in der Pann verriggd!

Saarbrücker Zeitung, 6.05.2004

Maigibbse im Aanfluuch

Es gebd joo nidd nur Sache wo krawwele, es gebbd aach Viecher die wo krawwele. Das sinn die hiesische Maigibbse, wo se sogar friejer Lieder druff gesung hann. Weil mer wääs, wann die ufftauche, dann iss de Wonnemonat im Aanzuuch. De Wilhelm Busch hadd sogar geschrieb: Jeder weiß was so ein Mai-, Käfer für ein Vogel sei. Awwer doo kann ich als gelernder Vochel nuur abfällig grinse. Ei, das kammer doch nidd flieje nenne, was die doo veraanstalde. Vun mir grääde die jedenfalls die Haldungsnote ungenüüschend. Ään Gligg nur, dass die so brumme, doo kammer de Kobb noch schnell wegzieje, bevor se draanknalle. Ich werd eejer saan: Es guggd de Maigibbs ganz verdattert, wanner in die Scheib ninn fladderd.

Dass die doodemidd so e Huddel hann. leid warscheins doodraan, dass die ärodinamisch nidd ganz uff der Heeh sinn. Unn streng wissenschaftlich gesiehn, iss das eischendlich unmeeschlich dass die iwwerhaupt owwe bleiwe. Hann Forscher jetzt feschdgestellt. Noo de neieschde EU-Richtlinie grääde die gar kää Starterlaubnis, allään schunn weje dem Iwwergewicht wo die hann. Doodebei ernähre die sich doch streng vegetarisch. Dass die ab unn zu mool absterze, dass mache die vielleicht extra, fier absenemme. So wie die Leid im Fitness-Studio: mit hochroodem Kobb uffem Buggel leije unn midd de Bään in der Luft erum strambele. Awwer ich will joo nidd uff dem arme Maigibbs erum hagge. Mer kinne joo froh sinn, dass es ne iwwerhaupt noch gebbd. Unn die Leid freije sich wann se ne siehn, weil ab doo die Freiluftsaison aanfangt. Nur die Viecher die wo im Summer im Gaade unn uff der Terass erumkrawwele unn flieje, die gehn em dann richdisch uff die Nerve.

Saarbrücker Zeitung, 13.05.2004

Hie doo – wer dort?

Wie ich mich neilich oowends noch in der Fußgängerzoon erumgetrieb unn ann nix Beeses gedenkt hann, doo hann ich mich ziemlich verschrogg. Vunn hinnerriggs hadd mich doo nämlich änner aangequatscht unn doodebei wild mit de Hänn erummgefuchdelt. Ich hann schunn gemennt, ich hädd dem vielleicht im Dunkele uff die Fies odder uff de Schlips geträäd. Awwer dann hann ich gemerkt, dass der gar nidd mit mir geschwätzt hadd, sondern mit some Händi, das wo so klään war, dass mers nidd glei gesiehn hadd. Das passiert emm jetzt immer öffder, dass mer im Lokal die fernmindliche Hasegespräche vunn de Leid middgried. Das iss meischd scheener wie im Fernsehn die Familieserie.
Der ään hadd doo uff der Baustell de Polier sesammegeschiss, es anner verzählt ihrer Freindin die Schdorie vunn ihrer leddschd Galleoperation unn wammer Gligg hadd, kried mer zur Vorspeis es Lieweslääwe vun der Bürobelegschaft serviert. Oft is awwer de Informationsgehalt eejer miggrisch. Wann änner doo eninn ruft: Mer sinn jedds doo! Ich muss Schluss mache, es Esse kummt. Das sinn wahrscheins dieselwe, die wo am Telefon, wammer se frood, wer doo is, saan: Ei ich!

Pragdisch is so e Händi joo aach im Kino odder im Konzert, allään schunn weeje der Musigg, wo doo eraus kummt. Doo gebbds Klingeteen in alle Variazione unn Tonaarde. Desweeje guggd der Dirigent aach immer soo wiedisch, wanner so e Händi heerd. Der iss bloos neidisch. Apropos Musigg: die kried mer aach se heere wammer irjendwo aanruft unn widder mool känner draan geht. Das heerd sich dann so aan als ob se es Forellequintedd uffem Kamm bloose. Odder noch scheener beim Anrufbeantworter, wo mer joo alles gebodd gried bloos kää Antwort unn wann, dann heegschdens e frechi. Doo meld sich de Daggel Waldi unn verzählt, dass sei Herrche graad Gassi gang sinn unn sie gängde seriggrufe. Unn dann heischds noch: Schwätzen Sie nach dem Piepston! Also, wann ich das schunn heere!

Saarbrücker Zeitung, 27.05.2004

Redden die Wahle!

Hann ihr aach schunn eier Berechdischungsnachweis fier die Wahle kried? Es gebbd joo in der näägschd Zeit gewählt wie wild. Fier de Stadtraad, de Ordsraad, de Kreisdaach unn de Landrat glei midd debei unn dann nadierlich fiers Eiropäisch Parlament. Aangefang hadds schunn am Sunndaach, wo se unser aller Owwerhaupt gewählt hann. Doo hadd sogar e Fraa aus Dengmerd in Berlin middgewählt.

Awwer es brauch känner neidisch se sinn, mir derfe jetzt aach ball. Mer siehts an denne ville Plakaade wo doo hänge midd de Kebb vunn de Kandidaade unn -daadinne. Änner scheener wie de anner. Unn in alle Faarwe: gääle, griene, roode, schwarze unn all meeschliche Schaddierunge noch. Doodebei is die Realidääd joo meischd nidd ünni, eejer meh gestreift, kariert odder gesprenkelt. E paar hanns ganz groos vor, die wolle nidd nur Dengmerd redde. Nää, die duun jetzt aach in ganz Eiropa mool so richdisch uffraume. Die Begeischderung beim Wahlvolk halld sich awwer noch in Grenze, hannse feschdgestellt. Meinem Freind sei Klääner hadd neilich im Uffsatz geschrieb: Die Bürger üben das Wahlrecht aus und zwar kreuzweise. Awwer es iss joo kää Wunner: wann ebbes schunn Urnengang hääschd, doo iss mer nidd so richdisch motiviert. Trotzdem kammer jedem nur dringend roode fier wähle se gehn. Es is joo aach fier jeder Geschmack ebbes debei.

Wann nämlich änner nidd gängd wähle gehn, das wär e schwäärer Fääler. Weil er dann nadierlich kää Recht meh hadd, fier uff die, wo se gewählt hann, hinnerher se schelle. Unn das will mer sich joo nidd gääre entgehn losse, odder?

Saarbrücker Zeitung, 3.06.2004

Mir Middelstädder

Uffem Ortsingangsschild stehts unn jedds im Wahlkampf lääsd mers aach widder uff de Plakaade: Dengmerd is e Middelstadt. Hadd änner vunn eich e Ahnung was das eischendlich sinn soll? So e Middelding zwische rer middleri Kläänstadt unn rer klääneri Grosstadt? Vielleicht hadds aach middem Geld se duun, so noo dem Moddo:
E Stadt is dann e Middelstadd, wann se noch eischne Middel hadd. Iwwer denne Ausdruck hann sich schunn die Teilnehmer ausem Reich bei der Kläänkunschdwuch driwwer gewunnerd. Es wär joo schwäär scheen hie, hadd mir änner gesaad, awwer was um Himmels wille is e Middelstadt? Iwwrischens is das die Veraanstaldung wo mei owwerschlauer Freind Schorsch immer saad: was soll ich bei der Kläänkunschd, ich bin e grooser Kinschdler.

Mer sieht es kummt nidd uff de Noome druff aan unn nidd uff die Quandidääd, vill eejer uff die Qualidääd. Unn doo brauche mir uns vor kennem sogenannde Ballungszentrum se verschdeggele. Middelstadt hadd aach desweeje niggs se duun midd middelprächdisch odder vielleicht sogar middelmääsisch, ganz im Geejedääl.

Mer schwäddsd joo aach vumm Middelstand odder vunn Middeleiropa, ohne sich was beeses debei se denge. Apropos Eiropa, die Ost-Erweiderung hann die Dengmerder joo schunn lang hinner sich. Ei domools wo se sich bei der Gebietsreform bis noo Rohrbach ausgedehnt hann. Awwer das is e ganz anneres Thema. Ich verstehn das Wort Middel meh wie in Middelpunkt, so als Zentrum. Nur, wann die Innwohnerzahle weider so serigg gehn, doo siehn ich schwarz. Doo iss unser Dengemerd ball nur noch e Kläänstadt. Es missde hald hie vill meh Kinner in die Welt gesetzt werre. Doodraan leids. Also ihr Dengmerder, lossen eich nidd so hänge! Das kann doch nidd so schwäär sinn.

Saarbrücker Zeitung, 10.06.2004

Lauder schwenkende Geschdalde

Also, doo platzt doch em Lioner die Haut uff! Hann sie das doo gelääs? In Bermasens ware jetzt die Weldmääschderschafte im Grille unn Schwenke, so richdisch mit internationale Teilnehmer. In Bermasens! Awwer das is noch nidd es Schlimmschde: es ware iwwerhaupt kää Saarlänner debei! Ei, doo kinnd ich mich uffreesche. Doodebei is das doch allgemein bekannt, dass mir seit Generazione schunn schwenke wie die Waldmeischder,.– äh Weldmeischder.
Desweeje hann die uns aach nidd mitmache geloss, duun ich mool vermute. Liewer die ganze annere Nazione, die wo wahrscheins noch nidd emool de Unnerschied zwischen me Schwenkbroode unn rer Schwenkbidd kenne. Unn weil doo joo midd Kohle geheizt werd, sinn mir sowieso die geborene Fachleid. Awwer wammer die Monschdre schunn sieht, wo die doo uffgefahr hann, doo is schunn alles geschwäddsd. So e Stigg Meewel wo aussieht wie e alder Heizkessel unn wo mers Fleisch äänfach so läbsch druffleed, anstatt dasses e bissje Beweeschung an der frisch Luft bekäm. Kää Wunner dass die hinnerher midd die Gewerze draangehn misse, dasses iwwerhaupt schmeckt. Wo graad vum Werze die Redd iss. E junger Mann aus Werzbach, dem hadd das kää Ruh geloss. Der hadd denne mool gewies, was e richdisches saarlännisches Spitzeprodukt in punkto Schwenke is unn duud das Kuldurgut jetzt in die ganz Welt exportiere. Scheen wie sichs geheert uff drei Bään unn rund, dass mers Flääsch gudd trillere kann. Fier uns iss das Schwenke eewe äänfach e Stigg Lääwensart unn faschd schunn e bissje simbolisch. Ei joo, mer schneid sich ebbes aus de Ribbe, es geht hin unn her, mer hängt als in der Luft, die annere mache emm Feier unner de Hinnere, mer muss gugge, dass mer nidd verkohlt werd unn dass mer am Enn noch e Fitzelche abkried. Awwer wann se dann all versorscht sinn, dann kammer mit Recht saan: Doo wo mer schwenkt, doo lass dich ruhisch nidder...!

Saarbrücker Zeitung, 5.08.2004

Himmel unn Mensche

Immer wann ich in der Urlaubszeit siehn, wie sich die Karosserie-Polonääse durch die Geeschend quält, doo denk isch: im näägschde Lääwe werr isch Stau-Berater. Wann nidd die Hitz wär, kinnd mer menne, die suche die Neschdwärme, wo sich doo in raue Menge in Beweeschung setze. Awwer wammer in so rer Schlang drin huggd, derf mer sich noch nidd emool beschwääre. Das wär hochnääsisch. Weil mer joo schlecht de annere ebbes vorwerfe kann, was mer selwer graad praggdiziert. Odder wie mir Veschel saan: Wo Tauwe sinn, flieje Tauwe hinn. Unn desweje stelle mir uns nidd groos aan unn stelle uns geduldisch aan. Vor de Schaldere, vor de Baustelle, an de Ampele unn iwwerall, wo mer sich noch menschlich näjer kummd. Nur beim Innkaafe hadd mer de Platz ball fier sich allään, weil se all tourisdisch jääh sinn.

Konzendrierde Aansammlunge vunn Mitmensche sinn joo nidd jedermanns Sach. Awwer annere kann es Gedrängel gar nidd groos genuch sinn. E typischer Fall von Uhl unn Nachtigall. Wann nochmool jemand behaupte duud, die Deitsche sterwe aus, dann schigg isch denne mool uff s Stadtfeschd. Do hadd schunn de Goethe uff Gewimmel gereimt: Hier ist des Menschen wahrer Himmel.

Wie so Massebeweeschunge funktioniere, das sieht mer scheen an unserem Schwimmbad. Die ganz Zeit wie es Wedder durchwachsen war, doo hann sich dort bloos Einzelkämpfer bligge geloss. Kaum hadd awwer de Wedderfrosch de Drang noo Hööjerem, doo sterze sich breite Teile der Bevölkerung ins feichte Vergniesche. Was mer joo kännem verdenke kann. Wammer dem Truuwel awwer ausweiche will unn schunn moorjens ganz frieh kummt, doo merkt mer, dass schunn e Haufe annere uff so e geniali Idee kumm sinn. Was soll mer doo mache, mer schwimmt halt in dem Pulk midd.

Saarbrücker Zeitung, 12.08.2004

Modelladdleede in der Arena

Ab morje zerfalld die Menschhääd widder in zwää unnerschiedliche Dääle: die Ääne mache wie gedobbd unn die Annere gugge ne doodebei zu. Unn rufe ausem Sessel: Mach mool e bissje fixer, du lahmi Ent! Hinnerher hann se dann olymbische Ringe unner de Aue. Unn all Tiddelseide sinn schunn vorher voll midd unsere sportliche Heroe unn Heroine. Wann se dann noch e neijer Rekord uffstelle sollde, dann iss der glei fier die Eewischkääd. Drunner mache mirs joo nimmeh.

Dass unser Altersstruktur so ungünsdisch is, doodraan sinn nur die Sportler schuld. Ei nadierlich, wammer all die middzäähld, die wo sich durch ihr Leischdunge aangeblich unsterblich gemacht hann. Unn wie so ebbes die Rendekass belaschde duud, dass kammer sich vorsdelle! Awwer im Ernschd, se solle nidd immer so wahnsinnisch iwwertreiwe unn äänfach die Kerch im Dorf losse. Nix geeje Sportbegeischderung, awwer muss mer äänem glei die Fies kisse, nur weil er doodemidd e Zehndelsekunn schneller gelaaf is? So e Beweihräucherung leid diesmool awwer in der Luft, weil die Spiele in der Nää vom Olymp stattfinne, wo de alde Zeus midd seiner Korona gehaust hadd.

Dort iss joo de Sport wie mir ne kenne vor iwwer 2000 Joor erfunn worr. Unn sellemools sinn die Olympionieke schunn ganz scheen zur Sach gang. Vun weeje edle Kunschd der Selbschdverteidischung! De Fauschdkampf zum Beischbiel war e ziemlich wieschdi Schlääjerei gewään. Wo naggische Männer so lang uffenanner rumgeklobbd hann, bis ääner e Fall fier de Noodarzt war. Unn doomols hadds doch noch gar kää Fernsehn gebb! Unn em Gewinner hann se e Denkmal hingeschdellt. Aach fier die Eewischkääd. Awwer bis heid hannse kämmeh vunn denne Statue gefunn.

Saarbrücker Zeitung, 26.08.2004

Nix bleibt wies war

Die leddschd Wuch hammer doch die Redd devunn gehadd wie beim Schreiwe jedds alles umgemoodelt werd. Doo is doch unser Stadt es allerbeschde Beispiel defier. Was hann die seit 888 immer widder e neijer Noome fier denne Ort ausem Hudd gezaubert: S.Engilbert, S. Ingbrecht, S. Imber odder sogar S.Immer. Vunn Lendelfingen mool ganz abgesiehn. Unn wammer me Auswärdische saad, mer kääm aus Dengmerd, doo rood der sei Lebb Daa nidd wie die Stadt amtlich hääschd. Uff nix is halt so Verlass wie doodruff dass nix bleibt wies mool war.

Wie ich als junger Student in de Semeschderferie schaffe gang bin unn meinem Vorarweider verkliggere wolld, dass sich unser Sprooch in de Johrhunnderde immer widder geännert hadd, doo hadd der mich ganz entgeischderd aangeguggd: Ei kammer doo nix degeeje mache? Nää, das kammer wahrscheins nidd. Es äänzische, was mer mache kann iss, dass mer nidd ganz vergessd, wo mer herkummd. Hisdoorisch gesiehn. Scheen kammer das siehn uff denne Schilder, wo se die alde Noome noch midd druff schreiwe. Damit aach unser spärlich noowachsende Enkelcher noch wisse wie zum Beischpiel die Kohlestroos zu ihrem Noome kumm iss. Dass doo nidd es Finanzamt gestann hadd. Odder die Schmelz nidd soo hääschd weejem Schnee vunn geschdern.

Desweeje lääs ich aach so gääre in der Zeidung die Rubrik Seriggebläddderd, wo mer erfahrt, wammer es leddschde Mool am Bahnhof hadd misse e Bahnschdeichkaard kaafe. Odder wie se vor de Kinos Schlange geschdann hann, fier de Ferschder im Silwerwald se gugge. Awwer vielleicht duun se in fuffzisch Johr iwwer unser Gedeensches aach de Kobb schiddele odder mitleidisch schmunzele. Wer wääs?

Saarbrücker Zeitung, 2.09.2004

Doo mach dir mool e Bild

Leddschde Sunndaach war im Weisgerber-Museum widder mool e ganz scheener Aandrang. Kurz vor de Wahle ware doo die Verdreeder vunn der Kunschdszene unn lauder Prominende ausem ganze Saarland versammelt. Unn wie sich das geheerd, hann se bei der Fernissaasch aach ebbes se dringe aangebodd unn ebbes se knabbere. Damit mer sieht, dass das ganze finanziell im Rahme bleibt, hadds awwer nur Brezzele gebb.

Kunschd geht joo noo Brood, saad mer. Awwer es wär nidd schlecht wann aach noch e bissje Lachs midd Majoneese druff leije werd. Iwwrischens iss aach Musigg gebodd woor. Die hadd joo normalerweis denne Vordääl, dass mer debei die ganz Zeit hugge derf. Doodefier gebbds awwer imme Konzert meischd nix se esse. Mer merkt, ich hann vunn Kunschd kää Ahnung, weil mer joo primär in so e Ausschdellung ninngeht fer Bilder se gugge. Odder fer se gugge wer alles noch doo is unn guggd. Die Beziejunge zwische dem Kunschdprodukt unn dem, der wos konsumiert, iss joo nidd immer ganz unproblematisch. Kunschd is scheen, machd awwer vill Aarwed, hadd de Karl Valentin feschdgeschdellt. Unneedisch vill Aarwed wird so e Baunause wie ich saan.

Mei Freind Schorsch hadd mich doo mool uffgeklärt. E Ausschdellung wär kää Familiealbum, wo mer als nur seufzt: Ach wie scheen, aach wanns iwwerhaupt nidd stimmt. Iwwerhaupt leid joo die Scheenhääd bekanntlich im Au vum Betrachder. De Schorsch saad, er gängd am liebschde in so e Ausschdellung wann sunschd känner drinn wär. Unn dann wird er das Bild so lang ganz intensiv aangugge bis es uff äänmool serigg gugge dääd. Das wär de Genuss bei der Kunschd. Wanners nidd glaawe gehn in die Ausschdellung ninn unn prowieres mool selwer aus.

Saarbrücker Zeitung, 16.09.2004

Kabaredde sich wer kann

Wann Se das doo lääse, dann sinn in der Stadthall zisch Pointe im
Tieffluuch uff die masseweis erschienene Fans erunner geprasselt. Unn es gebbd ernschd, weil jedds es Pfannengericht tagt. Uff Deitsch die Jury, die wo alles, was die Kläänkinschdler e ganzi Wuch lang loosgeloss hann, kriddisch prüfe duud. Unn dann die Preise vergebbd in Form von rer Broodpann, die wo aach entsprechend klään unn originell is. Ääni vun denne frijere Preisdräächerinne hadd sogar gemännd, das Ding wär ganz praktisch fier Singles, weil mer doo e äänzelnes Ei drinn broode kinnd. Dass hadd die awwer im Spass gesaad.

Weil joo so e Pann schunn sprichwerdlich e Bruudstädde fier verriggde Hingel unn annere schrääsche Veschel iss. Awwer die Kabbareddischde hanns joo aach nidd äänfach: Heid saanse sich, denne doo Gägg kammer nidd bringe, der wär e bissje iwwertrieb. Unn am näägschde Daach schdeeht der in der Zeidung. Ich solld joo uff Pladd eischendlich garnidd iwwer das Thema schwäddse, weil dann die Redd wär vunn der Dengmerder Panne unn das heerd sich aan, als ob doo niggs klappe gängd. Das stimmt awwer iwwerhaupt nidd, weeje denne ville Pannehelfer, die wo doo im Hinnergrund wirke.

Uff die Pann sinn die wahrscheins kumm, weil die Veraanschdaldung aach (e) Schdiehl hadd unn iwwerhaupt seit 20 Johr e rundi Sach iss. Das hadd sich iwwerall schunn ziemlich erummgesproch, wie mer an denne Protagonischde sieht, die wo aus alle Himmelsrichdunge herkumme. Unn Ausschnidde aus dem Programm duun se sogar bundesweit im Fernseh bringe. Sovill wie ich geläas hann, am Daach vor Heilisch Oowend, nachts um halwer ääns. Also wann das nidd e scheeni Pointe iss!

Saarbrücker Zeitung, 23.09.2004

Mer lernt joo nie aus

Mer muss nidd unbedingt dumm geboor sinn, damit mer später noch es Bedifrnis hadd fier ebbes dezu se leere. Dass mer em Hans nix meh beibringe kann, was er als Hänsje nidd geleert hadd, das stimmt längschd nimmeh. Unser Gesellschaft duud uns joo zum Lerne verdonnere unn zwar zum leewesenslängliche. Nur die, wo schun alles wisse, die brauche das nidd. Die saan: Ach Godd, doo werr ich joo noch schlauer.

Fier die annere, die wo vielleicht in der Schul mool gefehlt hann, doo gebbds die Volkshochschul. Die heischd bei uns so, weil die ganz owwe unnerm Dach juchhee hugge. Also, die Dame vun der Kursverwaldung. Awwer es Trebbesteije soll joo schunn die graue Zelle ganz scheen uff Trab bringe. Ich glaab, mir dääd das bestimmt aach nix schaade. Ich bin doo nämlich neilich in e Meinungsbefraachung eninngerood. Doo hann die mich doch gladd gefrood: Was hallen Sie als Außenstehender vun Intelligenz?. Doo hann ich mir geschwoor, ich gäng sofort das neije Programm vunn der VHS durchstudiere.

Es iss joo werklich fier jeder ebbes debei. Es gebbd Kurse fier so ziemlich alles, was mer so wisse muss, fier sich in der Welt heid serechtsefinne: Fremdsprooche, Computer, juristischer Ballawer midd de Nochbarschaft unn jede Menge Reise, wo joo bekantlich aach ungemein bilde. Unn weil bei uns Esse aach zur Kulduur geheerd, gebbds aach Kochkurse, exoodische unn hausgemachde. Sogar änner midd dem scheene Titel: Wie backe ich mir einen Mannn. Wahrscheins iss das fier Fraue, die wo nidd gääre ebbes aanbrenne losse. Awwer mei Lieblingskurs, denne biede se nimmeh aan. Das war e Benimmkurs fier Stadthunde. Mich dääd nur mool interessiere, ob der ebbes geholf hadd.

Saarbrücker Zeitung, 21.10.04

Käärdcher, Päss unn Passwerder

Uff de Ämder mache se aweile schwäär Reklame fier die neije EU-Fiehrerscheine. Die stolze Innhaber wolle denne alde awwer nidd so gääre rausrigge. Wann die heere, sie sollde de Labbe abgenn, doo werre die schregghaft. Doodebei sinn die Käärdcher sowas vunn pragdisch. Genau wie die neije Personalausweise unn Päss. Eggisch sinn se unn knidderfrei unn mer kinnd se sogar midd in die Badewann holle. Doo is alles druff gespeichert, was mer iwwer ääner wisse muss unn was der liewer fier sich behalle dääd. Wie saad e aldi chinesischi Zöllnerweishääd: Zei mir dei Pass unn ich saan dir wer du bischt.

Mer wääs joo ball nimmeh wo mer die ganze Käärdcher hinduun soll, die vunn der Krankekass, vun der Bank unn die ganze Kunnekaarde. Seit ich die hann, krien ich Poschd vun iwerall her. Sogar e Gutschein hann se mer geschickt vun rer Fluuchgesellschaft: Sie als Vielfliescher...! In de Sache wo mer innkaafd, sinn awweile aach so Tschibbs ingebaut. Das is praktisch, wann em die Hudd wegfliehd. Doo kammer dann iwwer Saddelidd e Rickrufaktion starte. Das Problem is nur, dass mer heid fier alles e Passwort braucht. Doo kanns dann mool passiere, dass es Passwort partout nidd passe will. Das gebbd dann luschdisch.

E Bekannder vun mir hadd neilich, wie er ausem Urlaub kumm iss, die Nummer vun der Alarmanlaach vergess gehadd, weil er se midd dem Zahleschloss am Koffer verwechseld hadd. Doo war ebbes loss, wie er in sei Wohnung erinn wolld! E Inbruch iss nur halb so stressisch. In der Zeit wose ne uffem Kommissariat verheerd hann, issem sei Audo middsamt de Koffere geklaut worr. Er hadd nämlich in der Uffreeschung äänfach de Schlissel stegge geloss.

Saarbrücker Zeitung, 9.12.2004

Wanns im Beidel dreimool klingelt

Hanner einer Geschenke schunn beisamme. Es is joo jedds die Zeit wo jeder sei Päggelche se traan hadd. Mer iss hin unn hergeriss. Wammer frieh innkaafd hadd mer noch die Auswahl, mer wääs awwer nidd wo mers so lang verschdeggele soll. Uff de leddschde Drigger iss meh Schdress, awwer mer brauch nidd lang se iwwerleeje. Mer holld äänfach was noch doo iss. Im Notfall SOS fier de Babbe: Schlibbs, Owwerhemd, Sogge. Biecher werre aach gääre verschenkt, obwohl das e bissje heikel iss. Wammer em Tante Luwies e Buch schenkt, wo mer sich selwer vun der ausgelieh hadd.

Am Geld derf es Schenke nadierlich nidd scheidere. Weil se uns in der Reklame joo weismache, dass alles faschd geschenkt wäär. Unn wammmer dann noch in der Tombola gewinnt, kried mer sosesaan noch ebbes raus. Was immer gääre genomm werd, is Geld. Wann e Null meh hinnedraan hängt, machts aach nix, dass das e bissje phantasielos iss. Das scheene am Geld iss awwer, dass mers aach spende kann. Fier e gudder Zweck unn die, wo vor Weihnachde nidd so gudd gepolschderd sinn. Doodebei falld mir e scheeni Geschicht in: E armi Fraa hadd ans Chrischdkind geschrieb, sie breichd 400 Euro fier e Windermandel. Der Brief is irrtümlich beim Finanzamt gelandet. Unn die ware so gerierht, dass se gesammelt hann unn es sinn 300 Euro sesamme kumm. Wie die Fraa sich beim Chrischdkind bedankt hadd, hadd se drunnergeschrieb: PS - Wann de es näägschde Mool Geld schiggschd, schiggs nidd iwwers Finanzamt. Die Lazerooner hammer glei 100 Euro abgezoh.

Wann es Finanzamt sich schunn so erweiche lossd, doo derfe mir uns aach nidd lumpe losse. Also, an de Weihnachde muss es im Klingelbeidel knischdere, nidd klimpere.

Saarbrücker Zeitung, 23.12.2004

E Tännche steht im Walde

Also ich war joo richdisch geplättet, wie unser Dengmerder Fersch-der gesaad hadd, hie bei uns im Wald dääde gar kää Weihnachdsbääm meh wachse. Ortsansässische Bäämcher gebbds nur noch bei e paar Spezialischde in der Näh. Wammer sich an Weihnachde e Stigg Wald ins Wohnzimmer holle will, muss mer uff Imporde ausweiche. Weil so e Tännche schunn e paar Johr uff em Buggel hadd, bevors midd Lamedda unn Wunnerkerze behängt werrd.

Mer muss das midd de Tanne awwer nidd so werdlich nemme. Wie mei Kolleesch neilich ganz verziggd vor some Prachtexemplar gestann hadd, doo hadder geseifzt: Was der Tannebaam alles verzähle werd, wanner schwäddse kinnd? Doo hadd seins nur drogge gemennd: Seereschd wird er mool saan, ich bin e Fichte!

Wann die Kinner singe: ...wie grün sind deine Blätter, doo kind mer menne, sie hädde im Unnerricht nidd uffgepassd. Awwer das leid nidd an Pisa, sondern doodraan, dass mer das meh simbolisch als wie biologisch verstehn duud. Mer derf das an Weihnachde nidd so klänkariert unn pingelisch siehn. Weil die Bäämcher heidsedaach in so Netze verkaaf werre, glaawe manche Kinner joo mittlerweile aach, die gääbde zu Weihnachde gefang. Unn fangfrisch misse die sinn, damits noo e paar Daach nidd heischd: Leise rieselt de Baam. Gudd dass mir nidd in Skandinawie lääwe, wo se die Bääm hinnerher angeblich ausem Fenschder schmeise. Unn in Dänemark, wo die meischde Bääm herkumme, wolle se die jedds sogar kloone. Das se all mool scheen groß unn kerzegraad werre, ääner wie de anner. Ei, ich glaab, die hann se nimmeh all am Chrischdbaam. Doo is mir doch e nadduurgewachsenes Bäämche liewer, wanns aach e bissje schebb iss.

Saarbrücker Zeitung, 21.01.2005

Kummt e Vochel gefladdert ...

Es duud mer joo furchtbar lääd, dass ich nochmool midd dem leidische Geld aanfange muss. Awwer mir sinn graad vum Dengmerder Finanzamt die Unnerlaache fier die Steiererklärung ins Haus gefladderd. Also eichendlich nidd direggd vunn Dengmerd, meh vun ganz owwe ausem Minischderium. Midd me scheen Bild unn me noch scheenere Gruß vun unserm Finanzminischder. Der wo so furchtbar verzweifelt noo jedem Euro uff der Pirsch is. Un iwwerall so schwäär spare muss. Sogar es Dengemerder Finanzamt willer demnägschd innspare odder middeme greesere sesamme leeje. Woran kammer iwwrischens erkenne, dass e Beheerde oder e Inschdituzioon demnächst aufgeleest werrd? Ei, wann se graad frisch renoviert worr iss.

Awwer ich wollt joo vun meiner Steiererklärung verzähle. Die kammer awweile sogar iwwer de Kombjuuder abgenn, hann se geschrieb. Dann gääbd mer bevorzuucht abgewickelt unn käm schneller widder an sei Geld. Dass wär joo mool ganz ebbes Anneres. Awwer vun de Experde hann ich mir saan geloss, das Verfahre hädd noch so sei Magge unn sie hädde stelleweis schunn e Rickziejer gemacht. Awwer wo ich mich am meischde draan stooße duun, dass iss der Noome vun dem Programm. Das heischst nämlich ELSTER!

Also mich hat vorher kenner gefrood. Der wo sich das ausgedenkt hat, das muss e grooser Witzbold gewään sinn. Nur dass ich iwwer denne Witz nidd lache kann. Weil doo widder das alde diskriminierende Vorurdääl geschiert werrd, mir Atzele wäre diebisch. Unn wollde an anner Leids Wertvollschdes. An ihr Geld odder wer wääs was fier annere Preziose. Awwer vielleicht hann die das ach nur so genennt, weil mer bei der Aangelechenhääd ziemlich Feddere losse muss.

Saarbrücker Zeitung, 17.02.2005

Männer midd Spaade

Also, wammer sich in Dengmerd umguggd, doo kinnd mer menne, es gängd schnurstraggs widder uffwärds. Es gebbd iwwerall so schwäär gebaut, umgebaut unn renoviert, dass mer nur staune kann. Vumm Rathaus war joo schunn die Redd unn vum Schimmbaad schwäddse mer mool e Zeitlang nimmeh, das is nämlich zur Zeit graad bodenlos. Awwer an der Wiesetalschul steht e groser Bauzaun, die ald Schmelz gridd e kombledd neijes Innelääwe, uffem Bruder-Konrad-Haus hannse Richdfeschd gefeiert unn uffem Howwels, wo e Haufe Wohnung hinkumme, hannse vor kurzem de erschde Spaadestich zelebriert.

Das gefalld mir sowieso immer am beschde, wann so e ganzi Korona die Schibb in de Boddem eninnbohrt. Es gebbd sogar schun Leid, die wo behaupte, doo gäbbs demnächschd sogar Weldmeischderschafde. Desweeje nennd mer das joo aach Stich-Kampf, wahrscheins sesamme kombinierd middem sogenannde Fassbier-Anstich. Gewertet werd doo seerschd emool die technische Ausfiehrung. Uff de Bilder sieht mer scheen, wer vunn denne, wo doo debei sinn, dehemm e Gaarde hadd unn wääs wie mer so e Spaade halle muss.

Annere grien bei de Haldungsnoode Abziech, weils so aussieht als hädde se graad ebbes verbuddelt. Awwer das kammer joo dann immer noch uffholle beim kinschdlerische Ausdruck. Also was ääner fier e Gesicht mache duud unn ob er so machd als gängds em Spas mache. Ganz schlecht is wanner unner sich guggd, als dääd er sich schaame. Odder er hadd bloos Angschd, dass sei Fraa dehemm saad: Bischd du noch ganz kloor, midd dem gudde Mandel...! Wahr-scheins iss das aach de Grund, dass mer so weenisch Fraue uff denne Bilder sieht. Die hann als Kinner nidd so oft middem Schibbche im Baddsch gespielt.

Saarbrücker Zeitung, 10.03.2005

Wann emool die Steckdoos streikt

Mer heerd joo als, dass die Leid vumme bestimmde Problem saan, das dääd ihne sovill ausmache, wie wann in China e Sack Reis umfalld. Seid leddschder Wuch iss mer awwer besser vorsichdisch midd so Sprich. Doo iss nämlich in der Palz e Kraane umgefall unn korz druff sinn bei uns hie die Lischder ausgang. Also mer will joo nimmand ebbes unnerstelle, awwer wammer iwwerleed, dass die Schaltzentral fier unser Kronleichder korz hinner Laudere steht, doo kummd mer schunn ins Simmeliere. Doo sieht mer awwer mool wie abhängisch mir all schunn sinn. Also jedds nidd direggd vunn de Pälzer, meh vum Elegdrische iwwerhaupt.

Es heischd joo nidd umsunschd: Strom iss e ganz besunnerer Saft. Wanns doo nämlich middem Nooschub hapert, doo breche finschdere Zeide aan. Uff die Kiehltruh kammer bei denne Temberaduure zur Nood verzichde unn es Audo fahrt sowieso midd Kerze. Awwer was sunschd noch so alles an der Steckdoos draanhängt, dass merkt mer erschd, wann doo nix meh rauskummt. Dass so Strom nidd ganz ungefährlich iss, dass leere joo schunn die Kinner. Awwer wanner pleddslich mool nimmeh ströme duud, kann das aach zu schwäär heikle Siduazione fiehre. In de Betriewe odder de Krangeheiser. Unn wann aach zum Gligg nimmand zu Schaade kumm iss, e deiri Sach werd das fier manche trotzdem.

Dumm gelaaf isses doodebei awwer fier änner im Rathaus. In so Beheerde ruft mer joo, wanns irjendwo klemmt odder ebbes middem Elektrische nidd hinhaut, seerschd mool noom Hausmeischder. Doo hann die diesmool kinne lang ruufe. Der is nämlich weeje dem Stromausfall im Uffzuch stegge geblieb, der arm Kerl. Doo kammer nur hoffe, dasser die Zeid hinnerher nidd noch hadd misse nooschaffe.

Saarbrücker Zeitung, 17.03.2005

Im Kiehlschrank brennt noch Licht

Also nää, der doo Winder! Gell, der is em ganz scheen uffs Gemied geschlah. Unn uff de Geldbeidel. Ei, wammir noch mool änner kummd vunn weeje globaler Erwärmung, doo zeih isch dem mei Heizungsrechnung. An dem Wedder ware doch nur die schuld, woo dauernd gemeggerd hann, es gääbd bei uns kää richdische Windere meh. Bei denne eisische Temberaduure, wo de Stimmungspeeschel in de Heizungskeller ruscht, doo muss mer sich eewe annerweidisch ebbes Guddes duun. Doo brauch mer ebbes Warmes odder Defdisches odder Sieses. Wann sich aach um de Äquaador das aansetzt, was mer frieher de Winderspeck unn heid die Fruschd-Beule nennt.

Im Fernsehn hann se im Teleshopping die Praline schunn in Portiöncher vun 2 Kilo aangebodd. Awwer nidd dass se denke, ich wolld doo Reklame mache. Sie solle sich das Zeich joo aach nidd schicke losse, sie solle liewer unsere ortsaansässische Aangeboode nutze. Wo doch jetz ball die zarte Flora widder sprießt, doo floriert aach es Geschäftslääwe widder. Weil die Leid midd de erschde Sunnestrahle all widder aus ihre Höhle erauskumme und hefdisch noo Lufd schnabbe. Wann se nidd, wie mei Freind Schorsch, noch im Winderschloof leije. Der behauptet joo steif unn feschd, das wär in der Naduur so vergesiehn.

Sogar die Fußballer missde so e Winderpaus hann fier sich vun denne Strapaaze se erhole. Wo die doch jeed Woch äämool 90 Minudde lang iwwer de Platz laafe. Unn dass die Bäre so kräfdsich unn gesund sinn, dass dääd doodraan leije, dass die sich de ganze Winder uff die faul Haut leeje. Unn nur uffschdehn fier sich ebbes se esse se holle. Also wann eich nochmool die Flemm packt, immer dran denke: Im Kiehlschrank brennt noch Licht!

Saarbrücker Zeitung, 31.03.05

Em Müller sei Luschd

Vun Dengmerd gebbds widder e neies Souvenir. So e scheener Bierkruuch, denne wo mer manchmool in alde Lieder aach de Stiwwel nennt. Weil er bei de entsprechende Gelaache im Kreis erumm wannert. Uff so änner hadd jedds de einheimische Mooler unn Dichter Manfred Kelleter passenderweis unser Wahrzeiche, de Stiwwel so prima druff gemoold. Uff denne kammer nämlich aach enuff wannere. Wammer die richdische Stiwwel aanhadd, damidd mer sich kää Bloose an de Fies holld. Awwer das falld dann schun widder unner die Quante-Physik. De Ringelnatz hadd geschrieb: Ein Stiefel wandern und sein Knecht von Knickebühl gen Entenbrecht. Unn wer bei uns gudd se Fuß iss, der marschiert zum Beispiel von Sengscheid noo Quetschememmbach. Odder um die siwwe Weijere erum, immer denne Markierunge an de Bääm noo. In so me Hochglanzmagazin, wo die Prominende aus der Hai Sauceiety midd denne frisch uffgebischelde Gesichder drinn sinn, hann isch gelääs, es Wannere wär jedds widder schwer in Mode. Weil das kräfdische Lunge gääb unn e klaarer Kobb unn gudd wär fier die Niere. Odder so ähnlich. De Fortschritt, der duud joo aach nidd fahre, der laafd per pedes, wie de Noome schun saad. Aangeblich midd Siwwemeilestiwwel.
Frieher hadds bei uns joo sogar rechelrechde Völkerwannerunge gebb. Nidd se verwechsele midd de spätere Volkswannerunge. Wo mer hinnerher nidd ganz so vill kabuddes Zeich hadd misse wegrauume. Mer hadd das joo schun als Kind in der Schuul beigebrung kried, nämlich am Wannerdaach. Wo meischd de scheenschde Daach im ganz Schuljohr war. Unn sogar im Englische hannse das Wort Wanderlust in ihr Vokabular uffgenomm. Also wer doo nidd uff de Geschmack kummt, dem iss nimmeh se helfe.

Saarbrücker Zeitung, 14.04.2005

E Paradies fier Fischers Fritz

Mir sinn joo hie in Dengmerd unn Umgebung midd Weijere reich geseeschned. Unn an denne stehende Gewässer gebbds jedds im Friejohr nidd blos Leid, wo doo drum rum laafe, mer sieht aach immer meh vun denne Angler, die wo doo ihrer sitzende Betäädischung frööne. Unn das als stunnelang midd wachsender Begeischderung bei Wind unn Wedder. Also ich muss die joo bewunnere, allään schunn weil die morjens so frieh uffstehn. Damidd se die Fisch, wo aach de Wegger ganz frieh gestellt hann, aach all gefang krien. Unn zwar midd Hilfe vumme Kööder. Also nidd dass sie das jedds verwechsele midd de Jäächer. Die hann joo e Hund debei unn rufe als Halali. Das derf mer bei de Angler uff kääne Fall mache, weil mer doodemidd die Fisch verjaad.

Iwwerhaupt iss es Angele gar nidd so äänfach wies aussieht. Gesund iss es joo, so dauernd an der frisch Luft. Unn es soll aach gudd sinn fier die Nerve unn de Blutdrugg. Es iss awwer nidd doodemidd gedoon, dass mer äänfach nur so rumsitzt. Mer muss sich ganz scheen konzentriere unn auskenne in der Materie unn auser Sitzfläsch aach richdischi Kondizion mitbringe. Desweeje hääschd so e Club, wo die sich sesamme duun, joo aach Angel-Sport-Verein. Unn bevor mer iwwerhaupt ääner an so e Angel draanlosst, muss er erscht noch sei Angelschein mache.

Der Sport iss sogar beliebt bis in die heegschde Kreise. Ei graad leddschd Wuch hadd sich joo es Kamilla in England am Enn doch noch ihr Chaales geangelt. Die Angler selbschd nenne sich joo aach gääre die Petri-Jünger. Weil de Petrus bekanntlich aach im Fischerei-Gewerwe tääädisch war. Unn weil die Angler sich unnerenanner aangeblich aach all uff Ladeinisch unnerhalle duun.

59

Saarbrücker Zeitung, 4.05.2005

Solle mer wedde

Wedde iss zur Zeit schwäär in Mode. Unser Owwerborjemääschder hadd zum Beipsiel so änni midd de Stadtwerke laafe. Denne neie Kreisel am Schwimmbad hadder nämlich uff e halwes Johr Bauzeid veraanschlachd. Und er hoffd, dass der noch vor der Eröffnung vun unserm neije Hallebad ferdisch werrd. Awwer doo hadds schunn gehiesch, das gängd jedds endlich im September auffmache. Doo bin isch mool gespannt, wer doo jedds recht hadd.

Gewedd werd joo uff alles meeschliche, nur es Fußball-Toto hadd im Moment kää so guddes Immiddsch. Unn im Fernsehn gebbds sogar e eischeni Sendung, wo so heischd. Wo dann zum Beispel änner behaupt, er wird midd seinem Knause geeje e Poschde donnere unn er kinnd dann am Geräusch feschdstelle, aus wellem Baumarkt es Holz wär. Von dem Poschde, nidd vum Knause.

Neilich hadd mer joo sogar kinne Wedde driwwer abschliese, wer de näägschde Paabschd werrd. De Leid iss joo heidsedaach nix meh heilisch. Unn isch hann midd meinem Freind Schorsch gewedd, dass hinnerher widder die Experde im Fernsehn sesammehugge unn uns vergliggere, warum alles so kumm iss. Unn die Wedd hann isch gladd gewunn. Sie hann nämlich all gesaad, dass se ausgerechned denne Paabschd gewählt hann, das wär e groosi Sensazion gewään. Weil se vorher all uff denne getibbd hädde. Awwer weil joo bekanntlich immer der, wo se vorher saan er werrds, es hinnerher nie werrd, desweeje wär das e riesischi Iwweraschung gewään. Dass es dann am Enn doch der worr wär, wo se glei gemennd hädde, dassers werrd. Wie isch das geheerd hann, doo bin ich ganz leis in mei Keller gang unn hann still in mich eninngeheilt. Unn hann an denne scheene Spruch misse denke: Oh Herr, schmeiß Hern vum Himmel!

Saarbrücker Zeitung, 19.05.2005

Mach mer mool de Kinski

In unserm Weisgerber-Museum gebbds zur Zeid e Ausschdellung iwwer änner vun de beriemdeschde selbschd-darstellende Kinschdler, de Klaus Kinski. Der kunnd immer so scheen midd de Aue rolle. Denne hanner bestimmt schun mool gesiehn unn wanns nur imme Edgar-Wallace-Film war. Mer hadd nie ganz genau gewissd, macht der jedds nur so odder hadder werklich e Rad ab. Awwer er war hald e Scheenie, wo sich in sei Rolle eninngekniet hadd. Die meischde heidische Bildschirmgreese hann oft nur noch die Magge iwwernomm, awwer ohne es Talent.

Um die groose Mime iss joo schun immer schwäär Bohei gemachd worr. Star-Rummel nennd mer das dann. Mir Atzele agiere do liewer im Hinnergrund. Awwer die wo im normale Lääwe Teeader spiele, hann aach nidd immer de beschde Ruf. Spiel dich nidd so uff, heischds doo, unn: Mach kää so Schau. Odder mer guggd änner schroh aan, wanner aus der Roll falle duud.

Die woo uff der Biehn odder im Fernsehn denne Mengenges mache, sinn nadierlich die, wo midd ihrem Erummgefuchdel es ganze Gewerbe in Verruf bringe. Doo kammer die Leid verstehn, die wo dann saan, bleib mer vum Leib midd dem ganze Fubbes. So wie mei Freind Schorsch zum Beispiel, der hadd noch kää Teaader vun inne gesiehn. Er hadd sich awwer dann doch seiner Fraa selieb breitschloon geloss unn iss sogar in die Stadthall ins Abbonnement middgetabbd. Awwer wammer vun ebbes kää Ahnung unn aach zu ebbes kää richdischi Luschd hadd, kammer sich bloos blamiere. Wie nämlich es Lichd ausgang iss, doo hadd ääs zum gesaad: Pass uff, awweile kummd glei de lange Monolog. Doo iss er richdisch verschrogg unn hadd nur gemennd: Um Himmelswille, hoffendlich huggd der sich nidd direggd vor mich!.

Saarbrücker Zeitung, 25.05.05

De Mond iwwer Dengmerd

Vielleicht iss es eich aach schunn uffgefall, awwer geschdern war Vollmond in Dengmerd. Isch wääs joo nidd, ob das annerschwoo aach so iss. Bei uns hie merkt mers jedenfalls schun an de Leid. Die werre dann gääre e bissje kriwwelisch unn nerwees. Doo duun manche komischerweis die Termine in die Naachd verleeje. Zu mir hadd nämlich neilich änner gesaad, ich kinnd ne mool im Mondschein besuche. Die zwischemenschliche Beziejunge duun unner so me pralle Himmelskerper ziemlich leide. Awwer wann sich die, wo sich hie unne nidd verknuuse kinne, werklich geejeseidisch uff de Mond schiese werde, do gääb de Platz doo owwe aarisch eng. Vor allem, weil er dann widder rapied abnemmt.

Em Mond sei Influss uff unser Gemiedslääwe iss joo mittlerweil wissenschaftlich erwies. Unn manche duun sich sogar ganz strikt noo dem sogenannte Mondkalenner richde. Obwohl das nidd jedermanns Sach iss, dass mer naachds um halwer drei uffsteht, fer im Gaarde die Radiesjer se setze. Dass Ebbe unn Fluut middem Mond sesamme hänge, das weiß mer joo schunn lang. Awwer doo brauch ich nidd an die Nordsee se fahre, fier das se studiere. Das monatliche Phänomen kenn ich vun meinem Geldbeidel.

Awwer so e Vollmond hadd aach durchaus sei positive Seide. Wanner amme scheene Summeroowed am Himmel vorbei zieht, doo freije sich die Romandigger. Unn die, wo naachds gäär spaziere gehn. Unn doo isses dann schun ganz praggdisch, dasser ausgerechend dann scheint, wann normalerweis finschder iss. Unn nidd am Daach, wos sowieso hell iss. Sie merke, isch hann misch midd der Materie beschäfdischd unn wääs ganz genau, wie das alles sesammehängt. Ei, ich lääwe joo schließlich nidd hinnerm Mond.

Saarbrücker Zeitung, 14.07.05

Schwaanesee unn Tanzpalaschd

Korz bevor unser aldes Hallebad, wo so traurisch, öd unn läär doo erumsteht, abgerobbd werrd, hannse jedds e Vorschlaach gemacht, was mer doodemidd noch aanstelle kinnd. E Palaschd solld mer draus mache, unn zwar e Danzpalaschd, wo e Disko eninn käm. Die Idee hadd was fier sich, weil doo friejer joo schunn e Ballettschuul drin war. Unn hinner dem Palaschd leid im Stadtpark sogar e Schwaanesee, midd richdische Schwään drin.

Awwer wahrscheins hadd so e Diskothek, wo samschdaachnaachds travoltamäsisch die Poschd abgeht, nix midd kinschdlerischem Spiddsedanz se duun. De Ausdrugg Diskothek kummd joo vun Diskus, also Scheiwe. Weil doo änner immer die neischde Pladde uffgeleed hadd. So e Disk-Schokey iss also eischendlich nix anneres wie e Pladdeleejer. Awwer denne Begriff solld mer vielleicht besser momentan in Verbindung midd Schwimmbäder hie nidd in de Mund holle. Fier richdisch danze se leere gebbds in Dengmerd de Verein Blau-Gold unn die Danzschule, die wo neilisch sesamme e groosi Pardi gefeiert hann. Awwer in der Stadhall iss joo es Parkett so gladd, dass es Danze dort faschd schunn in Eiskunschdlaaf ausartet.

Die Normalverbraucher pragdiziere es Schwoofe allerdings nur geleeschendlich so zum Hausgebrauch. Es Dumme iss nur, dass doodezu immer zwää geheere. Unn wie mer so aus gudd informierde Kreise heerd, duun sich die Männer meischd als Danzmuffel erausstelle. Wann ääs gääre e schmachtender Tango uffs Parkedd leeje werrd, bleibt er liewer hugge. Das leid vielleicht doodraan, dass Männer vun Naduur aus eejer schamhaft veranlaacht sinn. Unn äänfach anatomisch fiers Danze nidd gebaut. Weil garandierd immer e Knie in de Fies is.

Saarbrücker Zeitung, 21.07.05

E Rasebank am Hünegraab

Es Lääwe steckt joo voll Iwweraschunge unn es gebbd vill, wo uns rätselhaft bleibt. Es Universum iwwerhaupt odder die Programmplanung im Fernsehn. Wo kumme zum Beispiel die klääne Geldscheine her unn wo verschwinne se so schnell widder hin? Doo staunt de Laije unn de Fachmann wunnerd sich. Genauso wie die Aanwohner vun der Seyenaanlaach Baukledds gestaunt hann, wie se die digge Brogge gesiehn hann, die wo jedds doo uffem Trottoir leije. Die Määnunge iwwer die Waggese gehn joo schwäär auseinanner. Die ääne saan, sie wäre potthässlich unn die annere, sie wäre so unneedisch wie e Krobb.

Vielleichd hannse die ausme keldische Hünegraab, wer wääs. Unn warum solle mir in der Kernstadt nidd aach so ebbes uffstelle, wo se doch in Rentrisch sogar e Hingelstään im Vorgaarde stehn hann. Ich vermuude joo, dass die gelääs hann, dass de Limes jedds zum Weltkulduurerbe geheerd. Unn doo wollde die bei uns aach noch schnell so e Grenzwall baue. Die Stään solle nämlich e Absperrung markiere, wo die Audos nimmeh hinderfe.

Die Stadt- unn Verkehrsplaner hanns awwer aach nidd ännfach, fier all Inderesse unner ääner Hudd se bringe. Die vunn de Audofahrer, vunn de Fuusgänger, de Geschäfdsleid, de Kinner, de Aanliecher unn de Auswärdische. Desweeje misse die sich immer ebbes neijes innfalle losse unnd schwäär kreativ sinn. Unn se denke sich dann so scheene Werder aus wie fußläufig odder ruhender Verkehr. Audos mache joo heid ball meh Huddel wann se stehn als wann se fahre. All Leid wolle nämlich ihr Unnersadds genau doo abstelle, wo se graad sinn. Unn wanns dann eng werrd unn kämmeh Platz doo is, doo muss mer de Leid halt Stään in de Wää leeje. So richdisch groose.

Saarbrücker Zeitung, 28.07.2005

Isch hann e Plan im Sagg

Wie ich vor kurzem in unserm scheene Freibad war, doo hammir hinnerher e bissje die Aue geträänd. Nää, nidd weeje de Indriddspreise. Nää, ich hann misse an denne Witz denke, dass e Schwimmmääschder wanner mool in Pangsioon gehd uff e chlorreiches Berufslääwe seriggbligge kann. Unn doo hann ich mir so e Schwimmbrill kaaf, so e neimodisch grieni. Genau es richdische fier mei bemoosdes Haupt.

Dehemm hann ich awwer gesiehn, dass doo noch e Gebrauchsanweisung debei war. Und doo hadd gestann, ich sollt de Daume uff jeder Kobbseid unsers Band schiewe, indemm .dass ich die Daume zum Hinnerkobb gleide losse sollt unn dann es Gummiband vorsichdisch abheewe. Doo hann ich nooträäschlich e scheener Schregg kried. Wie leicht hädd ich mir doo kinne e Arm auskuchele odder e Ohr abrobbe, wann ich die Brill unsachgemäß ausgezooh hädd. Awwer es iss joo nochmool gudd ausgang. Das hadd mer jedds effder, dasse bei de Produkte so Warnhinweise dezuleije. Dass mer die Hauskatz, wann se nass worr iss, nidd in der Wascheschleider droggele soll. Dass mer sich de heiße Kaffee im Pappbecher nidd zwische die Bään klemmt unn es Steropor aus der Verpaggung nidd in der Mikrowell zu Popcorn verschaffe solld.

Doo mache die manchmool als ob mer nidd bis drei zähle kinnd. Awwer doo wos needisch wäär, dass mer ebbes verggliggerd krääd, doo duun die sich so verknoddeld ausdrigge, dass mer drei Semeschder Feinmechanik studiert hann muss fiers kabiere. Ich hann mir zum Beispiel so e eleggdrischer Eierkocher kaaf. Awwer das Ding funktioniert hinne unn vorre nidd. Unn aus der Aanleidung werr ich aach nidd schlau. Ich kann die Eier zehn Minudde unn noch länger koche. Ei die Biesder werre ähnfach nidd weich!

Saarbrücker Zeitung, 18.08.2005

Se sinn all ausgeflooh

Ich frooe mich awweile als: Ei, wo sinn dann die ganze Leid hin? Leije die all am Strand odder kraxele in de Berje erumm? Mer merkt jedenfalls, dass Urlaub iss. An de Parkplädds, wo mer pleddslisch e Pladds find. Das iss joo e prima Sach, awwer annerseits is so e läärer Pladds doch e traurischer Annbligg. Odder beim Arzt, wo mer jedds faschd direggd draankummt. Falls der nidd aach graad in Urlaub iss. Doodefier hugge se dann in de Urlaubsorde ziemlich uffenanner. Iwwerall iss Engadin, kinnd mer faschd saan. Die Leid ziehts halt am liebschde dorthin, wo schunn e Haufe annere Leid aach sinn. Am scheenschde siehd mer das bei der An- unn Abreise.

Wann se die Staus in de Nachrichde so zeije, doo mennd mer ball, die Urlauber bräuchte das. Dass die sich in dem Stau ihr Monatsrazion Zee-o-zwei unn Adrenalin holle. Annererseits kammer, wanns stunnelang nidd weidergeht, in aller Ruh soziale Kontakte fleesche. Unn mer kann uff der Motorhaub e paar Spicheleier broode unn e kläänes Piggnigg improvisiere. Es gebbd sogar Leid, wo das beruflich mache, die sogenannde Stauberaader. Das heerd sich joo aarisch hochgestoch aan.

Awwer warum aach nidd, es gebbd joo aach Eejeberaader, Immidschberaader odder Anlaacheberaader. Denne Fachmann frood mer dann: Ei, was kinne se mer dann heid fier e scheener Stau emfehle? Unn schwupps, acht Stunne später steht mer schun uff der Audobahn Minche-Salzbursch. Es soll awwer aach Audofans genn, denne wo das nidd reicht, dass se midd e paar tausend Kolleesche im Stau stehn. Die fahre noch extra dorthin, wo se annere doodebei zugugge, wie die middem Audo immer im Kreis erum fahre. Noo der Devise: Liewer Hockenheim als wie dehemm hogge.

Saarbrücker Zeitung, 25.08.2005

Schnäägischi Eiszeit

Esse Sie aach so gääre Eis? Also fier mich gebbds joo im Summer nix Leggereres wie so e Becher voll frisch gekiehlde Kuchele. Ich stehn joo aach nidd allään midd meiner Begeischderung, wie mer an denne ville Eis-Cafés bei uns sieht. Frieger hadd mer joo Eis-Diel"dezu gesaad, wahrscheins weil doo de Eis-Dieler drin am Werk war. So e Eis hadd nämlich e hoher Sucht-Faktor. Bei meinem Freind Schorsch zum Beispiel. Der wollt mir doch tatsächlich denne Knobb an de Bagge nääje, dass er jedds Eis uff Rezept krien dääd. Weil de Dogdor bei ihm e akuudi Ferscht-Pückler-Unnerfunkzion feschdgestellt hädd.

Das gudde Zeich gebbds joo in alle meeschliche Geschmaggsrichdunge unn Darreichungsforme, wie mer fachmännisch saad. Eiswerfele gille in dem Fall nidd, weil das joo nur Wasser on the rocks iss, unn em unneedisch die scheene Bowle unn de Whisky verdinne duud. Es übliche sinn die Eisälljer, die wos entweder in Bechere gebbd odder im Tietche. Es gebbd aach noch de Eisbeidel, awwer der kommt unner kulinarische Gesichtspunkte nidd in Betracht, weil er für die Katz, – ich wollt saan, fier de Kater iss.

Es Eis kammer an Ort unn Stell verdrigge, das hadd de Vordääl, das die Bechere greeser sinn odder mer holds midd uff die Hand. Das gebbd scheenere Flegge uffem Hemd. Knifflisch iss dann nadierlich immer noch die Entscheidung: mit odder ohne Sahne. Awwer ich menn, wammer beim Eis aanfangd mit Kaloriezähle, doo soll mers liewer glei sinn losse. Unn dann gebbds aach noch es Eis am Stiel. Das iss so e dolli Erfindung gewään, dass die Dengemerder noo dem Erfinder sogar e Schul benennt hann. Es soll sich nämlich doodebei um e gewisser Albertus Magnum gehanneld hann.

Saarbrücker Zeitung, 22.09.2005

Indianer im Summer

Es iss doch schwäär praggdisch, dass es im Johr so e paar fixe Punkte gebbd, wo mer sich draan orientiere kann. Damidd mer zum Beispiel im Herbschd de Zeitpunkt nidd verpasse duud, wo mer die lange Unnerbuxe widder aanzieje muss. Ich wääs, es iss noch lang nidd so weid, ich saan joo bloos. Awwer in Dengmerd hadd sich de Bioriddmus vun de Leid schunn druff ingestellt, dass noo de groose Ferie erschd mool die Kläänkunschdwuch kummd. Unn doodenoo dann die Ingoberdusmess unn hinnerher glei die Kerb. Woo mer meischd erlääbt, dass de Herbscht aach noch sei scheene Daache hann kann.

Jedds hann ich awwer in e paar herrlich bunt dekorierde Auslaache gesiehn, dass se doo noch e Jahreszeid inngeschob hann, de sogenannde Indian Summer. Gudd dasse sich weenischdens beim Schreiwe an unser Platt aangeglich hann. Awwer weeje mir unn denne paar Indianer, wo bei uns rumlaafe, hädde se de Spätsummer nidd brauche umsebenenne. Das erinnert mich doodran, wie mei Freind ganz stolz verzählt hadd, er hädd graad es Kapital vun Karl May gelääs. Ei das iss doch vum Karl Marx, hann ich gesaad. Ach desweeje, hadd doo de Schorsch gemennd, ich hann mich schun gewunnerd, dass doo so weenisch Indianer drin vorkumme.

Altweiwersummer hadd mer das friejer genennt. Awwer das saad mer nimmeh, weils diskriminierend iss. Unn es stimmt joo aach längschd nimmeh. Neilich hadd nämlich in der Zeidung gestann: Männer werre immer älder. Im Unnerschied zu de Fraue, die werre immer jünger. Unn deshalb missd es eejer Alde-Knagger-Summer heische. Awwer was soll das ganze Gespräch. Am beschde is, mer geniesse die Sunn, solang wie se noch scheint. Unn de Wedderbericht meld: Fier die Johreszeid zu scheen.

Saarbrücker Zeitung, 13.10.2005

E Selbschgezabbdes

Mir Dengmerder sinn joo als umgängliche Mensche bekannt. Das leid an unsre pälzisch-bayrische Erbanlaache. Desweeje sinn mir aach service-määsisch absolute Spitze. Weil die Leid am liebschde doo hingehn, wo se freindlich bedient werre. Awwer manchmool sinn aach die heeflichste Bedienunge nidd so gudd druff. Wie ich neilich imme grosse Kaufhaus war, wo aach Ausschank iss unn an der Thek mei Getränk bestellt hann, hann ich zur Antwort kried: Zabbe ses selwer.

Ich verzabbe jeed Wuch so vill, hann ich gedenkt, doo kummds doo aach nimmeh druff an. Unn hann schwäär ufgepasst, dass ich nidd iwwer denne Strich am Glas kumm bin. Weil die Fraa am Tresen so bees geguggd hadd. Wie ich bezahle wollt, iss das nidd gang, weil die sich seerschd midd ihrem Kolleesch hadd misse unnerhalle. Dann bin ich scheins doch in ihr Gesichtsfeld gerood unn hann ihr ganz naiv 2 Euro hingehall. Das war awwer e Fähler, weil se die hädd misse wechsele. Änner Moment, haddse gesaad unn is fort. Serigg iss se kumm middme Schlissel unn rer Roll, die haddse misse wechsele. Ich hann immer noch doo gestann midd dem Erfrischungsgetränk unn meinem unpassende Kläängeld.

Dann iss e Mann middme Glas Bier kumm. Der hadd ganz verschrogg solang im Geldbeidel gekraamt bissers passend gefunn hadd. Doo hadder derfe midd seinem Bier fort. Imme Aanfall vun Mitleid haddse uff äämool gesaad: Sie kinne ruisch schunn trinke, wann se Durscht hann. Isch hann awwer meh Fruscht wie Durscht gehadd, hann fix bezahlt unn bin dabber jääh. Hinnerher hann ich mich gewunnert, dass ich das in dem Moment gar nidd so luschdisch gefunn hann. Wann ich nämlich so Szene im Fernsehn siehn, doo kinnd ich mich kuchele vor lache.

Saarbrücker Zeitung, 20.10.2005

Fier Dengmerd e Medallje errung

E Sportler aus Dengmert iss vor kurzem midd me dolle Erfolch widder hemm kumm. De Ringer Konstantin Schneider hadd nämlich bei de Weltmääschderschaffde in Budapest e Bronzemedallje gewunn. Unn das iss umso heejer se bewerte, weil er debei schwääres Lospech gehadd hadd. Seerschd hadder nämlich noch misse de Olimpiasiecher unn de Eiropameischder besieche, bevor er hadd derfe uffs Trebbche enuff.

Es Ringe iss joo scheins e richdischi Trendsportart. Weil mer aach bei de annere Sportaarde als saad, er hädd de Siech errung. Unn ich hann joo sogar gemennd, die Weltmääschderschaffde wäre in unsrer Bundeshauptstadt gewään. Weil die Zeidunge als vunneme zähe Ringe in Berlin geschrieb gehadd hann. Unn dass unser Polidigger versuche dääde, fier de polidische Geeschner uff die Matt se leeje. Awwer das hädde se nidd gepaggd, weil der vill se gladd gewään waär fier ne se greife. Vielleicht kinnd unser Ringer denne doo noch e Paar Griffe zeije. Awwer der hadd sei Medallje joo im klassische Stil gewunn. Unn die Polidigger bevorzuuche meh de Freistil. Wo mer ännem aach mool e Bään stelle derf. Fier ne raffiniert uffs Kreiz se leeje odder in de Schwitzkaschde se holle.

Allerdings iss joo Gottseidank de sogenannde Würgegriff unner gesiddede Sportsleid nidd iblisch unn kummd nur bei de Catcher vor. Weil mer hinnerher em Geechner aach widder die Hand genn will. So wie unser Staatsverdreeder in Berlin, wo sich anscheinend jedds doch noch sesammeraufe, wie mer so scheen saad. Aach wann se im Wahlkampf schwäär uffenanner los sinn. De Normalbirscher ringt joo aach als, wann er sich die Kraftsportler aanguggd, awwer meh um Fassung odder noo Luft. Unn zwar händeringend.

Saarbrücker Zeitung, 27.10.2005

Friejes Feschd!

Bei manche Zeiderscheinunge doo fallds sogar rer Atzel schwäär fier die midd Humor se nemme. Weil mer nämlich nidd genau wääs, ob mer lache odder heile soll. Vor iwwer rer Wuch bin ich vun der Nookerb midd me Rooschdwerschdsche in der Hand durch die Fußgängerzoon spazierd. Doo hann ich imme Schaufinscher gelääs: „Leckerer Advent". Mir iss joo die Worschd ball im Hals stegge geblieb. Unn ich hann gemennd, ich wär im falsche Film. Unn dann hann se an strategisch ginschdische Stelle aach schunn die Weihnachtsmärkt uffgemacht. Ei die hann se doch nimmeh all am Chrischtbaam, kammer doo nur saan: Fallt de Advent in de Okdoower, iss Weihnachde bloos noch Zinnoower.

Offiziell hammer noch Summerzeid! Unn die feiere Kerb, Hallo Wien unn Weihnachde uff ääner Schlaach. Unn am 24. Dezember duun sich die Pappnase dann verbooze unn feiere Faasenacht. Weils bis doohin joo aach kää acht Wuche meh sinn. Unn doo behaupte die Leid, dass es Wedder verriggd spiele dääd. Unn duun laud doodriwwer lamendiere, dass die Kinner kää Oriendierung meh hädde. Ei woher dann! Wie soll mer dann so me Klääne vergliggere, dass de Azwenzkalenner uff äämool 64 statt 24 Diercher hadd. Mer kinnd joo mool ganz hinnerlischdisch frooje, ob bei denne, wo uns seit e paar Wuche schunn de Spegulazius voorsetze, es Weihnachtsgeld aach im September ausbezahlt werrd.

Awwer es leid joo an uns selwer, ob mir jeder Fubbes, wo mer uffs Au gedriggd grien, unbedingt mitmache misse. Wann bei mir demnäägschd Oschderglogge am Weihnachtsbaam hänge, doo schreib ich jedenfalls uff mei Wunschzeddel: Liewes Chrischdkind! Schigg näägschd Johr de Nigolaus schunn im Ogdoower. Unn er soll e ganz, ganz großer Sack mitbringe!

Saarbrücker Zeitung, 3.11.2005

Schmuggstigger unn antike Stään

Am Samschdaach unn Sunndaach duun se in der Stadthall widder Kollekzioone vun Koschbarkeide ausbreide. Wo nidd nur ebbes sinn fier Kenner unn Liebhaber, nää aach fier die, wo nur kumme fier sich die Preziose aansegugge. Mei Frend Schorsch hadd doo e schwäärer Stand, weil sei wesentlich besseri Hälfd ihne doo als midd hinschlääfe will. Dass se weenischdens äämool im Johr ebbes Edles se siehn kried. Du saaschd doch aach als „mei Schnuggstigg" zu mir, hadd ääs zu ihm gessaad. Awwer de Schorsch zieht nidd so richdisch. Er hädds nidd so midd de Stään, doo missder immer an sei Galle odder an sei Umbau denke. Ihm wär e edler Trobbe liewer. Unn auserdem gääbs doo aach Fossilie unn doodefier wird er sich noch se jung fiehle.

Tatsächlich saad mer joo aach vun ännem, wo massisch vill Jährcher uffem Buggel hadd, er wäär stäänalt. Odder vunn ännem, wo sich schunn seit Urzeide im öffendliche Lääwe tummelt, er wär e Urgestään. Das iss vielleicht aach de Grund dasse sinnischerweis drei Daach später in der selb Hall glei die erschd Senioremess in Dengmerd veraanschdalde duun.

Eischendlich will die Zielgrupp sich joo nidd gääre so tituliere losse, weil das aach widder so e bestimmder Unnertoon an sich hadd. Unn wann die Leid siehn, dass mer in manche Inschdiduzioone schunn ab 55 unner die Rubrik Seniore falld, doo kinne die nur lache. Das gilt nadierlich nidd fier unser Polidigger, weil die joo in dem Älder, wo annnere schunn Oma unn Opa sinn, noch als „Enkel" durchgehn. Awwer die ältere Johrgäng sinn heid all noch schwäär aktiv. Die peese midd de Stegge durch die Wald, dasses schebberd. Unn die Oma fahrt middem Modorrad, awwer nidd unbedingt im Hingelstall ...

Saarbrücker Zeitung, 10.11.2005

Frielingsgefiehle im Herbschd

Wanns noo unsrer Kulturamtsleiterin geht, doo iss Dengmerd ball um noch e Attraktion reicher. Im Stadtpark, der wo prosaisch Gustav-Claus-Anlage hääscht, soll ganz romandisch unn kinschd-lerisch die Erinnerung wachgeruuf werre. An die Zeide, wos noch kää Diskos gebb hadd unn die Anbahnung vun zarde Bande hauptsächlich im Freije stattgefunn hadd. So Seifzeralleeje, wo die Juuchend sich sellemools die erschde Bloose an die Freijersfies geloff hadd, hadds joo effder gebb. Zum Beispiel uff der sogenennt Renn-bohn in der ald Kaiserstroos. Doo hadd iwwrischens de Heinrich Kraus e herrlichi Geschichd driwwer geschrieb. Wanns sogar fier unser Audos e TÜV unn Iewungsgelände gebbd, doo wär joo in so rer wichdisch Aangeleeschenhääd e amoureeser Lehrpaad gar nidd so verkehrt. Es Problem bei der Vermarkdung vun so me Seifzerpark leid allerdings doodran, dasses bei der Sach besunnerschd uff Verschwieschenhääd aankummd. Weils joo dann erschd richdisch Sapß macht, wanns eischendlich verbodd iss. Unn nidd aach noch öffentlich propagierd werrd.

Bevölkerungspolidisch kammer die Initiative allerdings nur begriese. Awwer mer wääs nadierlich nidd ob die heidisch Juchend das Aangebodd aach annemmd. Sunschd hädd ich gesaad, mer kinnd zum Zweck der Veranschaulichung e hiesischer Imker verpflichde. Awwer noodemm dass es Sexualläwe heidsedaach schunn uffem Lehrplan steht, kinnd ich mer denke, dass die Schieler denne Biencher eejer noch e paar Tricks beibringe kinnde.

Ganz abgesiehn doodevunn kammer e Besuch in unserm Stadtpark nur jedem empfehle. Dass iss nämlich werklich e ganz besunneres Plätzje. Aach daachsiwwer unn fier all die wo midd ihre Hormone friedlich sesamme lääwe.

Saarbrücker Zeitung, 8.12.2005

Spischel, Spischel ann der Wand...

Hannses schunn geheerd, am Samschdaach iss in Dengmerd Damewahl. Weil awwer die Männer uff denne Begriff allergisch reagiere, nennt mer das jedds Miss-Wahl. Obwohl Miss joo aach nix anneres hääschd wie Dame. Grundsätzlich iss nadierlich alles was zur Ortsverscheenerung beidraan duud nur se begriese. Ich hann bloos gedenkt, hoffendlich holle sich die arme Määde in der Johreszeid nidd die Fregg. Weil die joo gääre e bissje luffdisch aangezoh sinn bei so Geleeschenhääde. Awwer dann hann ich gesiehn, dass der Wettbewerb in userm neije Schwimmbad abgewiggeld werrd unn doo passt das joo gudd hin midd denne Baadeaanziechelcher.

Also ich mechd awwer in so rer Schürie nidd hugge, wo das se entscheide hadd, welles jedds doo am Scheenschde iss. Doodriwwer hadds friejer sogar schunn de greeschde Balaawer gebb. Unn desweeje hadd joo aach de Trojanische Kriesch aangefang. Weil Scheenhääd aarisch reladiev iss unn e ziemlichi Geschmaggsach. Unn das nidd nur bei de Fraue. Wo zur Not noch e bissje noohelfe kinne midd so Dibbscher ausem Bjuudi-Kääs. Unn die Männer sich behelfe misse midd ihrer Naduurscheenhääd.

So wie mei Freind Schorsch zum Beispiel, wo sich innbille duud, er wär als Punktrichter de richdische Mann. Doo hann ich dem gesaad, das wär e beeses Miss-Verständnis unn er soll mool in de Spischel gugge. Ob er denne nidd weeje unnerlassener Hilfeleischdung verklaache soll. Doo hadder sich awwer gewehrt: Er hääd johrelang Kaffee getrunk unn das dääd joo bekanntlich scheeen mache. Joo, awwer doch nur wann de Kaffee kalt iss, du Dirmel! Jedds isser ganz geknädschd, weil er sich die ganz Zeit fier nix unn widder nix die Nerve ruiniert hadd.

Saarbrücker Zeitung, 29.12.2005

Nix genaues wääs mer nidd

Kaum iss es Weihnachdsfeschd erumm, doo steht schunn widder jemand vor der Dier. Es neije Johr nämlich. Awwer so e Johreswechsel iss joo aach e ziemliches Wunner. Weil sich all Leid jedesmool widder nei wunnere, wo das alde nur so schnell hin iss. Obwohl se das doch schun e paar Mool erlääbt hann.

Schwäär beliebt sinn um die Zeit aach die sogenannde Prognose. Weil mir all nääweberuflich kläane Zukunftsforscher sinn. Unn noch bevor die Dier iwwerhaupt uff iss, schunn spitze wolle, wies neije Johr so aussieht. Doodebei hammir joo eichendlich annerkannte Fachleid unn Profehde, wo uns die Aarwed abholle. Awwer aach wammer die landleifisch „Weise" nenne duud, iss denne ihr Trefferquote oft meh wie dürfdisch. Ich glaab als ganz, midd denne Prognose kinnd mer e ganzi Sendung Heiteres Zukunftsraten bestreide. Die mache wahrscheins nidd meh wie mir aach, die gieße e bissje Blei unn riehre im Kaffeesatz. Allerdings dunn se uns dann hinnerher ganz sachverstännisch verggliggere, warums dann doch e bissje annerschd kumm iss, wie se gedenkt hann.

Desweeje gebbds nadierlich um die Zeit graad aach masseweis die Johresriggbligge. Weil mir awwer de greeschde Dääl vun unserm reschdliche Lääwe sowieso in der Zukunft verbringe, doo isses vielleicht dann doch besser wammer noo vorre guggd. Wammer aach nix genaues wääs. Das iss vielleicht aach es beschd, doo brauch mer sich kää groose Illusione se mache. Odder profilaggdisch uffsereesche - je noodemm. Weil mirs meischd nidd so gebaggd grien wie mers gääre hädde. Unn weils joo aach kää Umtauschrecht fier aangebrochne Johre gebbd, doo greife mer am beschde uff e aldes Hausmiddel serigg: mer holles wies kummt.

Saarbrücker Zeitung, 19.01.2006

Wuddserei im Wald

Au Bagge! Wann das doo werklich stimmt, doo misse mir uns in Dengmerd schwäär umstelle. Wo doch bei uns drumerumm unn aach middedrin so vill Bääm stehn, dass mer als de Wald nidd sieht. Unn mir ware doo joo noch richdisch stolz druff, weil die aangeblich fier unser guddi Luft sorje duun. Joo, vunn weeje! Ausgerechend im deitsche Blätterwald hannse jedds die Horrormeldung verbreitet, dass die Bääm selwer schuld wäre. Dasse nimmeh ganz gesund sinn. Unn aach an denne geschmelzde Polkappe, an der Umweltverschmutzung unn iwwerhaupt. Weil die so e unabbediddliches Gas ausatme dääde, wo fier denne ganze Huddel verantwortlich wär.

Ich hammir schunn so ebbes gedenkt, dass die Bääm nidd ganz sauwer sinn. Weil die wo bei uns hinnerm Haus stehn, die ganz Zeit schunn so hinnerhäldisch geguggd hann. Unn wammer bedenkt, wie die im Herbscht äänfach ihr ganzes Laab uff unser scheener Asphalt falle losse. Odder die stelle sich em uff der Fahrbahn äänfach in de Wää, wanns emm mool furchbar pressiert. Unn desweeje hann mir joo aach, wie mir das geläás hann, sofort unser gefährliches Weihnachtsbäämche ausem Finschder geschmiss. Awwer doo hääde sie mool solle siehn was das noch fier e Sauerei midd seine Noodele gemacht hadd.

Midd Plastigg wär das nidd passiert, hann ich noch zu meiner Fraa gesaad. Es wird uns wahrscheins nix anneres iwwrisch bleiwe, wie die ganze Umweltverpester ganz schnell unschädlich se mache. E Schritt in die richdisch Richdung hammer joo schunn gemacht, änner Kahler Bersch gäbbds joo hie schunn. Es äänzische Problem bei der Sach iss nur das: Wann all die beese Bääm endlich ab unn fort sinn, wo solle mer dann hin, wann demnäägschd doch noch die Pälzer kumme.

Saarbrücker Zeitung, 16.02.2006

Hoch-Zeide fier Figaros

Wammer sich awweile so umheerd unn umguggd, doo kammer nur drogge feschdstelle: Es sinn hoorische Zeide. Unn desweeje duun joo aach in Dengmerd die Friseergeschäffde nur so ausem Boddem schiese. Das Gewerbe iss eewe vun Naduur aus e tipischi Wachstumsbranche. Das war awwer schunn immer so, dass mer gäär midd de Hoor ebbes hergemacht hadd. Unn weil sich die diesbeziechliche Mode besunnerschd bei de Fraue alle Gebodd ännert, doo muss die Frisur nadierlich alle paar Wuche farblich aangepasst unn frisch gesteilt werre. Mool korz, mool lang, mool gladd unn mool meh struwwelisch. Die Männer hanns doo äänfacher. Die misse nur lang genuch waarde, doo erleedischd sich das Probleem midd de Hoor meischd ganz vun selwer.

Wann dann so änner middme brääde Scheidel zum Friseur seines Vertrauens kummt unn will die Hoor geloggd hann, doo kannsem passiere, dass der saad: Logge kann isch se, awwer ob se kumme? Das iss awwer aach e scheenes Beischbiel doodefier, wie gudds iss, dasses Männer midd Pladde gebbd. Sunschd wirde bei de Büddereede schummool e grooser Dääl vun de Witze wegfalle. Unn an der Faasenacht hadd mer joo de Geleeschenhääd, fier die kahle Stelle middeme Helm odder Hudd absedegge. Odder midd rer Perigg. So hanns frieher die Ferschde un die Keenische gemacht. Die hann midd ihrer kinschdlich Leewemähn ihre Unnertaane unn vor allem ihre Mädresse imponiert. Aach wann nix meh dehinner unn drunner war. Doo kammer mool siehn wie wichdisch die Hoorkinschdler schunn immer gewään sinn. Sogar ganz Opere hannse iwwer die geschrieb. Unn wann änner ebbes ganz prima hinkried hadd, doo saad mer joo bei uns heid noch voll Bewunnerung: Sauwer die Hoor geschnidd!

Saarbrücker Zeitung, 30.03.2006

Wann de Waldi Gassi geht

Wammer sich oowends in Dengmerd noch e bisse die Bään verdrääde will unn so an de Vorgäärde längs geht, doo werrd mer schunn midd freindlichem Gebell empfang. Weil joo aach als beese Buuwe um die Zeit unnerwäächs sinn, hann die Hausbesitzer, wo e bissje auserhalb wohne, meischd e Fiffi odder e Bello im Gaarde erumm laafe, woo seinem Noome alle Ehre macht. Nur kann so e schlauer Hund das nidd immer ganz genau unnerscheide, ob das jedds jemand Harmloses iss odder änner, wo er besser mool die Zähn fleddschd.

Desweeje gebbds aach im Wald immer widder Probleme midd de verschruggene Spaziergänger, wo noch nidd ihr Hundefiehrerschein gemacht hann. Komischerweis iss joo es Kampfgewicht vun so me Hund oft umgekehrt proportional zu dem vun seinem Herrche. Wie zum Beispiel beim Obelix midd seinem klääne Idefix. Iwwerhaupt hann die meischde Hunde bei uns aach so gallische Noome, die heische scheins all Dermachtnix. Es gebbd nadierlich aach so richdische Rassehunde, wo uffs Wort heere. Mei Freind Schorsch zum Beispiel, der hadd so änner midd richdischem Stammbaum. Der hääschd „Runner vumm Sofa". Awwer vorwiechend werrd joo so e Hund gehall als Pfötchengeber. Seit erwies iss, dass die doodebei verabreichde Streicheleinheide gudd sinn fier die Pulsfrenquenz unn de Blutdrugg.

Awwer nidd nur beim Gassigehn macht so e Hund sich nitzlich. Wie sich zwää Alpiniste mool in de Berje verirrt hann, doo iss in leddschder Minudd e Berhardiner zu Hilf kumm midd soome Fässje um de Hals. Do saad der ään: Doo kummd er joo endlich, de beschde Freind des Menschen. Joo saad der anner, unn gugg emool wass er fier e grooser Hund middgebrung hadd.

Saarbrücker Zeitung, 6.04.2006

Wie e uffenes Buch

Neilich hann ich beim Inkaafe imme Geschäfd in der Fuusgängerzoon widder emool e erhebendes Erlebnis gehadd. Also es iss um e Erhebung gang unn zwar vunn meine Daate. Die Fraa an der Kass wollt unbedingt wisse, wo ich herkääm. Ei vunn dehemm, hann ich gesaad unn ich solld joo nidd vergesse fier neije Gliehbirne middsebringe. Nää, aus weller Stadt, hadd se gemennd. Ich bin joo froh, dass ab unn zu noch jemand ebbes noo mir frood. Unn weil das joo aach nix iss, wo mer sich defier schaame muss, hann ich aangebb, ich wär aus Dengmerd. Als heeflischer Mensch hann ich nadierlich serigg gefrood. Doo war die ganz verdaddert, was awwer kää Wunner war, weil se nur aus Saarbrigge war.

Anscheinend laafe heidsedaach nur noch interessande Mensche erum. So gierisch, um nidd se saan neigierisch sinn die uff unser perseenliche Verhäldnisse. Unn doodefier gebbds die Kunnekaarde, Kreditkaarde, Paziendekaarde unn wer wääs was noch alles. Doo erfahre die dann zum Beispiel mei Konfekzionsgrees, wie alt ich bin, ob ich Schwääsfies hann odder wie schnell mei hautsimpatischer Deospray all iss. Obwohl das joo alles iwwerhaupt kää Geheimnis iss. Oder se wolle wisse, was ich gääre so esse. Du liewer Himmel, das wääs ich joo als selwer nidd so genau. Bis ich zum Beispiel im Lokal uff der Kaard ebbes ausgesucht hann, doo hann annere schunn de Noodisch verbuddsd. Saad mei Fraa. Demnäägschd wolle se joo in alles, was mer inkaafe, noch so winzische Tschipps inbaue. Wo middem Kiehlschrank dehemm per Sadellid verbunn sinn, falls dem ebbes fehld. Schwäär praggdisch iss das joo beim Räänscherm. Falls mer denne mool irjendwo stehn loosd, kammer glei iwwer Funk e Suchmeldung losslasse.

Saarbrücker Zeitung, 20.04.2006

Uff groosi Tour im Gau

Die Fahrräder, wo seit me halwe Johr traurisch in der Garaasch gestann hann, kumme langsam widder zum Vorschein unn zum Innsatz. Das dääd mir aach niggs schade, hadd mei Fraa gesaad, wann ich mool e bissje in Fahrt käm. De Kneippverein dääd jedds jede Samschdaach so Toure um Dengmerd erumm organisiere. Joo, hann ich doo gemennd, das wär bei denne dann wahrscheins e Spritztour. Wo dies doch sunschd immer so middem Wasser hann.

Dengmerd iss joo eischendlich e bissje unginschdisch gebaut, fier doo länger am Stigg in die Pedale se drääde. Weils iwwerall glei de Bersch nuffer geht. Awwer vielleicht graad deshalb hann se hie bei uns so stramme unn tretfreudische Waade. Unn de hiesische Radsportclub zum Beispiel, der hadd sich midd soome groose Erfolsch ins Zeich geleeht, dass näägschd Johr in Degmerd die deitsche Määschderschafde im Mauntenbeik-Marathon ausgedraah werre. Das sinn die ganz neije Maschine, wo als im Wald midd Karacho an emm vorbeifliddse. Unn mer derf aach zu soome Gerääd nimmeh Drohtesel saan, weil das e Beleidischung wär. Wo die Dinger so e Haufe Geld koschde, wie mer als Erziejungsberechdischder spädeschdens am Geburdsdaach vumm Klään merke duud. Awwer wie heischds so scheen: Guddes Raad iss deijer.

Unn dann kummt joo noch das ganze Drum unn Draan unn es richdische Autfitt dezu, weil mer midd so rer lilani Bux vill besser strambele kann. Awwer mer muss joo schunn desweeje die Betäädischung fleesche, weil se entscheidend war fier die Entwigglung vun der Menschhääd. Die Wissenschafdler behaupte nämlich, dass midd der Erfindung vumm Raad unser ganzi Ziwilisazioon iwwerhapt erschd aangefang hadd.

Saarbrücker Zeitung, 27.04.2006

Dengmerder Aushängeschilder

Dengmerd iss joo bekannt defier, dass mer aus alle Himmelsrichdunge, sosesaan sternfermisch eninn fahre kann. Mir hann zwar kää Weldmääschderschaft, awwer bei uns sinn die, wo kumme, aach zu Gaschd bei Freinde. Unn weil die Ortsinngäng joo quasi die Visiddekaard vunn rer Stadt sinn, hannse doo in der leddschd Zeit schwäär draan geschafft, dass die noo ebbes aussiehn. Die alt Glashidd zum Beischbiel, wo johrelang e verrobbdi Ruin war, macht jedds e schnaddser Inndrugg. Unn aach an annere Stelle hannse einische friejere Schwachpunkte e Gesichtsoperazion verpasst.

Fier unser Schoggolaadeseide noch meh publigg se mache, wolle se jedds Schilder auffstelle. Nidd soone, wo schunn plantaaschemääsisch hie aangebaut worr sinn unn sogar die Innheimische ganz wurres mache. Nää, so richdisch scheen gemoolde, wie merse als an de Audobahne sieht, wammer an de fremde Sehenswirdischkääde vorbeibraust. Es gebbd aach schunn jedi Meng Vorschlääch, was fier Schmuggstigger doo druff solle. Mir als Asterix-Fan gefalld joo am beschde noch de Spellestään in Rentrisch. Der iss schun ball vierdausend Johr alt un steht doo äänfach im Vorgaarde. Doo fahr ich immer vorbei, wann ich mool ins preisische Ausland muss. Apropos, – es beschde an Dengmerd kried mer garnidd uff so e Schild druff unn wammer noch so kinschdlerisch verannlaacht wär. Das iss unser besonneres Fläär, wo mir hie hann.

Bis die sich äänisch sinn, was uff die Schilder druff soll, das dauert sowieso noch e bissje. Awwer vielleicht iss das garnidd so schlecht. Wammer nämlich kurz vor der Hexenaachd Aushängeschilder aushänge dääd, doo wär die Versuchung groos fier die Aushängschilder aussehänge.

Saarbrücker Zeitung, 11.05.2006

Dengmerder Luffd - gudd gewerzt

Was is de Unnerschied zwische Grille unn grille? Ei, wann se zirpe, das heert mer unn wo se grille, das riecht mer. Kaum is nämlich die Sunn aus ihrem Winderschloof uffgewacht unn die Hormone hann widder Ausgang, doo ziehts. Unn zwar die Leid midd Macht ins Freije. Zum eichene Feichtbiotop midd Feierstell hinnerm Haus odder in e Gaardewertschaft. Unn durch ganz Dengmerd zieht e deffdischer Duft, so wie graad bei dem verflossene Bier- unn Lioonerfeschd. Wo dann unser spezielles Reinheitsgebot gilt: Die doo paar Biercher misse noch rein heit.

Das hadd joo aach e Forschungsgrupp aus Kanada widder streng wissenschafdlich feschdgestellt. Dass de Mensch sich drause an der Frischluffd vill wohler fiehle dääd wie wanner in der Stubb inngesporr wäär. Saa nur, kammer doo nur saan. Ei die Widdsbolde hädde die Forschungsgelder joo besser in Freibier unn Schwenkbroode aangeleed. Unn dann hanse noch gesaad, dass die Bobbelcher, wo im Mai uff die Welt kumme, vill glligglicher wäre wie annere. Doo kumme die joo ball ausem Juchze nimmeh raus. Wannse erschd merke, dasse ausgerechent in Dengmerd geboor sinn unn demnäägschd noch e Begriesungsgeld dezu krien.

Die äänzische wo in denne allgemeine Jubel nidd instimme duun, das sinn die, wo geeje äänzelne Dääle aus der Flora wo doo erummseeschele allergisch sinn. Desweeje schwääds mer doodebei joo aach als vum Pollefluuch. E ganz extremer Fall vunn Freiluffd-Kulduur iss joo in zwää Wuche de Vadderdaach. Vor allem wann die freilaafende Mannsleid oowends widder hemmkumme. Wie schunn de Schiller so scheen geschrieb hadd: Der schrecklichste der Schrecken, das ist der Mensch in seinem Wahn. Odder in dem Fall in seinem Wähnche.

Saarbrücker Zeitung, 1.06.2006

Besuch vunn driwwe

Bei dem laude Bohei unn Gedeens in unserer Gesellschaft gehn manchmool graad die Ereischnisse e bissje unner, wo langfrisdisch am meischde bewirke duun. So iss graad in Dengmerd es 25jährische Jubiläum vunn unserer Partnerschaft midd St. Herblain gefeiert worr. Midd me prima Programm in der Stadthall, vill Promenenz unn Gäschd aus Fronkreisch, wo briwaad unnergebrung ware. Was joo nidd es schlechdeschde iss fier sich kenneseleere. Unn dann gebbds nadierlich noch e Redour-Innladung unn e Juuchendlaacher hiwwe unn driwwe. Weil so e perseenlicher Kontakt joo als meh bringt wie noch so gudd gemennde Apelle.

Wer sich awwer klar mache will, was das eichendlich fier e besunneres Ereischnis iss, dass mir midd denne Gäschd so friedlich sesamme siddse kinne, der braucht nur mool imme Geschichtsbuch se blädderre. Manchmool hann isch es Gefiehl, dass mer das schunn fier so selbschdverstännlich halle, dass mers gar nimmeh richdisch würdische duun. Odder wie mir hie saad eschdamiere. Doodebei gehn unser frankophile Gefiehle joo seallererscht mool durch de Maache. Ich glaab, wann unser Vorfahre siehn kinnde, wie mir samschdaachs äänfach so iwwer die Grenz fahre fier im Cora de Kammembär unn de Kreemand innsekaafe unn brauche noch niddemool Geld se wechsle, doo wäre die sprachlos.

Apropos sprachlos: das iss nadierlich wischdisch fier die Kontaggde, dass mer sich middenanner unnerhalle kann. Das derft awwer eischendlich nidd se schwäär sinn. Weil mir midd franzeesische Brogge wie sallü, mon Scherrie odder Canabbee angeblich joo schunn uffgewachs sinn. Unn doodemidd iss aach die Verschdännischung uff Dauer gesichert. Wie gesaad: mer muss bloos schwäddse midd de Leid.

Saarbrücker Zeitung, 14.06.2006

Ballisdigg fiers Fußvolk

Fier all die, wo an sportlicher Betäädischung, wo se midd de Fies noom Ball trääde nix hann, doo hann isch e Aldernadieve als Geheimtibb. Wie wärs dann mool midd rer Pardie Minigolf, direggd vorm Dengmerder Schwimmbad. Das iss so e Art Golf fier Kläänsparer, nur alles vill iwwersichdlicher unn in gereescheide Bahne. Mer kann aach in puncto Fußball nix verseime, weil mer prima aus alle Richdunge heerd, ob unsere e Door geschoss hann. Es gebbd sogar bei uns e Verein, wo se denne filgrane Extremsport ausiewe. Die Profis erkennt mer doodraan, dass die ihr eischenes Gerät mitbringe. Unn dasse nidd schummele. Wie das oft bei de bluudische Amatöre passiert. Bluudisch deshalb, weil die sich, so wie die de Schlääjer halle, wahrscheins effder Verleddsunge beibringe.

Es iss awwer aach e knifflischi Sach fier die klääne Lecher all se treffe. De Konfuzius hadd schunn gesaad: Je klääner de Ball umso komblizierder die Ballisdigg. Was mer doo alles berechne muss. De Luftwidderstand, die Windrichdung, die Schwäärkraft unn die Erdrodazioon. Wann ich mich midd some Bällje erumärjere, doo froo ich mich, ob das klään Biest midd meine hochwissenschftlische Berchnunge nidd iwwerfordert is. Weils ganz annerschd flieht als wie ich das gemennt hann. Odder es iss bees midd mer, weil ich so feschd druff haue. Awwer was soll ich mache, es heischt halt Schlääjer.

Ään Gligg nur, dasse doo nidd so e Wassergraawe inngebaut hann wie beim richdische Golf. Obwohls nadierlich aach Spezialischde gebbd, wo ihr Bällje bei de Leid wo friedlich uff der Terass sitze, in die Gulaschsubb eninn buggsiere. Das iss dann de Moment, wo mer ääns unbedingt vermeide sollt: Dass mer laut Door schreit.

Saarbrücker Zeitung, 22.06.2006

Maß fier Maß in Dengmerd

Seid bei uns es Fuusballfiewer grassiert, werre aach in Dengmerd heffdisch die Fohne raushänge geloss. Meischd die sogenennde Trikolore, also soone midd drei Faarwe druff. Mir sinn joo bekannt doodefier, das mir alles schwenke was uns in die Finger falld. Also warum dann nidd die Fohne. Awwer vielleicht sollt mer besser vunn Flagge schwäddse als wie vun rer Fohn. Dass gar nidd erscht dumme Widdse uffkumme zu dem Thema. Obwohl se joo saan, mer sollt bei der Hidds unbedingt vill trinke, nur bloos kää Algehool. Doo saan sich dann Leid wie mei Freind Schorsch, was juggd mich de Algehool, wann ich mei Bier hann. Wo doch sogar unser Mannschaft vun rer Brauerei gesponsert werrd. Awwer beim Bier iss neierdings Hopfe unn Malz verloor. Weil se doo alles meeschliche ninnkibbe, fier die Geschmaggsknoschbe zem Uffblieje se bringe. Wer Angschd hadd, dasser vum Bierdrinke mied werrd, der kann awweile sei Pils midd Koffein geniese. Wanner mich froowe, dass iss doch kalder Kaffee!

So ebbes kinne die Fraue joo meischd nidd richdisch kabiere. Was das die Männer fier e Iwwerwindung koschd, fier so e Quandum erunner se krien. Bei der laud Musigg in verrauchde Kneipe se hogge unn das grusselisch kalde Bier se drinke, das iss joo kää Vergniesche. Unn die Fraue kinne dehemm im warme Bedd leije.

Jedds gebbds joo sogar Bier, wo mer midd jedem wo mer verkassemaduggeld es Wachstum vum Räänwald ferdere duud. Doo muss mer sich als Mann halt entscheide, ob mer egoisdisch seiner Lewwer ebbes Guddes duud odder doch liewer der Umwelt. Ich kenne e Stammdisch wo schunn de Noome gewechselt hadd. Die nenne sich nimmeh Ridder der Tafelrunde, die heische jedds Redder des Regenwaldes.

Saarbrücker Zeitung, 6.07.2006

E faires Aangebodd

Zur Zeit grien mir joo gewies, wie wichdisch es iss, dass mer beim Wettbewerb immer scheen fair bleibt. Dass mer kennem vun hinne in die Kniekehle gräscht unn erscht recht nidd uff änner druff drääd, der wo schunn am Boddem leid. Wie im richdische Lääwe eewe. Desweeje duun e paar Organisazioone iwwermorje widder e faires Friehstigg serviere. In der Stadtbibliothek, die wo sogar samschdaachs uff hadd, was vill Leid gar nidd wisse. Wann änner nidd fair spielt, dann iss das e Foul. Seerschd hann ich gedenkt, doodemidd wollde se saan, dass es bei dem Friestigg kää faule Eier gääb. Awwer dann hann ich mich noch schlauer gemacht wie ich schunn bin. Doo verkaafe se fein Zeich aus aller Welt, awwer so, dass fier die, wo das produziere, am Enn vun der Verdienschdkedd noch ebbes abfalle duud. Das sinn sowieso die beschde Geschäfde, wo se all ebbes devunn profidiere. Bei uns gebbds das Prinziep schunn längschd unn hääschd: lääwe unn lääwe losse.

Vielleicht solld mer awwer mool draan denke, dass die leggere Sache, wo mir heid fier e Abbel unn e Ei grien, mool schwäär begehrde Luxusgieder ware. Wo mer graad vum Ei schwäddse, zum Beispiel es Salz unn de Peffer. Wo mir doo driwwer straue, dass es besser rutscht. Doodefier hann sich frieher ganze Karawane durch die Wüscht gequält fier de Keenische ihr verwehnder Gaume midd de Spezereie ausem Orinet se versorje. Heid sinn mir als Kunne selwer die Keenische unn doo solld mer sich weeje paar Penning nidd so draanstelle. Mer sieht, die Idee iss gudd. Un denne Dame, wo doo ehreamtlich täädisch sinn, hädde se schunn beinäägschd de Titel Fair Lady verlieh. Awwer das wär dann unfair gewään geeje die Männer, wo joo aach mithelfe.

Saarbrücker Zeitung, 20.07.2006

Spinnereie im Summerloch

Manchmool gehn emm bei denne Temberaduure ganz dirmlische Gedanke durch de Kobb. So iss mir zum Beispiel uffgefall, dass all Ardiggel inn derer doo Zeidung im sogenennde Bloggsatz gedruggd sinn. Scheen sauwer rechts unn links in rer gladd Linie runner. Nur die Kolumne vun der Atzel iss ausgerechend im sogenennde Fladdersatz geseddsd. Wie tiefsinnisch! Die Begriffe kumme joo ausem Druggereigewerwe, wo friejer noch meh so kloore Ausdrigg gehadd hann. So wie zum Beipsiel Schusterjunge odder Hurenkinder. Doodebei war doo gar nix Schlimmes demidd gemennd gewähn.

Es gebbd halt als so Werder, wo, wammer bees will, pletzlich so e abfällischer Unnerton grien. Zeidunge unn Biecher werre zum Beispiel verleed. Mei Fraa saad dann immer zu mir, so wie ich die Sache all verschdruddele, doo hädd ich mich gudd als Verleecher gemacht. Wammer awwer zu ännem saad, er gängd lieje wie gedruggd, doo iss das joo schunn e beeswillischi Unnerstellung. Im Geejesatz doozu wanns hääschd, ebbes sieht aus wie gemoolt, doo iss das joo e Kompliment.

Apropos gemoolt: e Mooler gebbd joo gääre zu, dass er Moolerei studiert hadd. Doo iss der stolz druff. Awwer hann sie schunn emool e Sänger geheert, wo demidd geschdrunzd hadd, er hädd Singerei studiert. Odder dass e Autor vunn seiner Schreiwerei verzählt hadd. Doo hadd dann die Endung glei so ebbes Negatives. So wie in Spinnerei odder Scherer ei. Was joo middem Frieseer so weenisch se duun hadd wie die Drogerie midd Drogehandel. Ich glaab, jedds werrds awwer lansam Zeit, dass ich uffheere. Bevor ich eich midd meiner Dummschwäddserei noch uff die Nerve gehn. Awwer das leid alles bloos an der Hidds midd derer verflixt Schwiddserei.

Saarbrücker Zeitung, 14.09.2006

Hallali unn Hallimasch

In denne scheene, geräumische Wälder ringsrum um Dengmerd geht langsam widder die Jachdsääsong los. Iwwerall schiese jedds nämlich die Pilze unn zwar midd Macht ausem Boddem. Doodevunn lasse sich awwer unser Jäächer unn Sammler iwwerhaupt nidd abhalle. Unn desweeje sieht mer hinner jedem zwädde Baam ganz still unn stumm e Männlein im Wald stehn. Wo versucht, denne leggere Pilze, die joo bekanntlich e Schaddedasein fiehre, uff die Schlich se kumme. Unn dann nix wie eninn demidd ins Kerbche.

Mer muss sich nadierlich in der Materie auskenne, sunschd gehts em wie meinem Freind Schorsch midd seine miggrische Exemplare. Wie der denne richdische Pilzologe midd ihre Kawendsmänner begeeschend iss, doo hadd die de Jammer gepaggd. Kumm, gebb dem doo änner ab, hadd der ään gesaad, sunschd fangd der noch aan se heile. E paar vun denne Pilzsorde sinn joo richdische Delikadesse unn garandierd meh wie e Pifferling wert. Awwer was die Sach so komblizierd macht iss joo, dasses aach so Pilze gebbd, wo de Organismus nidd so begeischderd druff reagiert. Die hann joo aach schunn so komische Noome. Die Stinkmorchel zum Beispiel, woos aach nix helfe duud, wammer uff der ihr ladeinische Noome ausweiche gängd. Weil sich das dann noch vill schlimmer aanheere werd. Also ehrlich gesaad, so Gemies woo Semmelstobbelpilz, Hexeröhrling odder spitzgebuggelder Rauchkobb hääschd, das käm bei mir nidd in de Dibbe.

Es soll joo aangeblich Lokalidääde genn, woo iwwer der Thek e Schild hängt, dass es Personal aagewies wär, bei Pilzgerichde vorher se kassiere. Wahrscheins verstehn doo die Gäschd awwer unner Pilsgenuss sowieso ebbes ganz anneres: am beschde e scheenes selbschdgezabbdes.

Saarbrücker Zeitung, 21.09.2006

Verneddsd unn zugenääd

Weil mir scheins in der Schul nidd richdisch uffgepasst hann, duunse uns jedds effendlich bees de Kimmel reiwe. Mir missde all noch vill meh leere unn zwar lääwenslänglisch. Unser Bildungssüsteem, wo schwäär am Boddem schlääfd, kinde allään noch die Kombjuudere unn es Indernedd redde. Vor allem die reifere Johrgäng hann se im Visier, weil die sich als noch geeje die diggitaal Begliggung wehre duun. Das missd nidd sinn, wann alles e bissje senjoorefreindlischer wär, vor allem bei de Fachausdrigg. Wann so e alder Haus- unn Grundbesiddser ebbes heerd vun rer Maus unn em Speicher, doo ruufd der seerschdmool de Kammerjäächer. Unn was menne sie, was so e heejeres Semeschder fier e Schogg griehd, wanner e Taschdekombinazioon sieht, wo druffsteht: alt entfernen!

Es liebschde wär joo de Ämder wammir all Geldgeschäfde nur noch droohtlos abwiggele dääde. Damidd mir uns die Hänn nidd dreggisch mache missde, indemm dass mir unser eischenes Geld iwwerhaupt nimmeh in die Fingere krääde. Unn die Oma, wo das nidd kabbierd, die lossd sich äänfach vun ihrem Enkel helfe. Der hadd nämlich e Kommbjuuder. Wo sowieso die Oma gesponsert hadd. Unn doo schließt sich de Kreis dann widder.

Midd alle meeschliche Akzioone versuche se, dass es ball känner meh gebbd, wo nidd ins Netz, äh ich wollt saan ans Netz geht. Unn als besonneri Attrazioon hannse sich ausgedenkt, dass mer ab nääjgschd Johr uff e Kombjuuder Fernsehgebiere bezahle soll. Weil das teeoreedisch unn technisch meeschlich wär. Also ich hann dehemm e Kischedisch, uff dem kind ich teeoreedisch danze, wann ich mool widder ausem Lache nidd eraus kumme. Muss ich doo jedds Vergnieschungssteier druff bezahle, odder was?

Saarbrücker Zeitung, 28.09.2006

Uff de Spuure vum May Karl

Dengmerd hadd joo nidd bloos im Wessde, in St. Herblain e Partnerstadd. Nää, aach im Ossde, in dem scheene Städdche Radebeul. Doo, wo se im Herbschd unser Juuchend im Austausch zu me Ferielaacher hinschigge. Das treffd sich schwäär gudd, das iss nämlich graad de ideale Ort fier Indiaanersches se spiele. Weil doo joo de Karl May gelääbt hadd unn infolschedessen de Geischd vum Winnetou unn vum Old Schädderhänd noch besunnerschd intensiv erumspuggee duud. De Heiptling vun de Apatsche hat allerdings in meiner Vorstellung e bissje annerschd ausgesiehn wie de Pjäär Bries. Mir hann nämlich die Romane schunn midd Begesichderung verschlung, bevor vunn me Film iwwerhaupt die Redd war.

Vorzuchsweis unner der Bank, weil de Karl May beim Lehrkerper nidd so beliebt war. Er hädd in seine Biecher aarisch geflungert, unn er wär iwwerhaupt nie in Ameriga gewään. Fier uns war das schunn e digger Hund, dass mer userm geliebde Schriftsteller sei reeschi Fantasie vorgeworf hadd. Doodebei ware dem sei Figuure joo direggd e Vorbild, so edel ware die. Also nur die Gudde nadierlich, die Beese ware all ganz hinnerhäldische Spitzbuuwe. Unn wie so änner vun denne Fiese de Winnetou abgemurkst hadd, doo hadd e Männerchor e Ave Maria gesung, wo de Karl May selwer gedicht unn komponiert gehadd hadd. Doo soll noch mool änner saan das wär kää hohi Lidderaduur. Unn auserdemm hadder joo doomols schunn, faschd kinnd mer saan profeedisch, all das uffs Tabeed gebrung, midd demm wo mir uns heid erummschlaan. Das sieht mer schunn an de Titele: Durchs wilde Kurdistan zum Beispiel, odder iwwer die Umweltprobleme in De Schudd. Unn sogar iwwer die Energiekrise im Eelprinz.

Saarbrücker Zeitung, 5.10.2006

E kräffdischer Zuuch aus der Trommel

Wie mer widder mool gesiehn hadd iss e Besuch uff der Ingobertusmess, wo dismool sogar drei Daach gedauert hadd, immer e Gewinn. Awwer mer kann joo dort nidd bloos e gudder Indrigg midd hemm holle odder e Schnäbbche mache. Nää, mer kann aach bei der Tombola sadde Gewinne abschlebbe, wie zum Beispiel e Audo. Verausgesetzt mer hadd e gligglisches Händche beziejungsweise die wo nooher die Lose aus der Trommel fische. Unn bei de Staddwerke kammer sogar e ganzer Haufe Erdgas gewinne. Ich frooe mich bloos wie die das dann ausliwwere. In Kannischder odder Tonne unn ob ich das iwwerhaupt in mei fungelnachelneijes Audo eninngrien.

Awwer was mach ich mir doodriwweer unneedisch Gedange. Ich hann joo noch nie im Lääwe ebbes Richdisches gewunn. Heegschdens sellemools beim Dorffeschd, bei der Akzioon Unser Dorf soll scheener werre. De erschde Preis war e Gesichtsobberazioon. Es hadd awwer dann doch nix geholf. Nää, es gebbd eewe Leid, die wo de Leffel vergess hann wanns Brei räänd. Wie der beriehmde Fuusballer gesaad hadd: In der erschd Halbzeid hammer kää Gligg gehadd unn dann iss aach noch Pech dezu kumm.

Awwer es iss joo kää Wunner. Wann die ääne es Gligg all allään hann, doo bleibt fier die annere nix meh iwwrisch. Bei meinem Freind Schorsch, wann der Kaard spielt, doo saanse schunn, der missd schunn längschd e Sunnebrand hann, so e unverschämder Duusel hadd der immer. Awwer vielleicht klappts bei mir joo dismool aach. Unn ich gewinne so e roodes Audo odder weenischdens e paar Kubiggmeeder Gas. Fier im Winder se heize. Ich hann mich schunn erkunnischd, ich breichts aach nidd abseholle, sie däädes direkt durch die Leidung schigge.

Saarbrücker Zeitung, 2.11.2006

Erschd mool gudd gess ...

Kaum sinn die Besucher vun der Mineralieschau, zwar nidd steinreich awwer reich an Stään, aus der Stadthall hemm, doo steht schunn widder e Ausstellung uffem Programm. Nämlich die midd de Biecher in Haasel. So Iewents heische joo deshalb Börse, weil mer die Börse doodebei gudd feschdhalle muss. Weil es Aangebodd unn die Versuchung so groß iss, dass mer sich in Unkoschde sterzt unn midd gebeudeldem Beudel rauskummt.

Es Hauptthema iss joo diesmool ebbes, wo mir all middesse, – ich wolld saan middschwäddse kinne: Es Esse. Unn weil joos Esse unn aach es Trinke die grundleeschende Voraussetzung fier de Zusammehalt vun Leib unn Seel iss, desweje gehts doo audomaadisch aach um die Gesundhääd. Kloorerweis gebbd die joo aach schwer gefördert durch e mineralstoffreichi Koschd. So hängd halt ääns middem annere sesamme. Awwer weil mer vum Lääse allään nidd richdisch sadd werrd, hannse aach Programmpunkte in aangewandter Dibbe-Guggerei inngeplant. Doo gebbds zum Beispiel Zutaade wie im alde Rom. Odder e richdischer Fernsehkoch, wo mer ganz aus der Näh sieht.

Iwweerhaupt sinn die joo zur Zeit de groose Renner unn duun sich rührend uff all Kanääl betäädische fier unser Esskulduur se heewe. Unn das sieht bei denne immer so äänfach aus. Die Profis hanns awwer aach leicht. Doo iss alles schunn inkaaf, passend geschnibbeld, die hann immer all Gerääde parat unn all Zutaade frisch doo leije. Bis so e Hobbi-Boküüs wie unserääner das ganze Gewurschdelsches erscht mool uffgetrieb hadd, doo hadder schunn e Expedizioon hinner sich. In de Gau, in die Vorderpalz unn noo Lothringe. Desweje unerscheide mer iwwrischens aach die einheimisch Kich vun der Kich Lorraine.

Saarbrücker Zeitung, 16.11.2006

Machen kää so Krach!

Hädde Sie gewissd, dass unser heidische Sirene uff de Feierwehr- unn Polizeiaudos zwanzischmool lauder sinn wie noch vor fuffzisch Johr. Damidd se geeje die ständische Geräuschkulisse iwwerhaupt aankumme, wo bei uns immer im Hinnergrund am Laafe sinn. Mer schwäddsd joo aach vum Geräuschpegel, weil die Schallwelle iwwerschwemmungsaardisch iwwer uns sesammeschlaan. In de Geschäfde, in de Lokaale, sogar im Uffzuch. Ich wääs nidd wies Ihne geht, awwer mich iwwerkummt dann immer e tiefi Sehnsucht noo me richdisch stille Örtche. Es missd aach nidd unbedingt in der Parrgass stehn.

Im Fernsehn isses genauso: Kaum iss emm es Habbi End so richdisch scheen uffs Gemied geschlaa, doo geht midde im Sunneunnergang de Ballaawer loss. Ich menn, wanns de richdische Aanlass iss, doo hann ich aach nix geeje Dschingerassabumm odder Häwwi Meddel. Awwer es gebbd joo Leid, die krien scheins Entzuuchserscheinunge, wann um sie erumm nidd permanent Krach iss. Desweeje schwädds mer joo aach vun verkrachde Existenze. Das iss dann aangeblich e Beweis doodefier das ääner Power hadd. Awwer doo hald mer sich besser an die ald Weishääd, dass in der Ruhe die Kraft leid.

Was glaawe Sie, was ihne e Musigger saad, wanner immer fortissimo spiele soll. Die hann sogar e spezieller Ausdrugg doodefier: ma non troppo. Das iss kää Rotwein, das hääschd: awwer nidd sevill! Wie bei allem im Lääwe kummts halt uff die Dosis aan. Mer muss joo nidd glei so empfindlich sinn, dass mer nur stilles Wasser trinkt, weil em de Sprudel se laut iss. Awwer der doo Monat iss vielleicht die Geleeschenhääd, fier mool e bissje zur Ruh unn zur Besinnung se kumme. Bevor em noch es Trommelfell platzt. Vor lauder lauder.

Saarbrücker Zeitung, 4.01.2007

E Bligg noo vorre

All die wo aach so Spaß an Zahle- unn Wortspielereie hann wie ich, hann sicher schunn längschd gemerkt, dass graad e sogenenndes James-Bond-Johr aangefang hadd. Ei nadierlich – Null, Null, Siwwe! Unn wammer so sieht, was glei am Aanfang pekuniär fier originelle Belaschdunge uff uns zukumme, doo is die Stimungslaache aach dementsprechend. Mer fiehlt sich wie dem beriehmde Geheimagent sei Martini. Mer iss eejer geschiddelt als wie geriehrt.

Awwer ich will joo nidd glei schunn widder erumm mosere. Unn sowieso misse mier die Zukunft joo nemme wie se kummt, weil die joo in Blei gegoss worr iss. Awwer nur kää Angschd. Mir hann schunn ganz annere Kinner geschaukelt unn meh wie ääni Krise bewäldischd. Wie em bei denne fuchzischjährische Geburtsdaachsfeiere vun unserm schnugglische Ländche nochmool ins Gedächtnis geruf werd. Unn es iss joo immerhin schunn es zwädde Jahrtausend, wo mir midderlääwe. Das muss mer sich mool uff der Zung zergehn losse! Odder wie de Dengmerder Autor un Kabarettist Albrecht Zutter in dem Johr midd denne ville Nulle so scheen gesaad hadd: Er gängd in das neije Jahrtausend eninngehn als obs sei leddschdes wär. Siehnse, das iss die richdisch Instellung! Mer muss uff all Sache optimistisch zugehn.

So wieses zum Beispiel in Owwerwerzbach gemacht hadd, wo de Ortsvorsteejer jedem Kind, das wo dort geboor worr iss, e Obstbäämche geschenkt hadd. Von rer besunnerschd widderstandsfäähisch Sord. Also ich finne das schwäär sinnisch. Weil mer in beide Fäll debei zugugge kann, wie doo ebbes wachst unn gedeiht. Desweeje schwäädsd mer joo aach vum Nachwuchs. Die Kinner werre groß unn stark unn es Bäämche werrd scheen grien. Grien wie die Hoffnung.

Saarbrücker Zeitung, 18.01.2007

Alles nur Spielerei

In Dengmerd sied mer e besunneri Spezies als noch an de Stamm-dische hugge: die Kaardspieler. Ich kann mich noch gudd erinnere, wie mir das als Junger schunn imponierd hadd, wie die doo uff de Disch gehau hann unn so kloore Sprich losgeloss hann wie: Budder bei die Fisch odder Aus dem Walde tönt es dumpf, Pik iss Trumpf! Was so e zinfdischer Skat iss, der werrd nämlich nidd bloos gespielt, der werrd geklobbd. Awwer doo iss joo meischd vill Schau debei unn es iss alles nidd so biererschd ge-mennd wies sich aanheerd.

Weils joo im Grund nix unaggressiveres gebbd, wie jemand, der wo am spiele iss. Desweeje saad mer joo aach: Der doo macht nix, der will nur spiele. De Mensch iss nämlich nur dann rich-disch e Mensch wanner spielt, saad de Schiller. De Schorsch, wo mei Freind iss, der saad, er dääd sich schunn lang nimmeh midd Skat abgenn. Er dääd nur noch Pokere, so wieses jedds im Fernsehn immer zeije. Das wär nämlich e reines Intelligenzspiel wo mer missd um die Egg denke. Mer missd nämlich eraus-knoowele, fier wie schlau mer sei Middspieler halld. Das iss joo dann graad fier dich es ideale Spiel, hann ich gesaad. Wo du doch sowieso all annere fier bleed halle duuschd.

Awwer die Zoggerei, wo awweile so inn iss, iss nadierlich die Kehrseid vun dem Spieltrieb. Unn aach dort wos eichendlich spielerisch zugehn missd, im Sport, gehts meischd nur noch ums knallharde Geschäfd. Awwer immerhinn kammer doode-bei ebbes fiers Lääwe leere. Wie mer zum Beispiel midd Geld um sich schmeissd, wo emm gar nidd geheerd. Unn wie mer de Leid weismacht, mer hädd noch e Ass im Ärmel, obwohl mer nur Lusche uff der Hand hadd. Doodruff kummts nämlich heid meischdens aan, uffs Bluffe.

Saarbrücker Zeitung, 15.02.2007

Witz kumm raus, de bischd umzingelt

An Nigolaus singe die Kinner bei uns joo immer noch: Luschdisch, luschdisch, tralalalala. Awwer so richdisch uff Hochtuure laafd de Humor joo erscht noo Weihnachde, wann die Faasenacht im Gang is. Doo merkt mer dann, dass mir in rer Spaßgesellschaft lääwe. Das sieht mer aach an denne ville Pappnase, wo doo erumm laafe, unn das nidd bloos im Karnewall. Aach in de Medie kennt die Witzischkääd kää Grenze, dort nennt mer das dann Kommedie. Ich frooe mich dann aach immer, wo komme die bloos all her, die Witze. Ich menn, de Mensch lacht joo gääre, un vielleicht wär dass e billischer Wää fier die Sanierung vun unserm Gesundheitswesens, wanns Witze uff Krankeschein gäb.

Awwer offensichtlich wachse doo immer noch welle noo. Weil midd immer deselwe olle Kamelle wär joo es Repertoaar nidd se bestreite. Manchmool geht aawer so e Pointe aach in die Hoos. Bei mir hann se schunn gesaad, ich wär e verkanteter Kinschdler. Weil de Witz alsemool klemmt. Besunnerschd beliebt sinn joo die unfreiwillische Witze, wo meischdens änner ebbes anneres mennt als wie er dann sprachlich von sich gebbd. Unn zum Beispiel doodemidd strunzt, dasser kää Luxus braucht, weil er ganz sporadisch lääbt.

Die beriehmdeschd Sammlung in Deitschland uff dem Gebiet stammt iwwrischens vun unserm Dengmerder Heimatforscher Wolfgang Krämer. Der hat in seine Lukasburger Stilblüten die scheenschde Beispiele aus seiner Zeit als Lehrer in mehrere Bänd erausgebb. In die selb Abdäälung geheere nadierlich aach die Druggfähler. Wann die Presse statt Sparmaßnahme Spaßmaßnahme der Regierung ankinnischd, doo wisse mer dann endlich, warum mir all ausem Lache gar nimmeh erauskumme.

Saarbrücker Zeitung, 8.03.2007

Friejohrbudds middem nasse Labbe

Es iss widder mool soweid: Midd Worzelberrschd unn Scheierlabbe werrd jedds all das, was sich im Winder in der Wohnung so aangesammelt hadd, pooredief beseidischd. Nidd nur im eichene Haus-halt, nää aach imme Gemeinwese macht das joo e besserer Indrugg, wammer denne ganze Schamass im Friehjohr fachgerecht entsorsche duud. Midd der Betonung uff fachgerecht. Weils nämlich e paar doodemidd hie nidd so genau nemme. Die verlaachere nämlich äänfach denne Dregg, wo se nimmeh gebrauche kinne, aus der eichene Buud in die effendliche Waldlandschaft. Odder sie duun ganz äänfach beim Uffraume die Bääm all glei midd abholze. Unnernehme tabula rasa soosesaan.

Wie vor korzem an der Hasseler Chaussee, wo die Aanwohner jedds e freier Bligg uffs Middelmeer hann. Mer sieht, in der Beziejung gebbds vill Bedarf an Klärung unn Abhilfe. Awwer dann sollt mer nadierlich doch uffpasse, dass mer bei so Iniziadiefe nidd ins Feddnäbbche drääd unn die Leid, wo mer eichendlich aktiviere will, midd schlimme Werder tituliert. Es beschde Beispiel doodefier iss die an sich lööblich Akzioon Pico Bello, wo jedds iwwerall die scheene Plagaade hänge. Unn wo se landesweit dezu uffruufe, dass mer die Stroose un Plädds immer gudd sauwer halle sollt.

Allerdings steht owwe uff dem Plakaad e Spruch, denne wo sich wahrscheins irjendso e genialer Mensch imme Aanfall vunn kreativer Ekstaase ausgedenkt hadd: Der Dreck muss weg. Bist du dabei? Wie ich das gelääs hann, doo hann ich dann allerdings werklich es Gefiehl gehadd, es wär mer ääner middem nasse Labbe durchs Gesicht gefahr. Wie mer sieht, kammer Sauwerkääd propagiere unn sich trotzdem ausdrigge wie die Wudds im Gaarde.

Saarbrücker Zeitung, 15.03.2007

Tuurischde in Dengmerd

Wie ich jedds gelääs han, dass in Dengmerd widder die Tuurismus-Börse iss, doo iss mir uffgefall, dass de Ausdrugg Tuurischd oft ziemlich missbraucht werrd. Mer schwädds joo gääre vun Tuurischde-Schwärm odder mer heerd zum Beispiel vun Müll-Tuurimus. Was ungefähr so e posidiewer Klang hadd wie Miet-Nomaade. Awwer de äänzelne Tuurischd kann joo doodefier gar nix. Der heischt bloos so, weil er in die Ferne schweift, unn uff Tuur geht. Wanner sei Wannertrieb in der Näh auslääbt, doo geht er uff die Schnerr. Vielleicht kummt das Immiddsch aach noch aus de fuffzischer Johre, wo se aangeblich masseweis in die siedliche Gefillde ingefall sinn. Midd der Ledderbux im Louvre odder em Eisbein am Lido. Awwer das is joo schunn lang nimmeh so. In die Stadthall streeme aach die Masse, awwer doch gesidded unn gediesche.

Mer duud joo heit meh de sanfte Tuurismus propagiere unn doo kinne mir hie in der Geeschend prima middhalle. Die Leid fange nämlich langsam an se begreife, wie deier uns am Enn die Billischfliecherei kummt. Es kinnd nadierlich aach sinn, dass doo Sisdeem dehinner steggd. Die Urlaubsweldmääschder saan sich: Mir flieje äänfach so lang der Sunn entgeeje, bis es Klima soweit iss, dass mer die tropische Temberaduure bei uns aach hann. Unn dann mache mer hie Urlaub. Weil es Urlaubsparadies middlerweil unner Wasser steht.

Awwer annererseits will mer sich jo aach nidd als Reisemuffel bezeichne losse. Mer iss richdisch hin unn hergeriss zwische seinem Drang noo auswärts unn seiner Vorlieb fier dehemm. Speziell mir Saarlänner sinn doo imme echde Zwiespalt. Unn das Dilemma schlaad sich dann in der Sprooch nidder, in dem gefliechelde Wort: Oh kumm, geh fort!

Saarbrücker Zeitung, 22.03.2007

Wanns im Netzwerk zwäämool klüngelt

Es gebbd Sidduazioone im Lääwe, doo iss mer frooh wammer Leid an der Hand hadd, wo em e bissje unner die Arme greife. Unn wanns nur jemand iss, wo die Poschd anhold, wammer nidd dehemm iss. Odder uff de Wellesiddisch uffpasst, dass der nidd die Fliddsche hänge lossd. Das nennt mer dann Nochbarschaftshilf. Unn ähnlich isses aach im Berufslääwe. Mer sieht sich, mer kennt sich, mer helfd sich geejeseidisch. Doo nennt mer das dann e Netzwerk. Weil doo die Fäädem gezooh werre. Unn mer druff guggd, dass mer e gudder Droht hadd. Am beschde noo owwe. In der Bolidigg gebbds doodefier die Seilschaffde. Dass mer nidd so dief falld, wammer uff der Karrierelääder mool abruddschd.

Jedds gebbds fier all die, wo doo noch nidd so richdisch dehinner kumm sinn, wie so ebbes funkzioniered, in Dengmerd e Tagesseminar, wo em die hohe Kunschd des Klüngelns beigebrung werrd. Vor allem in der Kulduur wär das needisch, wo es Klabbere joo schunn zum Handwerk geheerd. Besser iss nadierlich noch e guddes Mundwerk, weil mer sich doodemidd ins Gespräch bringe duud.

Es iss nimmeh ganz so wichdisch was mer macht, es kummt meh druff aan, dass mer ebbes draus macht. Das nennt mer dann Kontaggd- unn Landschaftsfleesche. Weil so Kontaggde, die wolle nadierlich gefleeschd werre. Manche kumme allerdings vor lauder Fleesche nimmeh dezu, fier ihr richdischi Arwedd se mache. Unn doo isses gudd wammer doo defier aach widder sei Leid hadd. Das laafd dann uff die saarlännisch Leesung enaus: ich kenn doo änner, wo bei ännem schafft, wo änner kennt, wo in dem Gremium im Vorstand huggd. Das heischt bei uns schunn immer Vitamin B. Awwer in der Abbodeeg kried mers noch nidd se kaafe.

Saarbrücker Zeitung, 26.04.2007

Mei liewer Schwaan!

Also das muss mer joo als Atzel neidlos zugewwe, so e Schwaan iss e stattlicher Vochel unn e imposander Aanbligg. Desweeje spielt der joo aach in der Lidderaduur unn in der Oper e groosi Roll. Denke se nur mool an de Schwaanesee odder an de Schwaaneridder. De Lohengrien zum Beispiel hadd sei hochherrschafdlicher Vochel sogar im Personenahverkehr ingeseddsd gehadd. Was dann widder de zwedde Luddwisch aus Bayern, wo joo zeidweilisch e bissje wegggedrääd war, versucht hadd fier noosemache.

Neilisch hadds e Fall gebb wo so e Schwaan, wo aach e bissje nääwe der Kabb war, sich in e Träädboot verknalld hadd, nur weils so e Form gehadd hadd unn entsprechend aangemoolt war. So ebbes kummt schumool vor im Frieling, wann die Hormone uff Hochtuure laafe. Dasses doo zwische de unnerschiedliche Partner so richdisch funkt, doo muss halt die Scheemie stimme, wie mer so scheen saad. Doodruff duun se joo aach in Dengmerd hoffe, wie se unserer Schwänin im Stadtpark jedds e neier Lebensabschniddsgefährde spendiert hann. Dass der Ingo hääschd, das iss joo nahelieschend. Awwer wieso hannse fier ääs kää vornehmerer Noome gefunn. Doo kann er dann, wanner im Neschd am briede iss zu ihm saan: Berta, es Ei is hart!

Manche, wo später e Schwaan werre, denne sieht mers joo seerschd gar nidd aan. Wie bei dem beriehmde hässliche Entche. Es gebbd im Fernsehn sogar e Sendung, wo de Schwaan hääschd. Doo schnibbele unn schminke se solang an de Leid erumm, bis die dem gängische Scheenhäädsideaal ähnlich siehn. Meischdens kennt mer das awwer eejer umgekehrt: die Figure, wo sich doo als Paradiesvechel uffpluuschdere duun, entuppe sich, wammer nääjer hinguggd, als ganz gewöhnliche Goggel.

Saarbrücker Zeitung, 3.05.2007

Miede bin ich, gehn zur Ruh

Du liewer Himmel, wer hädd dann gedenkt, was es alles fier Auswirkunge hadd, dass unser Klima neierdings verriggd spielt. Es gebbd nadierlich Froonaduure, wo an allem noch ebbes Posidiewes finne. Die saan, weeje mir solls Wasser deirer werre. Doodefier spaar ich im Winder an der Heizung. Unn e Schlaumeier hadd schunn gemennd, die global Erwärmung wär vielleicht e Middel geeje soziale Kälde. Awwer jedds hann joo Schloofforscher erauskried, dass mir weeje denne hohe Temberaduure permanent an Iwwermiedung leide wirrde. Unn mir missdes dann aach so mache wie die Siedlänner unn de Middaachsschloof bei uns innfiehre. Weil e Verrdel vunn de Beleeschschaft im Birro middaachs sowieso schloofe werrd.

Das iss jedds kää Idee vun mir, das behaubde die ganz serieese Schloofforscher. Schloofforscher, – das wär de richdische Dschobb fier mei Freind Schorsch gewähn. Der iss nämlich e ganz forscher Schläfer. Ich saan immer zum, er hädd so ebbes Abgrindisches. Weil de Abgrund joo aach immer gähnt. Awwer der Vorschlaach iss nidd iwwel. So e Siesda, am beschde in der soziaal Hängemadd hadd schunn ebbes fier sich. In Schiena steht zum Beispiel es Recht uff de Middaachsschloof sogar in der Verfassung.

Unn wo vill geschloof werrd, doo werrd aach nimmeh sovill gesinndischd. Awwer die ausgeschloofene Dengmerder sinn joo diesbeziechlisch aus annerem Holz geschniddsd. Die siddse in der Middaachspaus drause in de Werdschaffde unn Lokaale unn schlerfe ihr Espresso unn Kaffee Ladde. Doo bleiwe se dann wach. Awwer wann das alles nix helfd, doo gebbds jedds fier die ganz Abgeschlaffde im Aangebodd die richdisch Ausrischdung: e Mumieschloofsagg midd Reisverschluss unn Kabudds.

Saarbrücker Zeitung, 10.05.2007

Ei, wo klemmds dann ?

Wann ebbes graad nidd so laafd, wie mer sich das vorgestellt hadd, doo gebbd gescholl: In dem doo Laade klabbd awwer aach gar nix! Das iss fier uns nämlich ganz wichdisch, dass alles klabbd. Desweeje heischt die Standardbegriesung unner de Einheimische joo ach: Unn, klabbds noch? Unn die Antwort kummt dann prompd: Ei allemool, unn wanns sesammeklabbd. Odder wie im Saarlännische Fauscht de Titelheld saad: Es muss, Mephischdo, es muss!

Denne Stoosseifzer heerd mer jedds aach im Dengmerder Raadhaus. Weils doo an der nei Fassaad midd de Klabblääde nidd so richdisch klabbd. Das leid doodraan, dass es fier das Blech, wo doo verschafft werrd, noch kää Vorbilder gebbd. Die Firma prowiert das bei uns seerschd mool aus, insofern wär das e sogenenndes Alläänstellungmerkmal. Bei de Kombjuudere nennt mer das Banane-Produkzioon: Es Produkt reift beim Kunne. Doo hädde Se mei Freind Schorsch, der wo joo weeje jeeder Kläänischkääd sowieso schun uff die Balustrade geht, mool solle heere: Ei fier was brauche die dann doo Klabblääde. Kinne die nidd im Helle ihr Niggerche mache!

Awwer das iss joo heidsedaachs schunn de Normalfall, das die Sache kabuddgehn. Unn meischdens all uff äämool: de Kiehlschrank, die Wäschmaschien unn die eleggdrisch Zahnberschd. Unn dann stehd mer doo midd warmem Bier, dreggische Unnerhemde unn me halwe Sauerbroode zwische de Zähn. Unn mer frood ganz zaachhaffd im Geschäffd noo, ob se das Dääl rebbariere kinnde. Wann se sich dort vun ihrem Lachkramp erholt hann, rechne se emm vor, was so e Ersaddsdääl aus Hongkong koschde wird. Awwer wammer graad ebbes in Siedostaasje se duun hädd, doo kind mers selwer abholle. Doo werrd mer die Transbordkoschde spare.

Saarbrücker Zeitung, 24.05.2007

Die Nas essd aach midd

Graad vor korzem war in Kaschdel e gaschdronomischi Varaanschdaldung, wo jedds schwäär in Mode sinn. So e Schau-Koche iss e gehobeni Form vun Tobb-Guggerei. Die Matadore am Häärd siehn joo gudd aus midd ihre weise Kiddele. Faschd wie die Doggdere. Awwer sie hann e ganz anneres Werkzeich. De Normalverbraucher guggd joo nix so gääre wie wann e Prominender uff grooser Flamm ebbes Geschneddseldes bruddscheld. Unner Middhilfe vumme Profi midd minneschdens drei Sterne. Bei meinem Freind Schorsch wo sich aach gääre als am Kochleffel vergreift, mach ich awwer eejer drei Kreize.

Seit die kulinarisch Betäädischung zur Kunschd erhob worr iss, geht's joo nimeeh um hundgewehnlichi Beköschdischung. Midd Peffer unn Salz, midd Sauerkraut unn Kassler. Apropos Kassel – uff der Dokumenta duud jedds sogar e Spitzekoch sei Kunschd vorfiehre. Das is awwer Geschmaggsach, weil der midd Stiggstoff unn annere Extremzudaade koche duud. Das ville feine Esse hadd awwer aach sei Kehrsääde. Es schlaad nämlich gääre aan, wammer zu oft zuschlaad. Un desweje wolle se die Kinner schunn ganz frieh dezu erzieje, dasse sich verninfdisch ernähre. Ob se awwer ausgerechend midd dem Moddo: Hauptsach gudd gess! dem Problem beikumme, doo hann ich mei Zweifel.

Ganz Radikale, wolle sogar bestimmde Sache, wo vill se gudd schmagge, glei ganz verbiete. Ei doo derfd mer joo ach nimmeh iwwer de Dengmerder Markt gehn, weil doo die Leid ganz raffinierd zum Esse annimierd werre. Vor allem midd dem, was es Fernsehn nidd biede kann, em Geruch. Weil die Nas joo aach middesse duud. Unn bei de Kochsendunge gebbds dann e Warnhinweis: Die folschende Sendung is fier Leid iwwer finfeachzisch Kilo nidd geeischnedd.

Saarbrücker Zeitung, 26.06.2007

Danz ums Feijer

Mer will joo kennem de Urlaub vermiese, awwer mer hann graad die Sonnenwende hinner uns gebrung. Das heerd sich doll aan, heischt awwer nix anneres als dass die Daa langsam widder kerzer werre. Denne alde Brauch hann se jedds in Rohrbach sogar widder ufflääwe losse. Middeme richdische Feijersche. Wo leider e bissje unner seinem alde Kontrahend, em Wasser gelidd hadd. Es Feijer hadd joo die Mensche schunn immer fasziniert. Weil mers gääre scheen warm unn hell hadd. Unn emm im Dungele immer e bissje grusselisch semuud isch. Bei denne Feschdcher sinn frieer die junge Buuwe aach gääre iwwers Feijer driwweer gehubbsd. Die junge Hubbser vun heid, die mache so ebbes nimmeh. Doodefier gebbds Seminare, woose midd naggische Fies iwwer die gliedische Kolle laafe.

De Mensch hadd awwer aach schunn seit Urzeide e grooser Reschbeggd gehadd vor allem was brennd. Unn das aach midd Recht. Weil mer midd so me Flämmje e Haufe Unsinn aanstelle kann. Desweeje kammer vun Ziwilisazioon erschd schwäddse seit de Urmensch es Feijer gezähmt hadd. Das kammer ziemlich genau datiere: wie es erschde Mool de ään Neandertaler zum annere gesaad hadd: Haschde mool Feijer? Doo iss dem uffgefall, dass das noch gar nidd erfunn war. Unn die näägschd Stuf war dann erreicht, wie es Wilma, also die Fraa vum Fred Feijerstään e Stigg vum Saurierbroode in die Glut hadd falle losse. Doo war er glei Feijer un Flamm unn das hadds dann jede Daach gebb, außer Freidaas. Unn seitdem gebbd aach uffem Stadtfeschd alles uff de Grill geleed, was meh wie zwää Bään hadd. Aach wammer nimmeh selwer uff die Pirsch geht. Doodefier gebbds dann die laud Musigg dezu. Unn mer denkt sich: Ach Gott, was mache die e Jachd!

Saarbrücker Zeitung, 5.07.2007

Kulduur im Hinnergrund

Wammer in Mundart schreibt unn noch dezu in Dengmerd, doo kammer joo gar nidd annnerschd wie e Word odder zwää se verliere iwwer e Dengmerder Buub, wo die Daache sei 75. Geburtsdaach feierd. Ich schwäddse vum Heinrich Kraus, der wo seinem Lääwe schunn so vill lidderarische Preise gewunn hadd, dass mer se gar nidd all uffzähle kann. Unn in der nei Ausschreiwung vum Saarlännische Rundfunk fier de einheimische Mundartpreis, doo werd er als Vorbild unn als äänzischer namentlich erwähnt. Er wär einer der profiliertesten Mundartdichter im deitschsprachische Raum. Doo kannschde mool siehn.

Dass iss awwer gleichzeidisch aach sei Problem. Dass die, wo e bissje uffs Platt erunnergugge, so jemand nidd ganz ernscht nemme. Die missde awwer nur mool in das neie Buch eninngugge, wo vorisch Wuch in der Stadtbiecherei vorgestellt worr iss. Doo käme die ausem Staune gar nimmeh raus. Himmel unn Mesche ware doo, sogar de Owwerberjermääschder unn jeed Meng annere Lokalgreese. E richdischer Professor vun der Uni hadd e gepefferdi Laudazioo gehall, was sovill hääscht, wie dass er ne schwäär gelobt hadd. Unn das aach midd Recht. Weil sei Geschichte, die in Pladd unn nadierlich aach die in Hochdeitsch aus de leddschde Johrzehnde sinn e Genuss.

Zum Beispiel die vum Kulduurhaus, wo er sei erscher liderarischer Großufftridd gehadd hadd. Vor siwwe Leid sellemools. Unn dass mir in Dengmerd unser Kulduur liewer verschdeggeld hann. Wie es Kulduurhaus, wo ganz hinne im Gaarde steht. Das hadd dann scheins uff de Heinrich Kraus abgefärbt. Der hadd sich aach immer liewer bescheide im Hinnergrund gehall. Unn desweeje kinne mir heid sei Markezeiche geniese: e ganz hinnergrindischer Humor.

Saarbrücker Zeitung, 12.07.2007

Also nää, Zufäll gebbds!

In scheener Reechelmääsischkääd gebbds im Kalenner als so e kloores Datum, so midd Schnabbszahle, wo die Leid dann wie wild es Dengmerder Standesamt stirme, als wenns ne aarisch pressiere dääd. So wie jedds an dem Daach midd denne dreimool sieben. Was joo bekanntlich ganz feiner Sand gebbd. Unn dann war an dem Termin aach noch ausgerechend es Ingoberdusfeschd. E paar sinn aach desweeje erschd morjens um siwwe ins Bett.

So ebbes vun Zufall! Wie bei dem Buub wo em Paabschd extra e Brief geschrieb hadd, weil der am selwe Daach Gebordsdaach gehadd hadd. Unn dann war der aach noch zufällisch kaddoolisch. Mer solls nidd glaawe. Wann so Vorfäll awwer dauernd passiere, doo schwäddsd mer dann nimmeh vun Zufall, doo iss das joo faschd schunn beesi Absicht. Nur mool als Beispiel: Immer wann ich mool zufällisch widder mei Scherm vergess hann, doo fangds doodsicher aan se rääne. Odder mei Freund Schorsch, wo immer zufällisch graad kää Geld debei hadd, wammir ääner trinke gehn. Odder dass im Loddo immer ausgerechend mei Zahle nidd kumme, doo steggd doch Sideem dehinner.

E Fachmann hadd mir awwer vergliggerd, dass die Wahrscheinlichkääd, dass im Loddo die richdische Zahle kumme, so unwahrscheinlich klään iss, dass doo eischendlich iwwerhaupt nie änner gewinne derfd. Wann dann doch änner gewinnt, nood iss das dann de besaachde Zufall. Es treffd halt nur immer die falsche. Apropos treffe: Wann die Leid in Urlaub fahre unn treffe doo e Bekannder, doo krien die sich nimmeh in, was das fier e Zufall gewähn wär. Doodebei iss das es genaue Geejedääl. Wo mer aach hinfahrt, in die Berje, an die See, ins Ausland, iwwerall stoosd mer uff Dengmerder – awwer garandierd!

Saarbrücker Zeitung, 26.07.2007

Es iss zum in die Luft gehn

Wammer in de Urlaub fahrt, doo iss mer sich oft nidd sicher, was fier me Fortbeweeschungsmiddel mer sich aanverdraue soll. Meischd leije doo bei der Auswahl zwää Prinziebjie schwäär im Klintsch: ob mers eejer bequem hann will odder billisch. Die Eisebohn versucht joo in Dengmerd graad neije Kunne unner de Audofahrer se gewinne. In dem dass se an rer strategisch wichdisch Stell am Viadukt die Durchfahrt äänfach zumacht. Verkehrtechnisch iss joo bekanntlich die kerzeschde Verbindung zwische zwää Punkte die Umleidung. Unn doo menne die vielleicht, dass die Audofahrer uff denne verschlungene Pfade in der Näh vum Bohnhof vorbei kumme. Unn sich dann denke, eischendlich kinnd ich joo mool widder middem Zuch fahre. Awwer doo wäre die eventuell aach die Gelagg-meierde. Was mer so in der Zeidung lääsd, kinnds nämlich passiere, dass mer graad noch an de Urlaubsort hinkääm, awwer nimmeh serigg. Weil so e Lock ohne Lockfiehrer nimmeh so richdisch zieht.

Die meischde normale Leid misse joo heid uffs Geld gugge. Awwer so schnell kinne die gar nidd gugge, wie das Geld schunn widder fort iss. Vor allem wammer middem Audo an die Tankstell fahrt. Unn was mache die Leid? Sie steije nadierlich um uffs billischde Verkehrsmiddel. Was ihne joo seerschd emool nidd verdenke kann. Unn das iss bei uns komischerweis es Fluuchzeich. Mer kummt nämlich fier denne Preis, wo mer doodemidd noo Teneriffa düse kann, middem Bus graad bis korz hinner Quetschememmbach. Jedds meggere schunn e paar doo driwwer, weeje dem sogenennde Klimaschutz. Awwer was soll dann das bleede Gespräch. Ich menn, e Klima hammer joo immer, egal was mer so in die Luft bloose. Nur halt eewe ball e anneres.

Saarbrücker Zeitung, 9.08.2007

Nix wie Biecher im Kobb

So e Urlaub, der schlaad emm joo nidd bloos uff de Geldbeidel. Der schlaad aach schwäär uff die Aue. Weil mer, so mennt mer in seinem juuchendliche Leichtsinn, in de Ferjie endlich mool all die Biecher gelääs krääd, wo mer schunn längschd emool gelääs hann wollt. Odder wo emm annere saan, dass mer die unbedingt gelääs hann misst. So Leid, wo richdisch Ahnung hann vunn Biecher. In Dengmert trefft mer die meischd in de Buchhandlunge, in der Stadtbiecherei odder beim Lidderaduur-Forum. Doo werre nämlich immer die ganze Neierscheinung vorgestellt. So wie jedds am Enn vum Monat zum Beispiel es neieschde Werk vun unserm berihmde Bariton Siegmund Nimsgern, das wo Rampenfieber heischt.
Wammer sich in der Lidderaduur nidd so auskennt, iss joo aach so e Beschdseller-Lischd e Hilf. Doo stehn die meischdverkaufdeschde Biecher druff, wie se immer so scheen im Radio saa. Unn es hadd denne Vordääl, dass mer so e Buch notfalls noch emool weiderverschenke kann, wanns emm selwer nidd gefalld. Mer kann dann nämlich zum Tante Luwwies, wann se e bissje schroo guggd, äänfach saan, in der Zeidung hädd gestann, so ebbes gääbd aweile gäär gelääs.
Gudde Tipps fier die Lektiere kammer sich awwer aach im Kino holle. Wannse e Film zum Buch erausbringe odder e Film zum Buch. Weil joo sowieso e Buch nix anneres iss wie Kino im Kobb. Nur das die Leinwand meischd es bissje brääder iss. Das iss iwwerhaupt e heikli Sach, das midd dem Kobb. Problemzone Kopf heischt deshalb das neije Buch vun dem Dengmerder Autor Albrecht Zutter. Doo stehn e Haufe Aphorisme drinn, was so Geischdesblidddse sinn, wo ihm durch de Kobb gang sinn. Unn e annerer Philosoph, de alde Lichtenberg hadd zu dem Komplex sinngemääs gemennd: Wann e Kobb unn e Buch sesamme stoose unn es klingt hohl, doo muss das nidd unbedingt an dem Buch leije.

Saarbrücker Zeitung, 16.08.2007

Die ware middem Radl doo

Leddschd Wuch iss joo die komplette Creme de la Bissiklett durch Dengmerd gerollt. Uff der erschd Etapp vunn der Deitschland-Rundfahrt. Beim Feschd der Waden und Gelenke, wie die alde Grieche gesaad hann. Im Radsport gehts joo momentan schwäär rund unn doo kammer nadierlich die Probleme, wo in dem Sport uffgetaucht sinn, nidd stillschweichend iwwergehn. Awwer so ernschd wie das Thema iss, es hadd doch aach sei skurrile Seide. Wann änner bei der Tuur de France saad, er hädds im Urin gehadd, dasser heid die Etapp gewinnt, doo kried mer schunn mool e Kramp, awwer nidd in de Wade.

Awwer die Fahrer selwer sinn joo oft nur arme Kerle. Unn mir Zuschauer sinn an dem ganze Dilemma aach nidd ganz unschuldisch. Mir wolle denne aus em Sessel zugugge wie die e paar Mool iwwer die Alpe kraxele. Unn mir wolle gar nidd wisse, ob e Mensch im Naduurzustand doodiefier iwwerhaupt gebaut iss. Radfahre hadd joo vill middem Berufslääwe gemeinsam. Ich menn jedds garnidd, dass mer noo unne trääd unn noo owwe buggelt. Nä, mer muss sich furchbar abstrampele, besunnerschd als Wasserträächer, wo die annere die Lorbeere ernde. Unn manchmool, wann die Träätmiehl zu schlimm werd, iss äänfach die Luft raus.

Wannse bei uns mool iwwerpriefe werde, wass mir in dem Stress so alles fier Hilfsmiddelcher unn Energiespender in uns eninnschidde, das gääb ebbes! Doo finne se bestimmt e paar, wo kaum noch Eichenbluud in ihrer Algehoolproob hann. Awwer es äänzische, wo mer noo de Doping-Vorschrifde noch unbedenklich zu sich nemme kann, iss doch unser Bier. Weeje dem Reinheitsgebot. Unn wammer das noch middeme Schnäpse desinfiziere duud, doo kammer dann saan: Das helft em Vadder uffs Fahrrad.

Saarbrücker Zeitung, 4.10.2007

Uffem Holzwää

Seit mer die Energiepreise ball nimmeh bezahle kann, duun manche Leid jedds die Energie selwer uffbringe, fier sich die eichenhändisch se beschaffe. Unn dann gehn se zum Beispiel in de Wald, wo de Rohstoff Holz noch üppisch nohwachsd. So e scheenes warmes Feierche imme gemietliche Kamin, wanns drause plääschdert, hadd joo aach äänfach so ebbes uurisches. Weil awwer immer meh Zeitgenose uff denne Dreh kumme, iss vorm Winder jedds im Wald schwäär ebbes loss, unn dass nidd nur weeje de Pilzsammler.

Es hadd sogar schunn, owwe am Schoofsweijer, e Fall gebb, wo beese Buuwe bei Naachd unn Newwel äänfach ganze Feschdmeeder Holz, die woo dort gelaachert ware, ganz hinnerhäldisch fortgeschafft hann. Awwer aach uff die, wo ganz legal in de Wald gehn, fier sich ihr Holz klään se mache, falld jedds es gestrenge Au vun der Forschdverwaldung. So Bääm sinn nämlich nidd ganz ungefährlich, nidd bloos weil se im Friejohr ausschlaan. Unn damidd es sägensreiche Wirke vunn denne Brennholz-Fäns nidd noh hinne lossgeht, solle die in Zukunft ihr Fiehrerschein an der Motorsää mache unn doodemidd nooweise, dasse midd dem Inschdrumend richdisch umgeh kinne unn sich nidd aus Ungeschick ebbes wertvolles abschnibbele.

Was nidd jedem schmegge duud. Awwer Huddel midd der Obrischkääd weejem einheimische Wald hadd joo in Dengmerd e langi Tradition. Desweeje hann die joo schunn im achtzehnde Johrhunnert midd der Gräfin von der Leyen, die woo doomols schunn schwär kalt gehadd hadd unn das Holz selwer gebraucht hädd, e johrelanger Prozeß gefiehrt. Awwer die Dengmerder sinn joo friedliche Leid unn iwwerhaupt nidd rachsichdisch. Desweeje hann die hinnerher noo der sogar e Stroos genennt.

Saarbrücker Zeitung, 8.11.2007

Passen uff eier Pass uff

Wammer awweile in Dengmerd sich e neijer Pass ausstelle losse will, doo iss das e greeseri Sach. Es zustännische Amt iss nämlich nimmeh scheen fuuslääfisch, wies so scheen hääscht, im Parderr graad um die Egg. Weejem Rathaus seiner Gesichtsobberazioon hann se das unners Dach in de vierde Stogg verleed. Unn doo derf mer dann, wammer so e Doggument will, wann schunn kää gudder Indrugg, dann weenischdens e kräffdischer Abdrugg hinnerlosse. Aach wann bollizeilich iwwerhaupt nix geeje sie voorleid, werre sie seid korzem erkennungsdienschdlich behannelt. So richdisch scheen wie mers vum Fernsehn kennt midd denne Gängschder im Krimi. Sie misse awwer nidd verschregge, es iss alles nur fier ihr eischeni Sicherhääd unn dass ihne känner ihr Perseenlichkääd klaue duud. Heidsedaachs iss joo alles bio, warum dann nidd aach e bio-meedrischer Pass.

E aldi chinesischi Zöllnerweishääd saad joo: zei mir die Pass unn ich saan dir wer du bischd. Awwer das stimmt joo nimmeh, weils beese Mensche gebbd, wo sich als e fremder Ausweis unner de Nachel reise. Awwer das werrd jedds annerschd. Wann jedds e Kontroll kummd, doo saan die zu mir: Zeije se mool ihr Fingere. Unn wann die dann dreggisch sinn, doo wisse die, dem sei Abdrigg hammir im Kombjuuder. Unn dann kinne die mir ganz genau saan, wer ich bin, das geht ruckzuck.

Nur mei Freind Schorsch, der hadd doo widder ebbes se meggere. Der stehrt sich an dem Ausdrugg fälschungssicher. Er wär leddschd Johr im Winderurlaub gewään, saad er, imme Ort wo schneesicher gewään wär. Also wo garandierd Schnee falld. Unn desweeje mennd er jedds, dass fälschungssicher joo nur heische kinnd, dass so e Ausweis garandierd gefälschd werrd.

Saarbrücker Zeitung, 22.11.2007

Spare werrd deijer

Sie hann sicher aach so e Brief vun userm einheimische Energieversorscher geschiggd kried. Dass es Gas widder deirer werrd. Ich glaab, die hann nur unser Gesundhääd im Au. Die wolle uns all zu Rohköschdler mache. Noo der Devise: Heid bleibt unser Kich mool kalt, es Gas, das iss noch nidd bezahlt. Awwer mool im Ernscht: Seits de Eiro gebbd, iss der deire Stoff um 55 Prozent uffgeschlaa. Doo muss e ald Oma lang defier strigge. Sie saan joo, mer solle uns nidd so draan stelle, das wirde se all so mache. Vor allem die sogenennde Energieriese. Die hääsche so, weil mir arme Endverbraucher in dem Spiel die Zwerje sinn.

Manche speguliere joo uff die global Erwärmung unn dass dann ihr Verbrauch serigg gängd gehn. Awwer doo sinn die schief gewiggelt. Weil die Lieferande uff ihre Koschde kumme misse, holle die sich das iwwer de Preis serigg. Es iss wahrscheins de vorische milde Winder, wo uns so deier se stehn kummt. Mer siehts doch am Wasser, wo de owwerschde Wassermann gemoosert hadd, mer dääde se weenisch devunn verbrauche. Desweeje missde se uffschlaan. Unn er hadd so richdisch gestiwwelt, es wär doch genuch Wasser doo. Noo dem Moddo: Nemmen reichlich, mir hann noch genuch im Keller. Ei alle dann, doo duun mir als mool e bissje effder baade. Unn meeschlichst heiß. Dass de Preis widder runnergeht.

Wie mer sidd, iss nidd alles, was se uns als ögonoomisch verninfdisch verkaafe gleichzeidisch ach ögo-logisch. Awwer wahrscheins iss das sowieso heejeri Wertschaftsmaddemaddigg. Es duud sich joo alles iwwer Aangebodd unn Nachfraache reeschele. Unn weil halt billischi Energie besunnerschd vehement noogefrood werrd, desweeje iss die nadierlich ausergewehnlich deier.

Saarbrücker Zeitung, 6.12.2007

Emm Kaiser sei neije Werder

Ich kann mich täusche, awwer in leddschder Zeit wimmelts in Dengmerd widder vunn so junge dinaamische Werder, wo unserääner sei Probleeme hadd fier die se verstehn. Also, denne Ausdrugg: Rent e Niggelaus duun ich joo noch zur Nood kabiere. Weil unser Klääner aach immer saad: Gugge mool, doo rennt schunn widder ääner. Vielleicht kummt der Ausdrugg awwer aach doodevunn, dasse de Niggelaus in Rente geschiggt hann. Unn sei Dschobb macht jedds so e Billischlohnkraffd, e gewisser Klaus Santa, der wo immer so abbediddlich lache duud vor lauder Begeischderung.

Unn dann gebbds nadierlich vor Weihnachde bei uns ganz kosmoboliddisch es sogenennde Lääd-Neid-Schobbing. Wie ich das gelääs hann, war ich schwäär beinndruggd. Wahrscheins iss das es Geejedääl vum hundsgewehnliche middeleiropääische Friehschobbe. Zwää Dach spääder hann ich e Innlaadung kried vumme groose Meewelhaus unn doo hadd ganz simbel druffgestann: Kauf bei Nacht. Ach Gott, wie armseelisch, hann ich fier mich gedenkt. Unn so ebbes will e Weltfirma sinn. Wo mir doch bei uns schunn längschd midd Begriffe wie Empower Deitschland erummschmeise. Unn es Krischkind iss ball unser X-Mas-Baby.

Manche Branche sinn doo joo ganz groos drin. Die duun sich midd denne Werder ball iwwerschlaan. Im Indernedd hann ich zum Beispiel denne Ausdrugg Hair Care gefunn, was uff deitsch schlicht unn äänfach Hoorfleesche hääscht. Unn de passende Fachmann glei nääwedraan middeme Bild. Nur dass der Hoorexperde peinlicherweis e Gladds gehadd hadd. Unn so ähnlich kummt mir die ganz Sach aach vor: Se mache wunnerschd was fier Gedeens unn werbaaler Wind middeme meischdens vill se korze Hemdche. Unn unnedrunne sinn se naggisch.

Saarbrücker Zeitung, 27.12.2007

Wunschhlos grääsdsisch

So korz noh Weihnachde, wo weeje der Fluud an Geschenke iwwerall Ebbe in der Kass herrscht, doo flooriere die gudde Wünsch fiers neije Johr. Es beschde wär nadierlisch, mer hädd schunn alles. Awwer wer hadd das schunn? Unn desweeje winscht mer sich geejeseidisch alles Gudde, weil das seerscht mool nix koscht. Ganz owwe uf derer Lischd steht nadierlich es leibliche Wohl. Hauptsach gesund, saad sich de Bundesbirjer unn beisst in sei Kalbshax. Odder er machts wie de Schorsch an der Teaaderkass. Wo der sich erkunnischt hadd, was heid uffem Programm steht. Was ihr wollt, hann die gesaad. Ei, dann hädd ich gääre de Zigeinerbaron.

Die Filosoofe saan allerdings, es wär iwwerhaupt es schlimmschde was emm bassiere kinnd, dass mer all Winsch erfillt grääd. Unn die misses joo wisse. Odder die Essodeerigger. Die hann e neiji Methood erfunn, wo mer sich nimmeh bei seinem Chef innseschleime muss, wammer e Gehaltserheejung will. Nää, mer kann sich äänfach beim Universum direggd ebbes bestelle. Unn das kummt dann prompt. Falls die Bahn nidd graad streikt. Genau wie im Märche, wos joo aach hääscht: wie es Winsche noch geholf hadd ...

Desweeje duun aach neierdings so rund 700 Euro meh uff jeeder Kobb entfalle, hann se geschrieb. Rein stadisdisch gesiehn. Awwer weil die Leid joo nidd uff de Kobb gefall sinn, wolle die das nidd so richdisch glaawe. Unn desweeje tendiert de Obbdimismus unnerm Fußvolk eejer noo unne. Das hann jedds die annere Kaffeesatzlääser bei ihre Umfraache erauskried. Awwer mer solle uns nidd so hänge losse, wo Geld doch sowieso nidd glligglich macht. Dass das stimmt, das siehn ich joo schunn an denne ganze gemietskranke Millionäre in meiner Bekanntschaft.

Saarbrücker Zeitung, 3.01.2008

Morjestunn hadd korze Bään

Noo denne ville Feierdaache, wo mer joo kräffdisch hann ausschloofe kinne, kummt jedds fier die bedauernswerte Minderhääd, wo noch im Erwerbslääwe steht, die Zeid wo mer morjens widder frieher uffstehn muss. Was bei dem Suddelwedder kää reines Vergnieche iss. Desweeje schwädds de Fachmann joo aach gääre vum Morjegraue. Odder wie e Hobby-Dichter mool geschrieb hadd: Wann morjens frieh de Wegger rasselt, iss schunn de halwe Daach vermasselt.

Seit em Shakespeare seinem beriehmdem Ausschbruch: Nachtigall, ich heer dich tabbse, zerfalld joo die Gesellschaft in die sogenennde Lerche, wo frieh schunn uff Hochtuure laafe unn die Nachtigalle odder Naachtseile wie mer hie gääre saad. In jedem neije Johr nemme die sich vor, fier in Zukunft frieher uffsestehn. Mer frood sich allerdings, ob sich das in Dengmerd iwwerhaupt lohnt, weil doo morjens die Innestadt noch e ziemlich läädischer Indrugg macht. Dass mer mennt, se leije all noch in de Bedde. Awwer das teischt, sunschd hädde sie joo morjens noch nidd emool e Zeidung odder warme Breedcher.

Meischt sinn die wo frieh nidd rauskumme, dieselwe wo oowends nidd beigehn. Unn desweeje brauche die, kaum hannse die Aue uff, schunn e Ausredd. Mei Wegger hadd verschloof, mei Rollade hadd geklemmt odder ich hann gedräämt, ich wär schunn Rendner. Awwer die sinn meischd die allererschde wo uffstehn. Das hadd die Naduur schlecht ingericht. Ausgerechent wammer endlich ausschloofe kinnd, doo werd mer midde in der Naacht schunn wach. Ich wirrd joo aach gääre frieh uffstehn unn oowends beizeide in die Feddere. Awwer dann werdds doch heische, die Atzel dääd midd de Hiehner schloofe gehn. Doo hädde die Leid ebbes fer se räddsche.

115

Saarbrücker Zeitung, 17.01.2008

Ball kää Luschd meh?

Geeje Schicksalsschlääch iss joo kää Gemeinweese gefeit. Dass e Dengmerder Wahrzeiche leddschd Johr abgebrennt iss, iss uns all joo noch lebhaft in Erinnerung. Awwer die Kerch werrd joo widder uffgebaut. Amme annere historische Gebeide in der Innestadt werd aach graad gebaut. Mer wääs allerdings nidd, ob mer das hinnerher noch mool widdererkennt.

Mer wisse joo, dass in unsrer Gesellschaft alles em Diggdaad vunn Wertschaffdlichkääd unnerworf werrd. Awwer es iss makaber, wann das ausgerechend an rer Wertschaft demonschdrierd werrd, wo so eng midd der Dengmerder Geschichd verbunn war. Weenischdens kinne mer jedds saan: in der Fußgängerzoon werre denkmalgeschiddsde Klöbbs produzierd.
De Albert Weisgerber hadd e beriehmdes Bild gemoolt, wo im Biergaarde hinner der Grien Laadern sich die Gäschd ganz entspannt unn logger de Gudde aanduun. Mer sieht richdisch, dass de greeschde Dääl vun dem Genuss doodrinn bestann hadd, dass die sich Zeit geloss hann. Das Bild hääscht so wie de Biergaarde selwer: die Luschd. Awwer die Luschd werrd emm vielleicht ball vergehn.

In unserer heggdisch Zeid, wo die Speiserehr langsam zum Fliesband werrd, muss es nadierlich aach so e Dabber-Gaschtronomie genn, doo will mer joo gar nix degeeje saan. Awwer vielleicht wärs nidd schlecht, wammer sich vorher iwwerleed, wo so e Etablissemang aach hinpasst. Mer baut joo aach in de Stadtpark kää effendlichi Tiefgaraasch eninn. Awwer jedds bin ich besser ruhisch, sunschd bring ich die noch uff e Idee. Uff jede Fall duud me alde Dengmerder der Aanbligg e bissje uff de Maache schlaan. Unn wanner unser Schmuggstigg, die Fußgängerzoon hemmsucht, heischt die Devise neierdings: Aue zu unn dorsch.

Saarbrücker Zeitung, 24.01.2008

Raucher ins Eggelche

Mei Freind Schorsch iss joo e kloorer Kerl, awwer manchmool hadder doch e Rad ab. Der iss doch tatsächlich ganz uffgereescht gelaaf kumm unn wollt mir verzähle, dasse hinner der Feierwehr e Park inngericht hann. Unn zwar extra fier die Raucher. Weil die demnäägschd im Raadhaus unn in der Stadthall nimmeh ihrem Hobby noogehn derfde. Zieh es näägschde Mool die Brill aan, bevor de die Leid verriggd machschd hann ich gesaad. Das iss e Park fier die Skääder. Das sinn die, wo midd de Bredder doo driwwer breddere.

Awwer fier die Raucher wäär das joo werklich e lauschiches Plädsje. Also speziell bei Sunneunnergang missd das e idillischer Ausbligg sinn. Uff der ään Seid es Raadhaus, wos Oowendrood goldisch glänzd. Unn zur Unnerfiehrung in der Schlachthofstroos hin de Bligg uff die Stroosekreizung midd dem ruuisch fliesende Berufsverkehr. Nooh der Faasenacht kann so ebbes de Raucher blieje, dasse iwwerall vor de Diere erummstehn misse, wie wann se Lokalverbodd hääde. Manche wisse allerdings noch nidd genau, ob se doodefier sinn odder degeeje. Im Dengmerder Bohnhoof zum Beischbiel gebbds e stolzes Schild, wo druff steht, dass hie e rauchfreiji Zoon wär. Unn zwää Meeder weider hängt e iwwerlääwensgrooses Hochglanzplakaad, wo e Kaubeu Reklame macht fier de Duft vunn Freihääd unn Abenteier.

Vielleicht steht dann ball aach uff de Paggunge: Rauche iss gesund, weil mer dann effder an die frisch Luffd kummt. Unn nimmeh so Sprich wie: Rauche verkirzt ihr Zigaredde. De groose Vordääl iss nadierlich, das mer im Speiselokaal nimmeh frooe muss: Duud sies steere, wann ich hie esse, während Sie rauche. Unn mer dann zur Andword kried: Meinetweeje, solang wie mer die Musigg noch heerd!

Saarbrücker Zeitung, 31.01.2008

Maske in Blau unn Hering in Aspigg

An der Faasenacht steht die Welt uffem Kobb unn alles iss annerschd erumm wie normalerweis. Die Fraue, wo sunschd friedlich dehemm hugge unn Hoorische koche odder Bohne schnibbele, mache das heid midd de Schlibbse vun de Männer. Umgekehrt duun die Mannsleid im unvermeidliche Männerballedd midd de hoorische Bään iwwer die Biehn schweewe. Was joo zum Kreische komisch unn de absoluude Heejepunkt vum Oowend iss. Sogar in de Raadheiser, wo sunscht de Hort vun Seriosidääd unn Vernunft sinn, derfe die Narre regiere. Awwer sobald die de Schlissel krien, fiehle die sich dort glei heimisch. Wie gesaad, mer spiele all verkehrdi Welt.

Beesaardische Mensche behaubde joo sogar, das wär schun es ganse Johr so un mer kinnd das heidsedaachs nimmeh so richdisch ausenannerhalle. Wo de biddere Ernschd uffheerd unn de heejere Bleedsinn aanfangt. Ich kinnd ihne doodefier aach geniechend Beleeche liwwere, awwer ich derf hie joo nur verzisch Zeile schreiwe. Am beschde lääsd mer jede Daach sei Zeidung, doo kummt mer ausem Lache nimmeh eraus. Neilisch hann ich doodezu so e goldischer Druggfähler gelääs: Regierung beschließt Spaßmaßnahmen!

Ei allez hopp dann, kammer doo nur saan. Desweeje iss joo aach die Faasenacht die richdisch Zeid fier aus der eichene Haud se fahre. Unn sich hinner rer fremd Mask se verschdeggele. Dass nennt mer dann es zwädde Gesicht. Unn es heischt: Wann das dem sei zwäddes Gesicht iss, doo mecht ich dem sei erschdes nidd gesiehn hann. Drei Daach vunn der Roll – unn hinnerher hadd mer de Moralische unn huggd vor seinem Rollmops. Das iss laut Lexikon e inn Salz unn Essisch ingeleeder Heringslabbe. Unn genau so fiehlt mer sich dann aach.

Saarbrücker Zeitung, 21.02.2008

E Bersch voll Schlagge

Zur Zeit iss joo Faschdezeid unn iwwerall duun se in Kurse unn Seminare de Leid die hohe Kunschd des Entschlaggens unn Ballaschdabwerfens beibringe. In der Pfarrei St. Josef biede se Heilfaschde aan unn beim Kneippverein in Rohrbach gebbds e ganzi Wuch nur Flissisches. Uffem Markt sinn Duddsende vun probaade Middelcher, wo de Mensch sich kerperlich unn seelisch uff die Reih bringe kann. Dass mer ne innewännsisch nochmool aangugge kann, wanns Friehjohr kummt.

Rein medizinisch sinn die Verwerdungs- unn Stoffwechselprozesse joo ziemlich kompliziert. Awwer doo stelle mer uns mool ganz dumm unn saan: de Mensch iss energietechnisch gesiehn e grooser Oowe. Wo mer owwe die Flääsch- unn Worschtbrogge eninnschmeist. Dass de Oowe nidd ausgeht. Unn was dann doodrinn nidd verbrennt werrd, das bleibt hald in de Klääder stegge. Unn desweeje versucht mer midd alle Driggs der Naduur das widder serigg se genn, was mer sich miehsam im Winder als Wärmespeicher uff die Ribbe geschaffd hadd.

Schwäär beliebt sinn fiers Entschlagge joo besunnerschd die Brennessele odder de Leewewzahn, de sogenennde Beddsäächer. Mer lääst aach vun Diääd-Rezebbde, wo mer angeblich garandierd devunn abnemmt. Weil mer de ganze Daach uff de Bään iss fier die exoodische Zutaade beiseschaffe, wo doo in denne Schlambes eninn misse. Zum Beispiel e handvoll zartrosaaner Rucola midd 15 Gramm biodinaamischem Zidroonegras, abgeschmeggd midd 0,25 Millidder Sojagewerz unn annerdhalb kalifornische Queddsche. Mei Freind Schorsch nennt das midd konschdander Boshääd sei Trennkoschd. Weil er midd so Zeich nix se duun hann will unn zwische sich unn dem miggrische Esse e grooser Sicherhäädsabstand halle duud.

Saarbrücker Zeitung, 28.02.2008

Söörwiss midd Back-Stubb

Dass die Zukunft vun unserer Wertschaft nur durch Dienschtleischdunge se redde iss, dass bestäädischd ihne jeder Ökonom. Unn es soll joo mool sogar e Zeid gebb hann, wo mer vun Staats-Diener geschwäddsd hadd. Das Problem iss nur, dass fer die meischde Leid die Vorstellung annere se bediene eejer e Zumuudung iss. Wies beim Loriot so scheen hääscht: Ach, will sich der Herr auch noch bedienen lassen? Weil die doo an ihr Juuchend denke misse, wos immer gehiesch hadd: Mach scheen dei Diener! Desweeje werre die Bedienschdede jedds uff Freindlichkeid träänierd. Was sich awwer manchmool aarisch iwwermodivierd aanheerd: Mei Name iss Hase, was kann ich ihne aanduun?

In Dengmerd hann se sich jedds aach ganz uff Kunnefreindlichkääd inngestellt. Unn sogar e ganz neijer Empfangsbereich im Raadhaus ingerichd. Doodefier hannses sogar kombledd umgebaud. Unn wo bei uns im Land ebbes frisch renovierd iss, doo sinn dann aach die scheene neije Werder nidd weid.

Das neije Söörwiss-Zender iss rein sprachlich besunnerschd uff die auslännische Mitberjer zugeschnidd. Uff der Internet-Seid vunn der Stadt steht nämlich, dass de Söörwiss-Bereich in zwää Dääle unnerdääld iss: es Front-Office unn es Back-Office. Office hääscht das wahrscheins desweeje, weil mer nur eininnkummt, wanns off iss. Unn was e Front iss, dass wisse mer aus de Nachrichde. Das iss e Verteidichungslinie geeje feindliche Eindringlinge. Doodebei hädd die Verwaldung so e marzialischi Abschreggung doch gar nidd needisch. Weil hinnedraan joo es Back-Office leid. Unn was gebbds Innlaadenderes als wammer morjens uffs Raadhaus kummt, unn kried dort nääwe me freindliche Empfang glei aach frische Breedcher servierd.

120

Saarbrücker Zeitung, 6.03.2008

Ein Sägen fier Dengmerd

Mer kind ball menne im Baumarkt hädds neilich verbillischde Modoorsääje gebb. Seid nämlich Dengmerd zur Biosfääre-Reeschioon midd dezu geheerd, doo erteend in unserm Forschd immer effder es Lied vun de luschdische Holzhaggerbuuwe. Die wo doodefier zuschdännsich ware, das sinn komischerweis hinnerher immer die annere gewään. Vielleicht saan se sich joo aach: Was die Sulzbacher kinne, das kinne mir schunn lang. Wann de klääne Mann uff der Stroos, wo meischd im Wald steht, dann awwer die Begrindung heerd, doo schaamt er sich direggd e bissje, weil er voreilisch uff die doo owwe gescholl hadd.

Am Glashidderweijer zum Beispiel doo hannse doch nur de Bligg uff die turissdische Juwele freigeschlaa: e denkmalgeschiddsdi Roschdworschdbuud unn e Parkplatz in Hanglaache. Unn doo hann so Birke nadierlich de Dorchbligg gesteert. Das erinnert mich an denne alde Spruch: Nidder midd de Alpe, freier Bligg uffs Middelmeer.

Odder vielleicht hann se sich vunn der Akzioon Pico Bello inschbieriere losse, wo doo am Laafe iss. Unn widder unner dem uniwwertreffliche Tiddel: De Dregg muss weg - bischd du debei? Unn doo sinn denne sofort die Bääm inngefall. Weil die joo, unn die Naduur iwwerhaupt, furchbar vill Dregg mache. Wie in Haasel, wo die Biesder doch tatsächlich ihr Noodele uff denne edele, sensibele Kunschdraase hann falle losse. Unn in Haasel hannse neilich sogar die Beschung an der Audobahn midd vill Uffwand abgesicherd. Falls de Abhang ins Ruddsche kummt. Unn doodefier hann nadierlich misse die Bääm draan glaawe. Vielleicht wars aach umgekehrt, ich wääs nidd. Wann de Mensch nämlich die Naduur mool ins Ruddsche bringt, doo helft garandierd kää Fangnedds meh ebbes.

Saarbrücker Zeitung, 20.03.2008

Geleede unn ungeleede Eier

Ooschdere steht joo vor der Dier, unn weil das Feschd dies Johr e bissje frieh draan iss, isses doo drause noch ziemlich kiehl im Schadde. Awwer wammer kurz vor Ooschdere in Dengmerd iwwer de Markt geht, doo merkt mer, dass es Friejohr langsam am spriese iss. Iwwerall Friede, Freude, Eierkuche. Unn doo will mer joo aach nix Geejedäälisches saan. Awwer wo die jedds so Hochkonjungduur hann, die Eier, doo muss ich als Vochel aus Soldaridääd doch ääner Missstand mool uffs Tapeed bringe. Ich wunnere mich iwwerhaupt, dass sich doo de Gefliechel-Beuffdraachde noch nidd drumm gekimmert hadd.

Ei, dass Hase-Gespräch vun weeje, dass die Hase aangeblich die Eier leeje unn sogar Neschder baue. Also nix geeje Hase odder Karniggel. Awwer die Wohrhääd muss mer joo noch saan derfe. Die Viecher hugge doch entweder im Stall odder noch schlimmer: im Bau. Doo is doch alles geschwäddsd. Unn was die leeje, doo will ich liewer garnix driwwer saan. Unn wie die sich benemme, das geheerd eejer in die Rubrik: Skandale unn Affäre. Awwer die Hingele sinn joo so Diskriminierunge gewehnt. Die leeje sich es ganz Johr im wahrschde Sinn vum Wort krumm, unn wer sich dann in die Bruschd werfd unn es groose Wort fiehrt, das iss de Goggel. Zuschdänn wie uffem Hiehnerhof kammer doo nur saan.

Awwer das ganze Drummerum unn kinschdlich uffgebluuschderde Gedeensches iss sowieso nidd es Gelwe vum Ei. Zum Beispiel die Schoggolaade-Eier hann middem Naduurproduggd joo nur noch weenisch se duun unn sinn wahrscheins nix wie umfriesierde Nigelause. Unn so ebbes leid fier e freischaffendes Hingel, wo ebbes uff sich hald, auserhalb vun der Legalidääd, wie mer middem Fachausdrugg so scheen saad.

Saarbrücker Zeitung, 27.03.2008

Pi mool Daume

Das doo war e Oschder-Wedder, direggd zum Schiddele. Unn doo hann ich mir gesaad, wann ich schunn die Flemm hann, bin ich graad in der richdisch Stimmung fier mei Steiererklärung. Iss Ihne bei der Geleeschenhääd aach schunn uffgefall, was fier e groosi Roll in unserm Lääwe die Zahle spiele. Meischdens die sogenennde roode Zahle, weil die gemäänerweis am Monaadsenn nie uffgehn. Wie saad de Aldmeischder Busch so scheen: Ach wahres Glück genießt doch nie, wer zahlen soll und weiß nicht wie. De äänzische Trooschd fier uns miggrische Kläänsparer unn Pienadds-Verwalder iss joo, dass die arme Hiedchespieler an der Börse midd ihre Milliarde aach scheins nidd richdisch klar kumme.

Im Alldaachslääwe muss mer joo als mool fünf graad sinn losse, sunschd wird mer leicht als Erbsezähler verschull. Awwer in der Finanzwelt kummts halt uff jeed Stell hinnerm Komma aan, weil das heejeri Maddemadigg iss. E Zahl midd masseweis Stelle hinnerm Komma, das iss joo die Zahl pi. Das wisse mer noch aus der Schuul, wo mer dooddemidd de Kreis berechend hann. Obwohl das joo paradoxerweis absolut kää rundi Zahl iss, sondern e ganz verknoddeldi, hannse der jedds sogar e Denkmool gesetzt.

Die Extremform vun Maddemadigg iss awwer bekanntlich die Stadisdigg. Die finne erstaunliche Sache raus, zum Beispiel, dass ich dehemm annerdhalb Kinner hann. Unn dass mei Gehalt schunn widdder um zisch Prozent gestieh wär. Nur gudd, dass mer das uff dem Wää mool erfahrt, sunschd wär mir das garnidd uffgefall. Awwer midd der Stadisdigg kammer joo faschd alles beweise. Zum Beispiel wann ich midd dem ääne Bään im Tiefkiehlfach unn middem annere uff der Härdpladd stehn, dasses mir doo im Schnidd prima geht.

Saarbrücker Zeitung, 15.05.2008

Traum-Dschobbs

Wammer will, kammer jedds ganz hoch enaus, die Weltraumbeheerde duud nämlich Aschdroonaude suche. Nidd dass ich mich bewerwe wolld, ich bin joo nidd schwindelfrei. Awwer mich werrd mool inderessiere, ob mer doo aach annere Leid vorschlaan kinnd. Es falld emm joo doch immer jemand inn, wo mer gääre uff de Mond schiese werrd.

Uff der anner Seid isses joo gudd, dasse bei dem allgemeine Leerschdellemangel iwwerhaupt widder Dschobbs aanbiede. Unn Aschdroonaud war joo immer schunn e Traumberuf, noch vorm Subberschdaar odder Tobb-Moddel. In puncto Berufswunsch hann sich die Vorliewe in de leddschde Johre joo ziemlich verschoob. Owwerferschder unn Kauboy sinn nimmeh so die groose Renner. De Loggomoodief-Fiehrer iss allerdings seid der kräffdisch Lohnerheejung joo widder schwäär im Komme. Seid leddschde Samschdaach kann so ääner dann aach e Indersiddie-Zuuch fahre, woo noo unserer Stadt bennennd iss. Nur schaad, dasser doodefier in Hombursch odder Saarbrigge insteije muss. Weil die Loggomoodief in Dengmerd iwwerhaupt nidd halld. Was aach e beliebter Berufswunsch vun de Junge iss, iss Rennfahrer. Am liebschde in soome knallroode Boliede, – rasand am Steijer unn elegant an der Steijer vorbei.

Im Fernsehn zeije se joo aach lauder orginelle Berufe. Meischdens so Spezialischde, wo annere weise wie mer ebbes richdisch macht. Wie zum Beispiel Inneaustadderinne, Kochkinschdler odder Schuldeberooder. So ebbes guggd de TV-Konsument immer gääre, besunnerschd wann annere Leid sich doodebei dabbisch aanstelle. Mei Traumberuf wär joo de Hotel-Teschder. Doo kann ich mich ins gemachde Bedd leeje, brauch nix se bezahle unn kann hinnerher noch moddse, was mer alles nidd gepassd hädd.

Saarbrücker Zeitung, 22.05.2008

Mundere Fisch im Wasserglas

Am Sunndaach hadd de Aquarieverein in Dengmerd widder sei Ausstellung gehadd. Die Aquariaaner, wie mer fachmännisch saad, sinn joo im Unnerschied zu de Angelsportler die, wo sich fier die Fisch weejem Verziere unn nidd weejem Verzehre inderessiere. Desweeje hääsche die aach Zierfisch. Das iss e scheenes Hobbi, awwer eichendlich aach e Fäänomeen. Weil die Objeggde doch ziemlich arweddsintensief in der Haldung sinn. Unn aach uffwennische Abbaraduure fier die mundere Viecher needisch sinn. Doodebei kammer so Fisch noch nedd emool streichele, weil se emm immer durch die Fingere fluddsche. Sie mache aach kää Männnje odder annere Kunschdstiggcher unn mer kann se aach nidd midd in Urlaub nemme. Unn trotzdem sinn die schwäär beliebt.

Ich vermuude mool, weil se in unserer heggdisch unn laude Zeit so ebbes Beruhischendes ausstrahle. De Fisch als solcher, der macht zwar reeschelmääsisch de Mund uff unn zu, awwer er schwäddsd doch eejer weenischer. Unn das duud sich dann positief auswirke uff die menschliche Psüüsche vun seinem Besitzer. Weil mer joo sunschd de ganze Daach zugedrehnt werrd vun Geräusche unn permanend vun irjendwelle Leid e Ohr gelalld gried. Unn so e Fisch sieht joo aach scheen aus, vor allem die Exoode. Mer kinnd faschd saan, so e Zierfisch iss de Hippie unner de Hausdiere. Nur ohne Musigg. Also ich kinnd denne stunnelang zugugge. Wie die so abgeklärt unn unbeinndruggd ihr Runde drääje. Obwohl joo die Welt vun soome Aquarium aus ziemlich eggisch aussiehn muss. Unn wann die Fisch aach biologisch gesiehn kää Rickgraad hann, sondern Grääde, doo kinnd sich an denne ihrer Instellung noch so mancher lautstarke Heggdigger e Beispiel abgugge.

Saarbrücker Zeitung, 12.06.2008

Wann de Gasmann dreimool klingelt

Hann sie das middkried, dasse neilich die Audofahrer wo aus Dengmerd enaus wollde, all aangehall hann. Ich hann joo vermuud, dass das welle vum Finanzamt ware. Weil die jedem, wo sich zur Zeit noch leischde kann, middem eichene Audo erummsefahre, uff de hohle Zahn fiehle, wo der das ville Geld fiers Benzin her hadd. Awwer dann wars doch nur e Verkehrszäälung. Ob sichs noch lohnt fier neije Stroose se baue. Unn dann ware aach noch annere Zähler unnerwäächs, nämlich die vun de Staddwerke midd de neije Gaszähler. Dass die frieh morjens unaangemeld vor der Dier stehn, das kummt besunnerschd gudd aan bei all denne wo Naachtschicht hann. Awwer dass die Zähler ausgerechend jedds ausgeweggseld werre, doo schwaant emm als gebeidelder Endverbraucher so-wieso schunn niggs Guddes.

Was mer in der Zeidung so iwwer die demnäägschdische Gaspreise lääsd, doo werrds emm heiss un kalt uff äämool. Mei Freind Schorsch mennd joo, dass die vielleicht es selwe vorhann wie die Bahn unn an die Börse wolle. Joo, weeje mir, hann isch gesaad. Awwer doch nidd unbedingt an meini. Mir krien joo gesaad, mir solle uns doodriwwer kää Kobb mache, das wird alles de Markt reeschele un das dääd sich iwwer Aagebodd un Naachfrache widder innpendele. Awwer je weenischer mir verbrauche um so meh misse mer bleche. Doo laffd doch irjendebbes schief. Das hannsich ach die Milchbauere gesaad. Unn hann, weil se fier ihr Erzeichnisse weenischer hädde krien solle, als wie sies selwer koschd, die Uffstand geprobt. Unn weil das Thema die Leid joo brendend inderessierd, soll doo jedds aach e Film driwwer gedrääd werre. Die Molkerei uff der Bounty soller glaawisch hääsche. Odder so ähnlich.

Saarbrücker Zeitung, 26.06.2008

Noo Gummere gammere

Wann jedds die Ferie loos gehn unn die Wee-Emm dann aach ball rumm iss, doo brecht se widder aan, die Zeit wo mer pressemääsisch die Saure-Gurge-Zeid nennd. Also was die nur immer midd denne arme Gurge hann? Graad beim Fuusball schwäddsd mer joo aach gääre vun rer Gurge-Trubb. Odder wie die deire Kigger doo dauernd erummgurge dädde. Also jedds nidd graad unsere.

Jedenfalls iss das e Gemies, wo bei uns aarisch diskremeniered werrd. Unn dann gebbd aach noch vun der EE-UU vorgeschrieb, in wellem Wingel die Gurk sich krimme derf. Awwer doo hammir denne änner gespielt: unser Gurge hääsche nämlich Gummere. Nur wisse die das in Brüssel nidd. Sunschd werrds nimmeh lang daure bis die aach die Gummere im Gesichd noch birokraadisch standardisiere dääde.

Awwer so Gummere sinn joo ebbes leggeres unn so praggdisch fier se verschaffe. Mer brauch se nidd se schääle unn wammer se gess hadd, kammer es Glas noch gebrauche fiers Inngemachde innsemache. Unn wann emm mool die Lewwerworschd-Schmeer se drogge iss, doo leed mer äänfach so ääni driwwer unn ferdisch iss es Gurge-Sändwiddsch. So ebbes schmaggd sogar der Queen. Es gebbd eewe Siduazioone im Lääwe woo mer noo rer Gummer gammerd, unn nedd nur wammer schwanger iss. Weil sauer joo bekanntlich luschdisch machd. Unn wammer mool e Gespräch sucht, doo greift mer am beschde zu Gurge in Form vun Salaad. Doo hadd mer dann weenischdens ääner, wo noch zwää, drei Daach midd emm schwäddsd. Unn dann gebbds sogar noch Leid, die wo die Dinger in Scheiwe schneide fier sichs uffs Gesichd se leeje. Mer saad joo: es Au essd aach midd. Awwer das iss eichendlich widder e ganz anneres Thema unn falld eejer unner die Rubrigg Fassadebegrienung.

Saarbrücker Zeitung, 31.07.2008

Kaader treffd Mieze am achte achte

Im näägschde Monaad gebbds joo widder e Schnabbszahledaadum, de achte achte 2008. Wo die Leid besunnerschd gääre heiraade gehn unn das glei paarweis. Auserdem fangd doo die Olimpiaade midd ihre Weddkämpf aan. Was awwer nix doodemidd se duun hadd. Das iss dann so e Geleechenhääd, wo er ääs midd all meechlische tierische Kosenoome tiduliert. Wie zum Beispiel: mei Hääsje odder mei Meisje. Doo treffd, sichs gudd, dass genau an dem Daadum aach noch de indernazionaale Katzedaach gefeiert werrd. Doo freid sich bestimmt mei Freind Schorsch, weil der iss selwer aach so e aanerkannder Krallemacher. Auserdem iss das nidd meh wie ausgleichendi Gerechdischkääd. Weils joo bekanndlich um die Johreszeid aach die Hundsdaache gebbd.

Wie gesaad, die Mensche duun sich unnernanner oft midd all Aarde vun Viehzeich vergleiche. Unn nidd immer nur aus puurer Freindlichkääd. Wer iss schunn gääre e armi Wudds odder e falschi Schlang. Annererseits solle joo die Tierfreinde midd der Zeid sich ihre Vierbääner immer ähnlicher siehn. Sogar bei der Olimpiaad mache Tiere midd, in Form vun Päärde, denne wo mer dort beim Hubbse zugugge kann.

Awwer so e Päärd lossd sich joo dressiere, im Geejesatz zu denne erwähnde Katze. Die gehn bekanndlich känner Herd noo. Wahrscheins sinn se desweeje bei vill Leid so beliebt, weil die desweeje neidisch sinn. So e Katz kried es ferdische Fudder hingestellt, geht naachds enaus streune, leid de ganze Daach dehemm uffem Sofa unn lossd sich ab un zu mool kraule. Doo iwwerleed sich manchi Fraa, ob sichs iwwerhaupt noch lohnt fier se heiraade, unn wanns aach de achde achde 2008 iss. Weil so e Kaader kummd joo in der Aanschaffung dann eichendlich vill billischer.

Saarbrücker Zeitung, 4.09.2008

Die Preisschraub iss logger

In der leddschd Zeit lääst mer joo immer effder, dasse widder so e alder Holzkohlemeiler reeannimierd hann. Das iss joo nidd bloos unner heimatkundlischem Aschbeggd vun Inderesse. Bei denne Horrormeldunge uffem Energiemarkt werds nimmeh lang dauere, bis sich so ebbes aach wertschaffdlich widder lohne kinnd. Ich will joo hie kää bleede Widdse mache, iwwer die ääne die wo Holz verfeiere misse. Unn annnere die wo schwäär Kohle mache. Awwer es iss heidsedaachs kää Noodääl, wann ääner e paar Heggdolidder Wald in der Hinnerhand hadd.

E Auswää aus der Energiekrise wäre vielleicht die ville Stars unn Promminende ausem Fernsehn. Weils doch immer hääschd, die wirde die Masse eleggdrifiziere, odder so ähnlich. Jedenfalls kinnd mer wahrscheins masseweis Strom spare, wammer die direggd an die Stromläädung aanschliese werrd. Unser einhäämischer Energie-Dieler hadd joo aach graad widder zugeschlaa. Saad jedenfalls mei Freind Schorsch. Seerschd iss sei geliebdi Sauna uffgeschlaa. Unn ich hann dann graad noch e bissje gestiwwelt. Ob er wissd, warum es Blau es Blau hääschd. Ei, weil die moondaachs zu mache. Doo war der schunn uff achzisch.

Unn dann hädder noch e Briefche kried, wosem die nääschd Gaspreiserheejung middgedäält hann. Unn doo hadd der vielleicht Damp abgeloss. Denne hedschde kinne gladd an de Boiler aanschliese unn demidd heiß Wasser mache. Er hädd erschd im Juli e neijer Verdraach unnerschrieb unn drei Monaad spääder wär der schunn widder Magguladuur. Doodebei hann die ihm sogar geschrieb, sie hädde denne Vertraach fier ihne extra optimiert. Unn das hädd er tatsächlich geglaabt. Tja, hann ich doo gesaad, das iss e klassischer Fall vun Köhlerglaube.

Saarbrücker Zeitung, 11.09.2008

Saa zum Summer leise Servus

Woodraan erkennt mer, dass de Summer ball widder rum iss? Die Ferije unn de Urlaub sinn passee, es Freibad macht zu, es gebbd allmählich immer friejer dungel unn die Gaardemeewel werre langsam ninngeschaffd. Manche hann joo ihr ganz privaade Aanhaldspunkde fier sich innerlich geischdisch unn moralisch uff e neiji Johreszeid insestelle. Die waarde nidd erschd uff de Altweiwersummer unn mache schunn mool vorsichtshalwer die Heizung aan. Das Brauchtum werrd sich awwer wahrscheins nimmeh lang halle. Weil mer sich das nimmeh leischde kann unn liewer, bisses richdisch gefriert, im warme Puloower dehemm rumlaafd.

Apropos Klääder: ich kenne sogar Leid, woo de Herbscht offiziell aanfangt, wann die lange Unnerbuxe ausgepaggd werre. Die gehn dann ins Geschäffd unn saan: ich hädd gääre e Paar warme Unnerbuxe. Unn die Verkeiferin frood dann: lange? Doo kummt poschdwendend die Andword reduur: Ei, ich will die joo nidd miede, ich will die kaafe. Ääns vun de scheenschde unn leggerschde Aanzeiche, dasses langsam Herbscht werrd, iss unn bleibt awwer de Kweddschekuuche. Meeschlichst digg midd Sahne druff, dass mer ebbes zuseddse hadd fier de Winder. Allään der Klang hadd so ebbes häämelisches unn boodenstännisches, dass emm schunn es Wasser im Mund sesammelaafd. Es gebbd joo sogar Nochbargemeinde, wo ihr Kerb entsprechend tituliere.

Geeje denne Ausdrugg Kweddsche kummd geschmagglich so e Wort wie Zwetschgen oder Pflaume imwwerhaupt nidd aan. Weil Kweddschekuuche ääm so an frijer erinnert, wo de Mamme denne Kuche noch selwer gebagg hadd. Midd Belaach ausem eichene Aanbau. Odder, was noch immer am allerbeschde geschmaggd hadd, midd de Kweddsche aus Nachbars Gaarde.

Saarbrücker Zeitung, 18.09.2008

E klääni Schlachtmusigg

Das war mool e guddi Idee, dass mer die seechensreiche Wirkung vun Kulduur aach unsere Grundnahrungsmiddel segudd kumme lossd. Manches vun dem was em heid so als Kulduur anngebodd werrd, iss joo ziemlich durchwachse. Unn doo is so e biodinamischer Worschdfabrikand uff denne Gedanke kumm, dass der Effekt sich bei seiner Worscht noch optimiere losse werrd. Indem dass er denne sensible Schinke midd Musigg beschalle kinnd.

Es Orcheschder, wo zu dem Zwegg extra bestellt worr is, heischt sinnischerweis Stadtstreicher unn hadd wahrscheins in der erscht Schicht de Landjääscher unn em Uffschnidd ebbes vorgespielt: Allegro con Salami unn andante con Blutworschd. Sie hann nämlich feschdgestellt, dass die Worschd bei klasssicher Musigg besunnerschd zart werd. Noch praggdischer wärs nadierlich, wann se glei schun im Schweinestall ihr Ständche bringe wirde. Zum Beispiel ausem Zigeinerbaron die Arie midd dem Borschdevieh unn Schweinespegg. Ich menn in de Molkereie hann se midd der Musigg schunn lang die beschde Erfahrunge. Unn seid mer wääs, dass sich Hornvieh bei Berieselung besser melke losst, doo kummt mer joo aach in de groose Innkaafszendre verstärkt in de Genuss vun Tonkunschd.

Musigg macht halt nidd nur die Worschd loggerer, sie hadd aach e direggder Influss uff unser Geschmaggsnerve. Mer schwäddsd joo nidd umsunschd vun Handkääs midd Musigg. Es gebbd sogar kulduurbeflissene Eldere, wo ihre Bäbies, wann die es Fläschje krien, jedesmool Beethoven vorspiele. Damidd die de richdische Kunschdgenuss entwigggele. Nur bleed, wann der scheene Plan noo hinne lossgeht. Unn die Kinner dann spääder jedesmool wannse im Konzert e Simfonie heere, Luschd uffs Fläschje krien.

Saarbrücker Zeitung, 25.09.2008

Heejeri Maddemadigg

Neilisch hann ich mich iwwer mei Freind Schorsch gewunnert. Der hadd mir doch gladd verzählt, dass er in die Ausschdellung Maddemadigg zum Aanfasse geht. Haschde aach die Beiszang debei, hann ich noch gefrozzeld. Weil mir uns immer geejeseidisch uffzieje, vun weeje er hääd midd mir iwwerhaupt nidd gerechend. Unn ich dann saan: Mer muss immer middem Schlimmschde rechne.

Awwer mool im Ernscht: Bezichlisch vun der Maddemadigg werrd leider die ruufschäädischende Määnung verdreht, dass die ziemlich kombliziert unn drogge wär. Damidd die denne Ruf losswerrd, hadd die hiesisch Volkshochschul die Ausstellung hieher geholl. Unn aach Leid, wo sunschd nur midd Zahle se duun hann, wann se ihr Loddoschein ausfille, mool siehn wie spannend so Zahlespiele sinn kinne. Zum Beispiel hadd joo die Null e ganz schlechdi Presse unn werrd gääre als Schimpfwort gebraucht. Was e schwäärer Fehler iss. Weil die Null es wischdischde iss beim Rechne.

Awwer wammer im Kobbrechne schwach iss unn nidd bis drei zähle kann, hadd mers heid sowieso leichder. Weil das jedds alles de Kommbjuuder macht. Was nix anneres hääschd wie Rechner. Komischerweris rechend der awwer nur midd zwää Zahle, der Null unn der Ääns. Nur halld so irrsinnisch schnell, dass mer im Kobb kaum middkummt. Woo Zahle aach ganz wichdisch sinn, das iss beim Innkaafe. Ich hann joo doo jedds e Trigg. Ich duun iwwerall bei denne dolle Sonderaangeboode zugreife, wo mer jedesmool e Haufe Geld spare kann. Jedds wunner ich mich nur, das ich am Enn effeggdief meh Geld ausgebb hann wie vorher. Awwer mei Frau hadd nur gemennd, doo bräuschd isch kää heejeri Maddemadigg dezu. Dass hädd isch mir aach kinne an de fünf Fingere abzähle.

Saarbrücker Zeitung, 30.10.2008

Wann die Blädder zeidisch falle

Hann sie aach als so Huddel midd ihre Termine. Ich menn jedds ausnahmsweis mool nidd die Berse, wos joo sogar Termingeschäffde gebbd. Nää, die ganz normale, lässdische Geschäffdstermine. Die Frissde, wo emm laufend uffgedriggd werre: die Steiererklärung, de Tüff odder de Geborrdsdaach vun der Erbtande Luwwies Un wo mer, wammerse vergesst, in Schwuuli-tääde kummt. Das hann so Termine nämlich middem Kondo gemeinsam, dasse oft iwwerzoo werre. Odder wammer seine Rechnunge nidd bezahlt hadd unn kried dann die sogenennde Binnenbriefe: Wenn sie nicht binnen 14 Tagen ....

Ich wääs nidd ob ich mich teische, awwer ich hann das Gefiehl, dass so Termine immer schneller uff mich zukumme. Uff meinem Kondoo zum Beispiel iss meischd schunn um den zwanzischde rum Uldimoo. Unn sogar die Naduur passt sich der Beschleinischung aan unn driggt uffs Temboo. Es falle nämlich nidd bloos die Kurse nää, aach es Laab ganz heffdisch vun de Bääm. Das iss schunn e paar Wuche frieher draan wie normal unn hallt jedds unser Bauhof uff Trabb. Ich hann garnidd gewissd, dass mir in Dengmerd im Stadtgebiet so vill Bääm hann.

Wahrscheins hann die Blädder in de Schaufinschdere es vorgezoone Weihnachtsgebägg gesiehn unn hann sich gesaad: Ach du liewes bissje, iss das aach schun widder so weit? Unn mir hänge als noch doo owwe am Baam draan. Unn dann hann die sich vor Schregg schnell falle geloss. Unn faschd all uff äämool. Jedds hadd mei Fraa gesaad, ich derfd nidd vergesse, fier vor unsrer eichene Dier se kehre. Unn schunn hann ich widder e neijer Termin. Awwer ich gehn jedds dabber e neijer Kalenner kaafe, midd ganz vill Blädder. Dass ich die Termine fier näägschd Johr all unnerkrien.

Saarbrücker Zeitung, 6.11.2008

Stäänzeit in Dengmerd

Die Ausstellung Edle Steine iss joo middlerweile in Dengmerd schunn heimisch unn zieht jeed Johr Unmenge vun Besucher aan. Unn doo kinnd mer faschd saan, dass mir vielleicht nidd graad stäänreich sinn, awwer doodefier reich an Stään. Ganz frieier, wanns emm dreggisch gang iss, hadd mer joo als gesaad: viel Steine gabs und wenig Brot. Awwer doo hadd mer sicher nidd an die edle Exponaade gedenkt, wo mer jedds inn der Stadthall bestaune kann. Unn mer soll sowieso aach nidd uff das äänfache, awwer solide Baumadderiaal erunnergugge. Doodemidd hannse sellemools sogar die Piramiede gemauert. Unn die stehn immer noch. Noo denne Stään iss sogar e ganzes Zeidalder tituliert worr, die sogenennde Stäänzeit. Das iss die, bis in die wo mers verscherzt hadd bei jemand, wammer dem mool dumm kummt.

Awwer Fred Feuerstein unn Konsorrde hann doodraus nidd bloos Meewel unn Werkzeich gemacht. So Stään ware aach nitzlich fier de Aggressionsabbau, weil mer midd denne besunnerschd gudd hadd kinne schmeise. Vor allem weit. Unn aus der Zeit stammt noch das Längemaas, wo die Berichterstadder aach heid noch gääre beniddse. Die saan nidd: e Paar Meeder weider odder graad um die Egg rumm. Bei denne heischd das nur: e Stäänwurf entfernt. Ich wääs nidd in welle Kreise die verkehre, awwer die Leid wo ich kenne, die mache so ebbes nidd, die schmeise all nidd midd Waggese.

Desweeje wars aach, wie die Mensche dann spääder in Heiser aus Glas gehuggd hann, streng verbodd fier midd Stään se schmeise. Awwer zum Gligg gehts joo bei der Ausstellung wesentlich friedlicher zu. Unn die Stigger, wo se doo präsendiere, sinn joo all vill se wertvoll, als dass mer die in der Geeschend erumschmeist.

Saarbrücker Zeitung, 20.11.2008

Dengmerder Unnerwelt

Hann sie aach die inderessande Ardiggel gelääs? Iwwer das komblizierde Reeresüschdeem, woo doo unnerm Dengmerder Plaschder defier zustännisch iss, dass mer Gas, Wasser unn Strom ins Haus geliwwert grien. Mei Freind Schorsch, der war doo joo ganz baff, weil der immer gemennd hadd, es Wasser käm bei ihm ausem Kraane unnd de Stroom aus der Steggdoos. Ich wollt ihm das praggdisch vergliggere unn hann noch gesaad, das wär so wie in dem beriehmde Film. Ei was fier e Film dann. Ob er nidd de Dridde Mann kenne wird, hann ich ne gefrood. Doo hadd der nur dumm geguggd unn gemennd, er dääd noch nidd emool die zwää annere kenne. Unn Skat spiele dääd er aach nidd.

Awwer de Schorsch hadd halt e langi Leidung. Unn so e langi Leidung is aach needisch, dass all Haushalde midd dem versorschd werre, was unser Ziwilisazioon so needisch braucht. Unn beim Wasser zum Beispiel brauch mer sogar zwää getrennde Leidunge. Es is nämlich nidd doodemidd gedoon, dass es deire Nass ins Haus unn in die Baadwann eninnkummt. Es muss joo, wanns verbraucht iss, aach widder nausgeschafft werre. Aach wanns dann nimmeh ganz so gudd riecht. Unn desweeje misse die Kanääl geleechendlich mool sauwer gemacht unn uff Vordermann gebrung werre, dass das ganze immer scheen in geordnede Bahne laafd.

Das iss beim menschliche Organismus, wo joo aach e Gefäässüschdeem hadd, nidd annerschd. Doo isses aach ganz ginschdisch, wammer alle paar Johr mool Wasser dran losst. Awwer die ganz Kanalisazioon hadd aach immer noch so e bissje e aanrichischer Beigeschmagg vunn Unnerwelt. Wo mer gääre die Nas driwwer rimpfe duud. Nur, wann doo aach manchmool Dregg debei iss, es iss nur der, denne wo mir selwer fabriziere.

Saarbrücker Zeitung, 27.11.2008

Tiecher-Ente unn annere Viecher

Im Dengmerder Rathaus laafd joo graad e Ausstellung vun dem beriehmde Audor Janosch. Das heischt, die laafd nadierlich nidd, die hängd doo an de Wänn im Flur. Unn die näägschd Wuch werrd aach noch e Teeaaderstigg vun dem uffgefiehrt. Falls der Noome ihne nix saan sollt, dann frooe se äänfach mool ihr Kinner. Die kenne denne ganz bestimmt. Die Figure, wo der erfunn unn gemoolt hadd, sinn nämlich extreem originell unn knuddelisch.

Sogar unser Oobee hadd heegschperseenlich midd dem seinem kloorschde Vieh aangebännelt, der Tiecher-Ente. Das iss soosesaan e Ente mit Striefen drein unn mer kann se am Fisssääl hinner sich herzieje. Unn falls jedds änner saad, das wär kinnisch unn so e Kreizung aus Tiecher unn Ente gääbs garnidd, doo hadder erschdens kää Fantasie unn auserdem kumme so ähnliche Viecher im ganz normale Lääwe aach masseweis vor. Doo gebbds de gemeine Rollmops, de Rapskaader odder de Reiswolf. Unn hann sie vielleicht schunn mool e lillaani Kuh gesiehn? Vun de Elwedriddsche mool ganz abgesiehn. Meischd duud mer sich joo so fabelhaffde Kreaduure ausdenge wammer jemand verschille will. Zum Beispiel als Hausdrache odder Schnapsdrossel oder Angschdhaas. Es gebbd doo wahrscheins zwische manche Tiere unn menschliche Erscheinungsforme frappande Ähnlichkääde.

Das hann schunn die alde Fabeldichder gewissd. Unn desweeje hann sich aach die Aadlische frijer uff ihr Wappe all meeschlich Viehzeich druffgemoolt, wo nidd unbedingt in Brehms Tierleben drinngestann hadd. Meischd soone midd scharfe Kralle, weeje der Abschreggung. Das ware dann awwer schunn ganz hohe Tiere. Unn fier de ganze Rescht gilt im Notfall de Grundsatz: Kläänvieh macht aach Mist.

Saarbrücker Zeitung, 4.12.2008

Harde Zeide

Ich will joo nimmand die Azwenzzeit vermiese, awwer wammer sich die allgemeine Laache so aanguggd unn die Meldunge, die wo jedds drebbchesweis durchsiggere, doo kammer schunn vor Weihnachde aus vollem Herze saan: awweile hammer die Bescheerung. Unn mer iss joo hin unn hergeriss, wie mer sich verhalle soll: ob mer liewer ebbes seriggleeje soll fier die harde Zeide, woose uns schunn aangedroht hann. Awwer wemm kammer dann iwwerhaupt noch traue, ich menn finanztechnisch gesiehn.

Bevor ich mei sauer Verdiendes leichtsinnisch aanleeje, woos dann doch vum Dax gebiss werrd, doo hau ich doch mei Weihnachtsgeld liewer selwer uff de Kobb. Unn ich dääd joo doodemidd aach gesamteekonoomisch sogar noch e guddes Werk. Weil irjendwoo muss das ville Geld joo widder herkumme, woose doo in de Sand geseddsd hann. Wammer die Zahle lääst, doo will mers als miggrischer Kläänsparer ball gar nidd glaawe. Unn de Fachmann schwäddsd joo nidd umsunschd in dem Sesammehang gääre vunn schwindelerreeschende Summe.

Awwer bevor mir in unserm Unverstand jedds glei widder aanfange se moddse unn se joomere, doo missde mir seerschd mool an die denge, wo die doo Kriese richdisch hart treffd. Wie ich die Iwwerschriffd am Samschdaach gelääs hann, doo hann ich doch misse schwäär schlugge: Die Geliebte als Krisenopfer. Doo hann die Muldimüllionääre sich geäuserd, dass se jedds bei ihre Määdresse an de Klunker spaare missde. Unn das ausgerechent korz vor Weihnachde. Denne Ardiggel hann ich mir gudd uffgehoob. Fier denne Fall, dass an Weihnachde in der Familie jemand es Gesicht verziehd, wanns Geschenk diesmool e Nummer klääner ausfalld. Doo kinne die mool siehn wies iss, wammer richdische Probleme hadd.

Saarbrücker Zeitung, 31.12.2008

In Blei gegossener Kaffeesadds

Noo denne ganze Riggbligge uff e ziemlich durchwachsenes Johr, hann jedds korz vor Silweschder joo widder die Vorhersaache Hochkunjunkduur. So ähnlich wie beim Wedderbericht, nur im greeserem Rahme. Wo mir erfahre, ob mir uns demnäägschd warm aanzieje misse, bildlich geschwäddsd.
Jedds seerschd mool die gudd Nachricht: es geht widder uffwärdds: Also meteorologisch gesiehn. Die Daa werre nämlich widder länger. Unn die schlechd Nachrichd glei hinnerher: die Gesichder wahrscheins aach. Was die allgemein Entwigglung aangehn duud.

Das saan jedenfalls die Experde, unn die misses joo aangeblich ganz genau wisse. Uff eekonomischem Terräng duud mer die joo sogar als Weise tituliere. Awwer ich glaab, das sinn nidd die ausem Morjeland, eejer die ausem Märcheland. Das sinn nämlich haargenau die selwe, wo uns vorher e sadder Uffschwung aangekinnischd hann. Nur mool ganz naiv gefrood: wann das so gewiefde Fachleid wolle sinn, warum hann die uns dann vorher nidd vor dem ganze Schlammassel gewarnt? Zuminneschd kinnd mer erwarde, dass die nidd korz druff schun widder im Fernseh hogge unn buddsmunder schlaue Ratschlääch verbreide. Unn erkläre, warum das alles so hadd misse kumme.

Es Fatale an so Vorhersaache iss joo eewe, dass se sich bleedsinnischerweis immer uff die Zukunft beziehe. Hinnerher bin ich selwer schlau. Am beschde wirrd mer zum Johresenn ganz uff effendliche Prognoose verzichde unn wirrd doodefier die Prognoose vum leddschde Johr noch mool auskraame. Nur so zum Spaß. Unn der Experde wo am rasandeschde denääwe gelääh hadd, der kried feierlich e Wannerpreis iwwereicht. In Blei gegossener Kaffeesadds midd Goldrand wird sich doo vielleicht gudd mache.

Saarbrücker Zeitung, 8.01.2009

Wanns Lamedda ab iss

Unserer Gesellschaft duuds joo an vielem mangele. Bloos nidd an Probleeme. Unn die mache dann aach leider um so e simpaadisches Gemeinweese wie Dengmerd kää greeserer Boowe. In änner vun denne Studie hannse jedds feschdgestellt, dass mir, was die Aldersstruggduur aangeht, voll im Trend leije. In Stigger zwanzisch Johr sinn dreisisch Prozent vun de Dengmerder iwwer 80 Johr alt. Wodraan das leid, das hadd e friejerer Finanzminischder treffend gesaad: Alle zehn Jahre werden die Menschen ein Jahr älter. Das wär joo e scheen Sach unn wär uns all recht. Awwer der hadd das stadisdisch gemennd.

Das Kloore debei iss nur, dass die Betreffende sich gar nidd so alt fiehle unn schunn es Gesicht verzieje wannse ab Midde Fuffzisch als Senioore aangesproch werre. Ich wääs das aus eichener Erfahrung. In der Werbung jedenfalls sieht mer die immer paarweis iwwer die Bänk im Kurpark hubbse. Wie wann se gedopt wäre. Es kann nadierlich sinn, dasse sowieso ball widder uff die Ältere seriggreife misse, weil unsrer Gesellschaft aangeblich ball die Jüngere ausgehn. Mer kann nur hoffe, dass unser Owwere bei dem Problem de richdische Spagaad hinkrien. Awwer Bolidigger sinn sowieso e besunnerer Schlaach Mensche. Imme Älder wo annere als Oma unn Opa gelte, dunn se die joo noch als Enkel bezeichne.

Unn dann hann ich im Wertschaffdsdääl e Meldung gelääs, wo awwer nix midd dem Thema se duun hadd. Uffem Weltmarkt wääre die Preise fier Alteise rappid am Sinke. Unn die alde Krischdbääm kinnd mer jedds an der Sammelstell abliwwere. Mer solld awwer es Lamedda abmache. So geht's im Lääwe: Geschdern noch kerzegraad unn in weihnachdlichem Glanz. Awwer wann dann erschd mool es Lamedda ab iss ...

Saarbrücker Zeitung, 15.01.2009

Treuepunkte fier Dengmerder Kunne

In Dengmerd iss joo jedds so e Diskussion losgeträäd worr, weeje dem riesische Inkaafszendrum wo doo aangeblich hin soll. Wo se schwääre Bedenge hann, dass dann die normale Geschäffde in der Innestadt ziemlich unner Drugg kumme. Unn die hann joo sowieso schunn denne Huddel, dasse zum Beispiel ihr Effnungszeide nidd richdisch unner ääner Hudd krien. Obwohl mer joo wääs, dass so ebbes nidd graad es beschde Loggmiddel fier die Auswärdische iss. Unn fier die Urinnwohner se halle, doo muss mer sich halld aach servicemääsisch ebbes infalle losse.

Apropos Inkaafe, doo kammer als die kloorschde Sache erlääwe. Neilisch hann ich gesiehn wie änner so e Abdeggung fier sei Audo kaafe wolld unn das Ding vorher an seinem Waan ausprobiere wollt, obs aach passd. Ich gehn mool nur kurz vor die Dier, hadder gesaad. Sie brauche kää Angschd se hann, ich loss ihne solang mei Fraa als Pfand doo. Was iss das fier e scheener Zuuch, hann ich fier mich gedenkt, wann änner so sei Schmuggstigg als effendliches Zahlungsmiddel ins Gespräch bringe duud. Unn tatsächlich hadd sich die Verkeiferin aach noo der Fraa umgedrehd unn hadd die vun owwe bis unne gemuscherd. Fier se gugge, ob se das Risiko ingehn solld.

Ich werrd joo so ebbes nie mache, weil ich ganz genau wääs, was ich an meinem hann. Unn ich werrd so e Wertobjeggd aach nie hergenn, noch nidd emool fier es scheenschde Audozubeheer. Mei Instellung hadd sich scheins schunn rumgesproch. Imme annere Geschäffd hannse mich nämlich vor kurzem gefrood, ob ich aach Treuepunkte krien werrd. Das misse se schunn midd meiner Fraa bespreche, hann ich bloos gesaad. Unn hann doo debei so treiherzisch wie meeschlich geguggd.

Saarbrücker Zeitung, 29.01.2009

Hochgestochenes unn Hausgemachdes

Was ich unheimlich inderessand finne, sinn die klääne Artiggele hie in der Zeidung, wo se de Zugezoone die Dengmerder Lääwensart verggliggere. Doo kammer sogar als Einheimischer noch ebbes leere unn sich Aanrechunge holle. Weil mer joo meischd das, was direggd vor der Hausdier leid, leider nidd so richdisch eschdamiere duud. Unn erschd wann das bei de Auswärdische gudd aankummt, doo saan dann aach uff dem Umwää die Inngeborene widder: Ei gugge mool doo, ich hann garnidd gewissd, dass mirs hie bei uns so scheen hann.

So hann zum Beispiel jedds die Bilder vun unserm beriehmde Weisgerber in Schweinfurt bei rer Ausstellung Furore gemacht. Vielleicht bringt das hinnerher de ään odder anner dezu, dasser sich denne Kunschdgenuss aach mool gönnt, wann die Bilder hie widder e Dach iwwer Kobb hann. Manchmool reichds joo werbetechnisch schunn, wammer ebbes Vertraudes, wo emm banal unn alltächlisch vorkummt, e bissje sprachlich uffbrezzele duud. Unser hundsgewehnliches Sauerkaut zum Beispiel gebbds jedds se kaafe in ganz eedle Doose, wo White Cabbage druffsteht. Was sovill hääschd wie Weißkohl. Doo iss das Gemies awwer ganz scheen die Trebb enuff gefall, hann ich mir gedenkt wie ich das gesiehn hann.

Noch frieher hann se doodezu äänfach Kabbes gesaad. Unn der hadd schunn der Witwe Bolte am beschde geschmaggd, wann er widder uffgewärmt war. Manchmool awwer driggd sich ääner so hochgestoche aus, dass mers ball nidd versteht: Es Volume vun der Bona terrestris iss reziproproportional zu der intellektuelle Kabbazidääd vumme prakdizierende Ökonom. Awwer so heerd sichs doch wesentlich besser aan wie wammer saad: Die dimmschde Baure hann die diggschde Grummbeere.

Saarbrücker Zeitung, 30.04.2009

Dumm gelaaf

Mer kummd joo heidsedaach oft in Sidduazione, wo mer nidd genau wääs, wie mer sich entscheide soll. Soll ich jedds de Scherm midholle? Odder liewer dehemm losse, wo mer doch genau wääs, dasses dann garandierd räänd. Manchmool hadd mer joo sogar es Luxusprobleem, dass mir sich middme Iwweraangebodd erummschlaan muss. Zum Beispiel, weller vun denne Stigger 250 Fruchtjoggurds unserm verwehnte Gaume momentan am beschde schmagge werrd. Unn oft schwankt mer joo aach: soll ich odder soll ich nidd? Vor allem wammer uff sei finanzieller Vordääl aus iss unn e Schnäbbche mache will,

Meischd entscheid mer sich dann doch fier das, wo mer draan gewehnt iss. Unn doodefier gebbds oft sogar e Belohnung, die Treueprämije. Awwer das mer sich doodebei aach verschbegguliere kann, das hadd mei Freind Schorsch graad erlääbt. Er hadd leddschd Johr bei unserm hiesische Gas-Aanbieder ganz treuherzisch e Vertraach unnerschrieb, wo die gesaad hann, sie werde ihm e Fixpreis bis 2010 garandiere. Unn wie er jedds gelääs hadd, die wollde die Preise senke, doo hadder sich gefreit. Awwer zu frieh. De reduzierte Preis gilt nämlich nur fier die, wo dennc Vertraach nidd unnerschrieb hann. Unn er hadd jedds sosesaan e Treue-Malus.

Annere Leid, denne wo das aach passiert iss, schwäddse sogar schunn vum Äätsch-Tarif. Immerhin hannse dann awwer noch imme Brief geschrieb, er krääd eventuell näägschd Johr doch ebbes serigg. Eventuell awwer aach nur, wann er e neijer Vertraach unnerschreibt. Es iss faschd wie an der Börse, wos joo aach immer ruckaardisch ruff unn runner geht. Awwer die Börsianer nemme das midd Humor midd dem tröstliche Spruch: Ihr Geld iss nidd weg, das hadd jedds bloos jemand annerschd.

Saarbrücker Zeitung, 7.05.2009

Verbinnendes unn Trennendes

Die Finanzkrise treibt joo manchmool die sonderbarschde Bliede. Jedds iss unser Stadtowwerhaupt sogar schunn uff die tiefschürfende Idee kumm, fier im Raadhaus Spaade aansebaue. Wo ich doch schunn bei dem Ausdrugg Kubbelsaal immer e bissje sesammezugge. Wahrscheins iss das awwer e Berufskrankhääd, dass ich sprachlich so iwweremfindlisch reagiere. Meischd sinn joo so werbaale Ungereimthääde nidd bees gemennd, sie wirke nur ungewollt e bissje komisch. So wie jedds bei dem dolle Sängerfeschdiwall am Sunndaach. Wo uff der Biehn e Transparend gehängd hadd unn doo hadd druffgestann: Kreischorverband. Im erschde Momend hädd mer kinne menne, dass doo jemand e Ohr werrd gelallt krien odder noch schlimmeres. Awwer das wär nadierlich e vellisch falscher Inndrugg, weil die doo werklich prima gesung hann unn es Publikum ganz vunn de Sogge war vor Begeischderung. Vielleicht hädd in dem Fall e Bindestrich an der richdisch Stell schunn geholf. Weil Gesang an sich joo ebbes Verbinnendes hadd, wie mer bei der Veraanschdaldung scheen gesiehn hadd. Apropos Bindestrich: Mer schreibt iwwrischens Saarpfalz-Kreis unn nidd Saar-Pfalz-Kreis.

Noch verdraggder iss die Sach awwer midd denne Trennungsstriche. Besunnerschd seid die vum Kommbjuuder audomaadisch geseddsd werre. Unn dem Abbaraad iss das vellisch schnurz, was er doo als fier e Bleedsinn fabriziert. Dass zum Beispiel in der Rubrigg Spielwaare de Plüscheisbär hinnerm Plü getrennt werrd. Odder im Gaardebau-Proschbeggd die Blumento-Pferde ufftauche, midd denne wo se uns schunn als Kinner hann wolle veräbbele. Unn weil so abstruse Konschdruggzioone oft richdisch weh duun, schwäädsd mer in soome Fall vun Trennungsschmerze.

Eier Atzel

Saarbrücker Zeitung, 22.05.2009

Awweile iss awwer Feieroowend

Wer schwäär schaffd, derf aach hinnerher zinfdisch feiere. Desweeje duud jedds e Lokalitääd in Dengmerd äämool im Moonaad e Noom-Schaffe-Paardi aanbiede. Dankenswerderweis hann se uff denne Ausdrugg Aafder-Wörk-Paardi verzicht, weil doo die Stimmung schunn glei im Keller iss. Unn e Worschd-Fabrigg duud zur Ferderung vunn zwischemenschliche Kontaggde glei aach noch e Liooner-Singel-Ringel offeriere. Ringelpietz zum Aanbeise sosesaan. Awwer aach wann so e Iewent noo der Aarwedd aangeseddsd iss, iss es nidd unbedingt se empfehle, fier doo in de Schaffklääder hinn se gehn. Odder in der saarlännisch Nazioonaaltracht, der Kiddelscherz. Kää Scherze verstehn oft aach die Werrde, wann die Gäschd unbedingt iwwer die Sperrstunn bleiwe wolle.

Weil die joo aach e rudimentäärer Aanspruch uff Priwaadlääwe hann. Das iss dann de Momend, wo die Stiehl demonschdratief sesammegestellt werre: Unn de Ruf erschallt: Feieroowend! Odder noch drastischer: Ei hann ihr kää Bedde dehemm! Ähnliche Probleeme gebbds joo manchmool aach im ganz priwaade Bereich, wann e paar vun denne, wo ingelaad ware, die Bemerkung, sie sollde doch noch e bissje bleiwe, ganz wertlich nemme. Awwer mer will sich joo als Gaschdgeeber nidd unbedingt als Hewwel aute unn unheeflisch sinn.

Desweeje versucht mer dann durch die Blume dezent aansedeite, dass mer sei Scheenhäädsschloof breicht. Das niddsd bei dir sowieso nix meh, kried mer doo redour. Dann muss mer zu härdere Bandaasche greife: Ich bitte mei weerde Gäscht uff mei Wohl die Wohnung se leere, iss e einischermaase vormehmi Method. Odder mer klobbd ganz wild uff sei Chronomeeder unn saad: Beesi Uhr, vertreibschd mer mei liebschde Gäschd!

Saarbrücker Zeitung, 28.05.2009

Mir sinn so frei

So langsam verlaacherd sich es priwaade Lääwe widder an die frisch Luffd unn vor die Hausdier. Unn aach die effendliche Luschbarkeide hann unner freiem Himmel e ganz anneres Fläär. In unserm Schwimmbad kammer sich jedds midd seim makelloose Kerper widder drause in die Fluude sterze. Das nennt sich immer noch Frei-Bad, obwohls joo eichendlich Inddridd koschd. Unn falls das mool iwwerfillt wäär, kammer sich middeme Handtuch sei Pläddsje am Puul frei halle.

Mer sieht, frei iss e aarisch beliebter unn vill strabbazierder Begriff, meischd in Verbinnung midd pekuniäre Erleichderunge. Wie zum Beispiel in Form vunn Freikaarde, Freifahrtscheine odder steierliche Freibeträäch. Unn nidd se vergesse, de absoluude Renner uffem Geträngemarkt, es allseits so beliebte Freibier. Es leid halt um die Johreszeid ebbes in der Luffd, doo werre mir all zu Freiheidskämpfer. Nidd bloos die hartgesoddene Modooradfahrer, nää aach die soliedeschde Kassepaziende schnubbere gääre mool e Hauch vun freier Wildbahn unn Laacherfeier. Unn wanns nur am hauseichene Schwenker iss.

Doo macht sichs aach graad gudd, dass das jedds die Zeid iss, wo mer laut Kalenner e paar zusäddslische freie Daache hadd. Aach wann die meischdens uff de Dunnerschdaach falle, Unn e klääner Vorgeschmagg uff die Ferjie gebbds fier die Schuulflichdische, wanns hiddsefrei gebbd. Was awwer midd de wärmere Temberaduure aach widder in Schwung kummt, das iss es Lieweslääwe. Odder wie mer frieer so scheen plassdisch gesaad hadd, die Freierei. Awwer das iss dann oft es Enn vun der Freihääd. Das iwwerlee ich mir liewer nochmool, denkt sich dann manchääner. Denke derfer so ebbes joo. Schließlich sinn die Gedanke joo aach frei.

Saarbrücker Zeitung, 4.06.2009

Mir sinn biologisch

Was duud sich das jedds mool auszahle, dass es hie bei uns ball e Duddsend Meeschlichkääde gebbd fier noo Dengmerd ninn se kumme. Doo siehn all die, wo uns hie besuche wolle, glei am Inngang denne stolze Hinweis, dass die Weltorganisazioon graad neilich uns ganz offiziell beschdäädischd hadd, dass mir e Reservaad sinn. Unn quasi unner Naduurschudds stehn. Odder um e bekanndi Schlaachzeil absewannele: mir sinn jedds all biologisch. Also nadierlich nidd bloos die Dengmerder, nää aach all in der ganz Reeschioon drummerum. Unn besunnerschd die in dem Schmuggkäschdche vun Bliesgau. Unn das iss joo ebbes, wo mer werklich stolz druff sinn kann. Ich hann zum Beispiel e Schwooer an der Nordsee, doo war ich immer ganz neidisch uff demm sei Waddemeer. Awwer jedds kann ich dem verzähle, dass mir neierdings naduurschuddsmääsisch in der selb Liga spiele.

Vor Begeischderung hann se joo beheerdlicherseids die erfreilich Bootschaffd owwe an die Ortsschilder draangetaggerd. Weil das awwer nidd ganz vorschriftmääsisch iss, misse se das Ganze jedds widder e bissje diefer hänge. Awwer wie gesaad, das kann schunn mool passiere im erschde Iwwerschwang. Wammer bedenkt, dass sich das midd der Auszeichnung weltweit erumschwäddse duud. E scheener Nääweeffeggd iss joo dann hoffendlich, dass de Einheimische das aach langsam dämmert, uff wellem scheene Fleggche Eerd mir dehemm sinn. Weil manchmool misse em doodruff joo erschd die vunn auswärrds midd der Noos druff stubbse. Unn dass mer dann aach defier sorje solld, dass so ebbes erhall unn gefleechd werrd. Dann derf mer midd soome Pund ruuisch wuchere unn womeeschlich sogar e klään bissje strunze. Unn Luffdballongs flieje losse.

Saarbrücker Zeitung, 25.06.2009

Unnerricht im Rinnbeise

Dass mir uns all gesinder ernähre sollde, dass iss joo de meischde vunn uns middlerweile klar. Aach wammer das nidd immer so richdisch uff die Reih krien. Mer kann doomidd joo aach gar nidd frieh genuch aanfange. Unn desweeje krien die Erschdklässler bei uns demnäägschd e biodinnaamischi Brood-Box midd in die Schul. Dass die sich nidd bloos am fascht Food vergreife unn iwwerhaupt mool ebbes se schmegge krien, wo kää kinschdliches Arooma drinn iss. Vill Kinner wunnere sich joo schunn, dass uffem Bauernhof kää lilani Kuh rumlaaft.

Es Geejestigg zu soome gehaltvolle Pausebrood iss es Haasebrood. Das iss so e traurisches Grundnahrungsmiddel, wo mer aangeknabbert widder midd hemm bringt. Weils in die Geschmaggskaddegorie aarisch lebbsch fallt. Unn mers am beschde de Haase gebbd. Awwer mer derf joo de Junge kää Vorwurf mache, die gugges joo nur vun uns Alde ab. Unn mir wisse zwar was gudd iss, awwer das iss nidd unbedingt das was aach gudd duud. Desweeje lääwe mir joo aach in rer Gesellschaffd, woo uff Werte grooser Wert geleed werrd, besunnerschd uff Lewwer-Werte unn ähnliches.

Awwer mer hadd joo aach de Indrugg, dass sich die Fachleid in punkdoo Ernährung als selwer nidd äänisch sinn. Unn wer annere gudde Roodschlääch gebbd, der soll moo in sei eichener Kolleschderienspichel gugge. Was ich zum Beischbiel e bissje iwwertrieb finne, iss dasse uns es gudde alde Budderbrood hann wolle maadisch mache. Doodebei spielt das joo sogar in der Phisigg e groosi Roll, weeje seine äärodinnaamische Eichenschaffde. Weils garandierd immer uff die Seid falld, wo beleed iss. Unn mer nennds bei uns nidd umsunschd e Schmier. Das hääschd, mer soll die Budder digg uffdraan.

Saarbrücker Zeitung, 2.07.2009

Ei gebbds dich dann aach noch?

Gell, das hann sie bestimmt aach schunn erlääbt, dass mer noo Johre zuume Klassetreffe inngelaad werrd. Doo iss es dann schunn e makabrer Zufall, wann gleichzeidisch in Dengmerd es jährliche Oldteimertreffe annonciert werrd. Vor allem wann uff der Innlaadung zu der Sammelbeweeschung so beängschdischende runde Zahle vorre draan stehn. Unn mer kann dann nur hoffe, dass mer als älderes Semeschder aach vun der Wertsteicherung als Museumstigg profidiert. In dem ääne wie in dem annere Fall werrd joo vor der Begutachdung es Schassi vorher e bissje uff Hochglanz gebrung. Unn nidd bloos die Audos werre fachmännisch uff jinger friesiert. Es muss joo nidd glei jeder siehn, dass de erschde Lagg schunn lang ab iss.

Die Abituuriende vun heid, wo jedds de Stress iwwerstann hann, misse sich doodriwwer zum Gligg noch kää Gedange mache. Unn bis zum Johr 2059 isses joo noch e bissje hin. Awwer wammer sich das iwwerleed, wie die Zeid vergeht, doo kanns emm schunn ganz scheen schwindlisch werre. E ähnlicher Schogg kried mer, wammer zirka 50 Johr später sei Klassekameraade nochmool se siehn kried. Woobei mer nidd wääs, was emm doo meh verschregge machd. Wie die sich all verännert hann odder dass mer uff äämool merkt, wie ald mer selwer worr iss. Was emm bisher eichendlich gar nidd uffgefall wär. Bei soome Treffe kumme joo leicht e paar Johrhunnerde sesamme. Unn wammer es Bruddogesamtgewicht sesammezählt, iss das seid doomols ziemlich in die Heeh geschnerrd. Unn das noch bevor se iwwerhaupt die Vorspeis serviert hann. Am scheenschde sinn joo die uffmundernde Begriesunge: Ei lääbschd du aach noch! Was soll mer doodruff groos saan? Am beschde: Ei nadierlich – unn wie!

Saarbrücker Zeitung, 16.07.2009

Midd Rat unn Tat beiseide stehn

Es is werklich schlimm, wann jemand zu unfreindliche Zeide schaffe muss. Midde in der Naachd odder an Feierdaache: in Krankeheiser, bei der Feierwehr odder sunndaachs in de Redaggzioone, woose die Zeidung fier de Moondaach sesammebossele. Unn richdisch stressisch werrds dann in de Geschäffde, wo mer midd fremde Leid se duun hadd. Also ich hann greeschdes Verständnis for jeeder wo saad: das wär nix fier mich. Awwer was ich nidd verstehn iss, dass jemand, wo sich freiwillisch fier e Dienschdleischdungsberuuf entscheide duud, so krimmelwiedisch guggd, wammer ebbes bei ihm inkaafe will. Wann ich kää Bluud siehn kann, doo schaff ich joo aach nidd ausgerechend in der Unfallklinigg. Vielleicht leids awwer aach nur an dem saumääsische Wedder zur Zeid.

Odder hann sie schunn mool oowends die Unverfrorenhääd gehadd, fier noch e paar Breedcher käuflisch se erwerwe. Doo kinne sie ebbes erlääwe. Wiese im Fernsehn graad vor drei Daach midd me treffende Versprecher gesaad hann: Ihr Sörwies wäär exdra doodevor doo, fier de Leid midd Rat unn Tat beiseide se stehn. Das kennd mer joo, wammer irjendwoo e Auskunft hann will. Kaum iss mer in der Dier drinn – schwubbs, iss känner meh doo.

Es beschde Beispiel iss joo e kekanndes Transportunnernehme uff Schiene, wo de Ex-Scheff jedds konsekwenderweis inn Fluuchzeiche macht. Weil sei frijere Kunne manchmool aach am liebschde in die Luffd gang wääre. Zum Gligg sinn das awwer nur Einzelfäll unn die meischde Geschäffde bei uns wisse, dass e guddi Bedienung die beschd Reklame iss. Wammer nämlich e freindliches Gesicht vor sich hadd, doo geht, bildlich geschwäddsd, die Sunn uff. Unn dann klabbds aach ball widder middem Wedder.

Saarbrücker Zeitung, 23.07.2009

Awweile goes it awwer loose

Es iss jo schwäär kunnefreindlich, dasse fier die tuurisdisch Serigggebliebene alles meeschliche aanbiede, dass die dehemm aach ihr Spaas hann. Zum Beispiel e ginschdischi Freizeid-Kaard fier unser Reeschioon. Was mich allerdings doodraan widder emool steerd, iss, dass die das so komisch schreiwe: Freizeit-Card. So wies joo aach komischerweis bei uns Credit Cards und ähnliche sprachliche Verrengunge gebbd. Ich menn, dass mir kää deitscher Ausdrugg fier Commbjuuder gefunn hann, kammer joo notfalls noch verstehn. Obwohl, wammer e bissje suche werrd ...

Die Franzoose maches uns vor, dass mer sich technisch sogar in seiner Muddersprooch unnerhalle kann. Wann die iwwrischens hie bei uns innkaafe gehn, doo staune die nidd schlecht. Weil iwwerall an de Geschäffde so e penedranndes „sale" steht. E Ausdrugg, wo aach in Dengmerder Schaufinschdere ziemlich beliebt iss. Allerdings heischt das uff franzeesisch niggs an-nereres wie dreggisch. Unn das iss joo dann schunn faschd geschäffdsschäädischend.

De Dengmerder Autor Albrecht Zutter hadd in seinem neije-schde Buch „Eine gewisse Ungewissheit" noch meh so Beispiele gesammelt, wo de Schuss noo hinne losgeht. Weil gift uff englisch Geschenk hääscht, hadd e Firma doch tatsächlich ganz stolz als Gift Shop inseriert. Ei in so e Laade doo krääde mich kää zehn Päär eininn. Odder, weil im Englische de Sprühnew-wel mist hääscht, doo verkaafe die im Fernsehn e Parfümm midd dem verloggende Noome Exotic Mist. Ei, wer soll denne Mist dann kaafe? Awwer das kummt debei raus, wann Pro-winzler krampfhaffd uff groose weide Welt mache. Die bringes dann ferdisch unn duun glei zwää Sprooche verhunze: die eichene unn die englische.

Saarbrücker Zeitung, 13.08.2009

Jeede Daach Feierdaach

Iwwermorje iss joo widder e Feierdaach. Was die Erwerbstäädische noch meh eschdamiere werde, wann er midde in die Wuch falle dääd. Awwer es gebbd joo im Lauf vum Johr nidd bloos die offizielle Feierdaache. Reeschelmääsisch werre mir joo aach erinnert an alle meeschliche Gedenkdaache. Wo mehr odder weenischer hisdoorische Ereichnisse sich zum sounnsovillde Mool jähre, wie mer saad. Sogar wann se zwäädausend Johr her sinn, wie zum Beispiel die Varus-Schlacht. Odder Jubilääje, wo an beriehmde Perseenlichkääde aus de leddschde Johrhunnerde erinnerd werrd, weil an dem Datum ihr Geburts- odder ihr Doodesdaach iss.

Awwer es inderessandeschde sinn joo die sogenennde Akzioonsdaache, wo mer widder unnerscheide muss, ob mer fier odder geeje ebbes aktief werre soll. So gebbds im März e Akzioonsdaach geeje Staudämm unn im Juni e Bäregedenkdaach. Wo an denne Bruno erinnert werrd, wo vor e paar Johr ins Gras hadd misse beise. Iwwerhaupt gebbds im Kalenner ball kää Daach wo nidd zu irjendebbes uffgeruf werrd. Unn es meischde kammer joo nur unnerstiddse unn notfalls aach unnerschreiwe. Oder hädde sie ebbes geeje Gedenkdaache fier Toleranz, Volksgesundhääd odder gesundi Ernährung innsewenne. In dem Bereich gebbds iwwerhaupt fier jeder Geschmagg e Aangebodd: de Internationale Wasserdaach, de Daach fier deitsches Bier unn sogar fiers Budderbrot.

Wie ich mir die seitelang Lischd angeguggd hann, hann ich noch fier mich gedenkt: wie sinnisch, dasses aach e Weltlachdaach gebbd. Iwwerhaupt hann ich denne Ardiggel faschd midd links kinne schreiwe, weil die Sammlung schunn vun allään so komisch war. Ach iwwrischens heid, am 13. Auguschd iss de internationale Linkshänderdaach.

Saarbrücker Zeitung, 20.08.2009

Originaale unn Noogemachdes

Hann sie sich nidd aach schunn gefrood, was eichendlich midd unserm Weisgerber-Museum iss. Also die Hanglage iss durchwachs, mer heerd bloos ab un zu, dass die wertvolle Bilder irjendwoo in Deitschland uffgehängt worr sinn. Jedds hannse das Thema widder uff de Disch geleed, indemm dasse e Weisgerber-Bild als Puzzle erausgebrung hann. Was joo das Fraachezeiche nur unnerstreiche duud, weil Puzzle uff deitsch so vill wie Rätsel hääscht. Mei Freind Schorsch allerdings, der hadd e geheerischer Schregg kried, wie der das gelääs hadd:
Ach du liewes bissje, die werre doch nidd das Originaal verschnibbelt hann!

Er iss nämlich selwer e Originaal unn steht als e bissje uff der Leidung. Neilich hadder gemennd, ihm wär graad e Gedange durch de Kobb gang, awwer der wär schunn widder weg. Wahrscheins, hann ich gesaad, hadd der sich in deinem Herrn einsam gefiehlt. Das midd dem Puzzle iss joo so ziemlich de äänzische Fall, wo mer denkt, hoffendlich iss das nidd es echde Bild. Annsunschde heerd unn lääsd mer joo dauernd so Horrormeldunge, wo se uns all meechlische Ersaddsdääle unnerjuubele wolle.

Doo gebbds dann Phantom-Schinge, Pseudo-Schniddsel odder noogemachde Garneele. Es allerschlimmschde finn ich joo, dasse beim Schweizer Käs raffinierderweis aach noch die Lecher middwieje duun. Unn dann sinn doo als Stoffe drinn, das will mer aus geschmaggliche Grinde gar nidd so genau wisse. Dasses Vanille-Aroma zum Beispiel aus Regibbs-Pladde fabriziert werrd. Die saan doo awwer nidd Vorteischung vun falsche Tatsache doodezu, die nenne das naduuridentische Inhaltsstoffe. Ei was wirde die dann saan, wann ich denne Schlambes midd naduuridentische Geldscheine bezahle werrd.

Saarbrücker Zeitung, 8.10.2009

Glei kummt es Vechelche

Mir lääwe in rer Welt, wo mer ringsrum umzingelt sinn vun lauder meeschlichst bunde Bilder. In der Zeidungsbranche wääs mer das schunn seid langem: Wann beime Ardiggel nääwe emm Text aach noch e scheenes Bild debei iss, doo iss das schunn mool die halwe Miede. Nidd ganz unschuldisch doodraan, dass die Bilderfluud noch aansteid, iss joo de flächedeggende Innsatz vun de Händies. Die sinn joo nidd nur als Pulswärmer, Flascheeffner, Musiggboxe unn Orientierungsgerääde fier naachds se gebrauche, nää vor allem aach als fixe Foddo-Abberaade.

Ganz friejer hadd de Bundesbirjer joo aach als gääre mool geknibbsd, vor allem im Urlaub unn hadd sei Middmensche anschliesend midd Dia-Oowende begliggd, wo sich meischd wie Kaugummi gezooh hann. Awwer heid hadd mer joo nidd bloos de Plaan im Sagg, nää aach e Händi, wo mer ruggzugg drei Dutzend Bilder mache kann vun allem was emm so vor der Lins erumlaafd. Neilisch hadd sogar de Pater Braun im Fernsehn, wie se an der Tankstell sei Audo geklaut hann, seeleruuisch sei Händi erausgeholl unn hadd das Bild direggd an die Bolizei gefunkt. Awwer nidd bloos die beese Buuwe misse heidsedaachs druff achde, dasse freindlich lächele duun unn dasse nooher uffem Fahndungsfoddo kää schrooes Gesicht mache.

Zur Zeit fahrt nämlich in Dengmerd so e Audo rumm, wo die Stroose unn Heiser foddografiere duud. Woose dann bei soorer Suchmaschien ins Indernedd seddse. Awwer nidd jeder iss doodevunn begeischderd, dass mer doo weltweit nooguuge kann, wies bei ihm im Vorgaarde so ausieht. Weil sich doo eventuell joo aach schrääche Vechel defier inderessiere kinnde. Unn dann kried der Spruch: Pass uff, glei kummt es Vechelche e ganz neiji Bedeidung.

153

Saarbrücker Zeitung, 15.10.2009

Gruus aus Sankt Dengmerd

In unsrer Gesellschaffd geniese joo die Leid, wo e energischer Standpunkt verdrääde, e besunnerschd hohes Renommee. Obwohl e hinnerlischdischer Filosoof vor Johre mool gemennd hadd, e Standpunkt wäär e Gesichtskreis middem Radius Null. E neier Standpunkt odder genauer gesaad e Standort suche se jedds hie aach fier die plasdisch Figur vunn dem Berschmann, wo an die Dengmerder Gruuwe-Tradizioon erinnere soll. Der hadd nämlich im wahrschde Sinn des Wordes schunn e richdischi Oddissee als vielgewanderter Mann hinner sich. Seerschd am alde Stadtbaad, dann an der Schuul unn zwischedurch im Archiv verschdeggeld. Zur Zeit steht er am Rischbachstolle, wo se ne allerdings aach e bissje einsam unn allään hingestellt hann. Desweeje schwäddsd mer joo aach beim Stadtmarketing gääre vumm sogenennde Alläänstellungs-Merkmerkmal.

Noch so e Merkmal hann se sich jedds im Rathaus ausgedenkt, indem dasse offiziell neijerdings es Sankt im Stadtnoome komplett ausschreiwe losse. Mer wääs nidd so genau, ob das schunn so ebbes wie de Aanfang vun der Heilischsprechung iss, wie beese Zunge behaupde. Odder ob das eejer unner die Rubrik Merkwirdisches aus der Middelstadt falld. Mer hadd als Kolumnist, wammer uff Platt schreibt, bloos das Probleem, dass mer dann konsekwenderweis immer Sankt Dengmerd schreiwe missd.

Annererseits muss die Stadt nadierlich uffpasse, dasse nidd in Sesammehang gebrung werrd midd annere heilische Erscheinunge. Weil die Vorsilwe Sankt joo aach in der Verwaldungs-Praxis schunn seit Urzeide bekannt iss. So zum Beispiel beim offizielle Schuddsheilische Sankt Birokrazius. Oder bei der interne Terminvergabe mit dem amtliche Vermerk Sankt Nimmerleinsdaach.

Saarbrücker Zeitung, 22.10.2009

Gell, doo guggschde

Zu de aktivschde Organe bei uns Mensche zähle joo die Aue. Weils runderum im Alldaach unn vor allem in de visuelle Medie immer als widder ebbes Neijeres unn Dolleres se siehn gebbd. Desweeje saamer joo aach vun so Prominende, wo besunnerschd uffgebrezzeld uffträäde, sie wääre e echder Hingugger. Awwer bei uns kumme die Aue aach noch in annere Funkzioone zum Innsatz. Wann ääner vorer wischdisch Entscheidung steht, unn vorher noch richdisch intensiv iwwerleeje muss, doo saad der: Doo muss isch seerschd mool gugge!

Awwer aach wanner sich vor der Entscheidung drigge will, zum Beispiel beim Innkaafe, doo heerd mer oft: Ei, ich gugge bloos. Unn aach bei der Nahrungsuffnahme kinne sich die Aue niddslich mache, weil die joo bekanntlich middesse. Nidd ganz so angenehm iss allerdings e Middesser am Au. E anneri Auekrankhääd hadd es Luwwies aus unsrer Nochbarschaft: ääs kann sei Schorsch nimmeeh siehn. Unn wann ääs jedds die Konsekwenze zieje werrd, doo werrd der sich awwer mool umgugge, hadds noch gesaad. Wie ich denne geheiraad hann, wo hann ich doo nur mei Aue gehadd.

Bei de Kinner nennt mer die Aue joo ganz annerschd. Mach scheen die Guggelscher zu, krien die gesaad, wann sie noch klään unn niedlich sinn. Was awwer pädagogisch dem widerspreche duud, was mer ne e paar Johr spääder intrischdert, wann se mool widder midd de Gedanke ganz woannerschd sinn: Mach doch dei Aue uff! Kinnerraue gugge joo meischd ganz erstaunt, weil ne manches, was se siehn, ziemlich komisch vorkummt. So wie zum Beispiel zur Zeit, dass in de Geschäffde schunn seid der leddschd September-Woch die Niggelause erumleije. Wie ich das gesiehn hann, doo hann ich awwer aach seerschd dumm geguggd.

Saarbrücker Zeitung, 29.10.2009

Dengmerder Spätleese

In Frankfurt war joo jedds widder die Buchmess, wo jeed Johr so Stigger Zischdausend neije Biecher hingeblädderd werre. Mer frood sich nur, wo die Leid die Zeid herholle fier das alles se lääse. Mei Freind Schorsch, der iss in der Beziejung kää groosi Hilf. Der duud sich joo graad midd Mieh unn Nood durch die Zeidung durchkämfe unn midd Biecher breichd ich dem erschd gar nidd se kumme. Das wär ihm alles vill se langweilisch, hadder gemennd. Neilisch hädder, weil ich ihne uffgestiwwelt hääd, so e hochgeloobder Wälzer gelääs. Doo wäärer awwer noo drei Seide schunn inngeschloof. Kää Wunner, hann ich doo gesaad, de Audoor iss joo aach Middglied im Penn-Club.

Awwer jedds hammer joo Winderzeid, wo mer e Stunn länger schloofe kann. Unn oowends endlich denne Krimi auslääse, wo schunn seid vier Wuche uffem Naachdsdisch leid. Am beschde so wie freijer midd der Taschelamp unner der Beddegg. E anneri Spätlese hann se neilisch in Dengmerd ins Gespräch gebrung. Vor der Unnerfiehrung zum Bohnhof hann se doch Rebstegg angeplanzt. Der Widds bei der ganz Sach war jedds nur der, dass die Rebstegg vunn dem Wirt vun der Trottoria scheen aangang sinn. Awwer die, wo die Stadt ganz offiziell doo geseddsd hadd, nidd. Ich vermuude mool, dass die doo wahrscheins noch e Aantraach bei der EU in Brüssel laafe hann. Weeje normgerechdem Aanbau vunn Tafelobst zur Weiderverwerdung als flissisches Genussmiddel. Unn desweeje stehn die Weinstegg noch stoggsteif doo unn waarde erschd mool de Bescheid ab. Jedds hadd der Wirt aach vumme Fachman gesaad kried, er missd doo ebbes falsch gemacht hann, dass bei ihm schunn Trauwele draan sinn. Na ja, im näägschde Johr iss der dann aach schlauer.

Saarbrücker Zeitung, 19.11.2009

Gloggespiel unn Klingelteen

Wammer in Dengmerd gemiedlich durch die Fußgängerzoon geht, doo heerd mer zu reechelmääsische Zeide vun der Engelbertskerch her es Gloggespiel. Die Mechanik hannse extra importiert aus Holland, wo joo e Kerchturm weit unn breit die heegschd Erhebung iss. Unn inngericht hadd das die hiesische Organist unn Kantor, de Herr Schaubel. Je noo der Sääsong werre doo die Melodie ausgesucht wo gespielt werre. Unn zu jeder voll Stunn heerd mer die erschde Takte vunn: Glückauf der Steiger kommt. Das duud awwer die alde Berschleid eejer wehmiedisch stimme. Unn oowens um Punkt Nein Uhr duun se dann midd: Guten Abend, gute Nacht es Dengmerder Naachdslääwe innleide.

Es Pläsier an so mechanischer Musigg war joo schunn in friejere Zeide ziemlich groß, wos noch die wertvolle Spieluhre gebb hadd. Wanns heid Klingeling macht, doo muss das nidd unbedingt e Gleggche sinn. Die moderne Spieluhre im Buxesagg, die heische Händies unn genn eejer schrääsche Klingelteen vunn sich. Aangeblich kammer doodemidd wahnsinnisch Geld mache, weil vor allem die Junge ganz wild doodruff sinn. Mer kann sogar fier jeder Aanrufer, wo mer gespeichert hadd, e eicheni Erkennungsmelodie innrichde. Doo heerd mer dann glei wer aanruft unn ob sichs lohnt dass mer iwwerhaupt draangeht.

Mei Freind Schorsch der hadd zum Beispiel fiers Finanzamt extra e Arie uffgespielt: Nie sollst du mich befragen. Wahrscheins hääschd sei Sachbarbeiter Wagner. Odder wann sei Chef mool dehemm ebbes vun ihm will, doo bringt ihne das Händi glei in die richdisch Stimmung unn spielt: Auf in den Kampf, Torero ...! Unn wann de alde Ohrwurm Marmor, Stein und Eisen bricht erteent, doo wääser: das doo iss jedds mei Zahnarzt.

Saarbrücker Zeitung, 10.12.2009

Huddel midd de Päggelcher

Hann Sie schunn Geschenke kaaf? Weil mer an Weihnachde tradizioonell joo gääre Krischdkindche spielt unn sei Liewe unn aach die Verwandschaffd zinffdisch beschenge will. Unn mer duud joo dann noch e guddes Werk, weil durch intensiewes Schobbe die Konjunkduur nochmool so e richdischer Schubbs gried. Unns gebbd emm aach selwer e guddes Gefiehl, wammer so spendaabel iss. E besunnerer Reiz kried es Schenke doodurch, dass mer alles in Päggelcher verpaggd. Woo de Emfänger sei Huddel demidd hadd, bis ers ausgepaggd hadd. Doo hald die Vorfreid länger unn die iss joo bekanndlich es scheeschde an der ganz Sach.

Mei Freind Schorsch, der hadd sich bei soorer Akzioon allerdings ball ääner abgebroch. Mer kann joo iwwer ne saan was mer will, awwer e grooses Herz hadder. Unn desweeje hadder sich midd annere gudde Mensche sesamme gedoon unn die hann e Kontääner midd Hilfsgieder noo Afrika geschiggd. Awwer dass die Spende dort iwwerhaupt ausgelaad werre, doo muss mer vun hie aus die Frachtbabiere per Express hinschigge. Unn doo iss de Ballaawer loosgang. In Dengmerd wars Poschdzendrumm zu weeje Wandalismus, awwer in der Filliaale in der Fußgängerzoon doo derfe se soo ebbes komblizierdes nidd abwiggele. Doo hadder noo Saarbrigge aangeruuf, ob er die Babiere eventuell vunn doo aus schigge kinnd. Die hann gesaad, im Brinziep joo, awwer de Kolleesch wo sich doo auskennt, der wär graad krank. Awwer in Uchtelfange gängds aach gehn. Wie der arm Schorsch doo aankumm iss, doo hadds gehiesch, nää es ging doch nimmeh. Seitdem isser verscholl. Odder er hadd sich fier die zirka 71,80 Euro, wo der Brief koschde soll, in de Billischfliecher gehuggd unn bringt ne jedds selwer hin.

Saarbrücker Zeitung, 31.12.2009

Johre im Zehnerpagg

Als schunn mool widder iss e Johr rum. Was saan ich, e Johr, – e ganzes Johrzehnt! Joo, ich wääs, streng maddemaadisch genomm geht das neije eichendlich erschd ab 2011 los. Awwer uff jeede Fall sinn jedds mool die Johre midd denne ville Nuller vorbei. Das hädd emm doomols gleich kinne vun Aanfang aan studdsisch mache, das doo nix Guddes uff uns zukummt. In der Presse hann se joo aach schunn es Fazidd gezooh, dass mer die leddschde zehn Johr hädd kinne in der Peif raache. Doo kammer bloos hoffe, dass die näägschde zehn sich e bissje besser aanlosse.

Awwer schbäädeschdens wann die rumm sinn, dann kumme joo widder die goldene Zwanzischer. Wammerse noch erlääwe. Obwohl sich doo joo aach hinnerher rausgestellt hadd, dasse eejer aus Blech ware. Awwer es gebbd joo aach schunn äämerweis Hoffnung, saad die Regierung. Es missd nur nochmool die Werrdschaffd so richdisch uff die Bään kumme. Unn doo werde se draan schaffe. Wann aach die Finanze debei vor die Hunde gehn.

Allez hobb, hann ich mir gesaad, doo gehn ich mool widder midd leichdendem Beispiel vorreweg. Unn ich hann dem Kneipjier meines Vertrauens in aller Freindschaffd vorgeschlaa, ich werrd jedds aach es Wachstum beschleunische. Unn zwar indemm, dass ich bei ihm e im neije Johr reeschelmääsisch e paar Bier unn Korze meh trinke werrd. Unn dooddefier solld er mir die uff de Deggel schreiwe. So wies unser Finanzminischder joo aach machd. Es wär joo fier e gudder Zwegg. Doo hädde sie denne awwer mool kinne heere. Vunn weeje, ob ich se noch all an der Waffel hädd. Ich sollt mich vum Agger mache. Awwer beschleunischd. Also wie gesaad, an mir hadds nidd gelääh, wann näägschd Johr die Konjungduur nidd aanspringt.

Saarbrücker Zeitung, 7.01.2010

So spät noch uff

Seit Weihnachde strahlt joo unser Sauna im Blau in neijem Glanz, dass mer se faschd schunn in blaue Lagune umdaafe kinnd. Unn die erhiddsde Gemieder aus Nah unn Fern kinne jedds in aller Ruh es luxuriööse Ambiende drummerumm geniese. Weil de Wellnässe-Bereich durch denne Umbau e bissje besser geejes Schwimmbad abgeschirmt iss. Woos joo vor lauder Begeischderung akusdisch immer ziemlich hoch hergeht. Unn desweeje derf mer dann als normalerweis kriddischer Beobachder de Verantwortliche aach mool e Komplimend mache. Unn aach de Aangeschdellde, wo zu voorgeriggde Stunne noch im Insadds sinn.

Die hann doo jeede Daach e Dienschdleischdungs-Oowend und das sogar an de Feierdaache unn am Wocheenn. Wo doch sunschd sovill iwwer die Söörwiss-Wüschde gemoosert werrd. Awwer wie das so iss im Lääwe, irjendwann nemme die Leid das fier selbschdverständlich. Unn de Kunne, wo joo bekanntlich e klääner Keenisch iss, reagiert sauer, wanner nidd das kried, wassem gewohnheitsrechtlich zusteht. So hann ich selwer erlääbt, wie am zwädde Weihnachdsdaach um sechs sich jemand weehemend beschwert hadd, dass die Sauna um 8 Uhr oowends schunn widder zu macht. Wo se doch sunschd Samschdaachs immer bis 10 Uhr uff wäär. Unn so dääd das aach im Internedd stehn. In soome Fall helffd am beschde tief durchatme unn kurz unner die kald Braus.

Also wann sie demnäägschd mool widder ihr wohlverdiener Feieroowend geniese, denke se mool an all die, wo um die Zeid noch Dienschd schiewe misse. Wie zum Beispiel im Krangehaus odder uff der Wach. Unn an die, wo midde in der Naachd die warm Zeidung in de kalde Briefkaschde leeje, Wann die, woo se lääse noch in de Feddere leije unn vun blaue Lagune drääme.

Saarbrücker Zeitung, 14.01.2010

Waard nur!

De Aanfang vum Johr iss joo jeed Johr widder so e komischer Zustand. Mer hadd es Gefiehl, die Leid wääre all noch nidd richdisch in dem neije Abschnidd aankumm, odder? Unn mir hänge all noch soosesaan in rer Waardeschleife. Unn frooje uns ganz ängschdlich, ob das wasse uns vollmundisch aankinnische, aach alles passiert. Mer deckt sich vorsorchlich midd Not-Razioone inn, vun weeje dem Schneechaos. In Dengmerd waarde die Leid jeed Johr im Januar schweisgebaad uff die Johres-Abrechnung vun der Heizung. Unn doodruff, dass die sich im Stadtrat endlich mool sesammeraufe. Unser neijer Gesundheitsminischder iss die Waarderei langsam lääd unn will sich jedds geeje die schweinsisch Gribb impfe losse. Als Vorbild, saad er, weil es gemeine Volk nidd so richdisch zieht unn sich saad: doo waarde mer liewer erschd mool ab. An Faasenacht soll se joo jedds endlich kumme.

Das, uff was mer waard, spielt sich nämlich meischdens in der Zukunft ab. Awwer weil doo noch känner war, doo iss abwaarde die Mudder vun der Porzellaankischd. Es gebbd nadierlich aach so Berufsheggdigger, denne geht das nidd fix genuch. Doo heischds dann direggd: Uff was wardschde dann noch! Das sinn die selwe, woo in de Waardeschlange vun hinne drängele unn emm in die Kniekehle fahre. Odder im Stau uff die Stoosstang. Am beschde bleibt mer doo ganz kuul unn ruft nur noo hinne. Du werrschds doch noch abwaarde kinne!

Manchmool isses Waarde awwer aach ebbes positiefes, wammer sich zum Beispiel uff ebbes Scheeenes freid, wo mer garnidd erwaarde kann. Mir perseenlich passiert das immer widder. Dass die Leid zu mir saan, - unn mer sieht denne so richdisch die Begeischderung aan: Ei, uff dich hammir graad noch gewaard!

Saarbrücker Zeitung, 28.01.2010

Ich glaab, ich heer nidd richdisch

Als naaifer unn guudgläubischer Mensch hadd mers joo heidsdaachs schwäär. Midd denne ganze Sireene- unn Schalmeije-Teen, wo mer als Konsument odder als Wähler umworb werd. Unn als mindlischer Bierjer, dem woo sei Meinung angeblich gefrood iss. Doo kanns emm passiere, dass änner middem Mikro vor emm steht unn wisse will, weller Skandaal graad mei effendliches Ärcherniss erreeche duud. Odder es heischt ganz scheinheilisch: Was halle sie als Aussestehender vun Intelligenz?

Das Probleem bei all denne Informazioone, wo doo de liewe lange Daach uff uns inprassele, iss joo, dassmer langsam nimmeh wääs, was mer eichendlich noch glaawe soll. Zu dem Thema passt aach die Meldung, dass zur Zeit die Wahrsaacher schwäär Konjunktuur hädde. Unn dass immer meh Falschgeld im Umlaaf wäär. Ich menn, an Faasenacht lass ich mir so e Vorspiechelung vun falsche Tatsache joo noch gefalle: e angebabbder Bart odder e imposandes Tubbee, wo drunner nix iss wie de blanke Kahlschlaach.

Manchmool steggt noch nidd mool beesi Absicht dehinner, wammer ebbes in de falsche Hals kried. Es kann aach sinn, dass mer ebbes schlicht unn äänfach falsch verstann hadd. Iwwer das Thema Missverständnisse laafd graad im Zeidungsmuseum in Wadgasse e scheeni Aussstellung. Graad als Kolumnist iss mer joo fier das Fäänomeen besunnerschd dankbar. Unn middlerweile gebbds aach ganze Sammlunge midd Beispiele, wo bei de Leid die Texte vun alde Lieder odder Schlaacher akusdisch ganz falsch aankumme. Mei Lieblingsbeispiel iss das, wo die Fraa beim Wunschkonzert im Rundfunk aanruft unn sich e Titel von Roger Whittaker bestellt: Abschied ist ein schweres Schaf. Das iss doch poetischer wies Original.

Saarbrücker Zeitung, 17.02.2010

Heringe uff Rezebbd

Jedds isse also als mool widder erumm, die närrisch Zeid. Die Faasenachtsflichter truudele allmählich aus alle Himmelsrichdunge widder inn. Unn so langsam verfallt mer widder in de normale Trodd. Obwohl - was iss heid schunn normaal? Die iwwer die Daache zugeloffene Kaader sinn middlerweil fachmännisch beziehungsweis weiblisch midd ingeleede Hausmiddelcher kuriert worr. Das hadd näämlich sellemools schunn die Oma gewissd: Gib ihm Saures, das helffd emm Babbe widder uffs Fahrrad. Unn prompt iss de Kobb, in dem woo am Aschermiddwoch noch e middleri Kabell de Zabbestreich gespielt hadd, aach langsam widder uff Normalmaas geschrummbelt. Per Aspirin ad astra, wie mir Laddeiner saan.

Ganz besunnerschd gudd schlaad die Kuur awwer aan, wammerse zusäddslich midd Beweechung an der frisch Luffd verbinne duud. Unn wammer dann so durch de Dengmerder Wald marschiert, doo kammer sich an dem e Beispiel nemme. Der hadd sich nämlich, laut Waldschadensbericht, aach widder ganz gudd erholt. Na also, denkt mer doo erleichderd, es geht doch!

Ganz frieher hadd mer sich allerdings zum Ausklang vunn der Faasenaacht e Aschekreiz geholl unn iss fier e paar Woche faschdenderweis in sich gang. Awwer unser heidischi Gesellschaffd kann die nidderschmeddernde Tatsach, dass alles mool e Enn hadd, seelisch unn moralisch nidd so gudd verkraffde. Unn warum soll er in sich gehn, so saad sich de bedribbsde Zeitgenosse. Wie er aus Erfahrung wääs, isses doo drin aach nidd vill scheener. Desweeje geeder an Aschermiddwoch liewer widder aus sich eraus. Unn huggd widder in der Wertschaffd, wo er sich in frehlicher Runde midd de annere Kameraade puddsmunder als Heringsbändischer betäädische duud.

Saarbrücker Zeitung, 25.03.2010

Sie kinne ruuisch du zu mir saan!

Die Umgangsforme werre joo heidsedaachs immer loggerer, ums mool dezent aussedrigge. Was joo aach manchmal besser iss als wie zu steif unn verkrampft. Awwer das bringt nadierlich neije Probleeme midd sich, zum Beispiel in manche Sidduuazioone, wo mer nidd glei wie die Wudds im Garde midd der Dier ins Haus falle will. Das fangt dann schunn bei der Kontaktuffnahme aan: wie sollmer jemand aanschwäädse, ohne dass der sich uff de Schlibbs geträäd fiehlt? Mer wills joo aach nidd so mache wie in manche Meedije, unn jeeder wo emm vor die Flint kummt, glei gnaadenlos duuze.

Unn e herzhaffdes: Ei Kolleesch, wo hängts dann? iss joo aach nur e Notleesung. Wann der Betreffende weenischdens e blauer Kiddel aanhadd, doo saad mer dann eewe äänfach Meischder zu dem. Mei Knecht odder mei Maad, das beniddsd mer joo heegschdens noch in der Familie odder bei de ganz Klääne wo sich nidd wehre kinne. Unn was kried mer serigg? E munderes: Äh, Alder, was guggschde dann so? Unn zu mir hadd neilich änner, wo sich mei komblizierder Noome nidd hadd kinne merke am Telefon gesaad: Saan se mool, Herr Dings...

Ganz friejer, in de alde unn ehrwirzische Zeide unn unner de hochherrschaffdliche Verhältnisse, doo hadds sogar noch die gnäädisch Fraa gebbd. Awwer midd geehrt unn hochachtungsvoll tituliert mer joo heid bloos die Leid, midd denne wo mer nur noch schriftlich verkehrt. Die Eesterreicher hanns doo äänfacher: bei denne hadd jeder middeme Ie-Kuh von knapp iwwer achzisch schunn de Titel Professor. Reschbeggdspersone gebbds nur noch selten, seit de Reschbeggd vum Aussterwe bedroht iss. Doo kanns dann passiere, dass im Brief an die Schul steht: Sehr geehrter Herr Lehrkerper!

Saarbrücker Zeitung, 1.04.2010

In Etappe uff Schuuschders Rappe

Ich hann diesmool vorsichtshalwer doodruff verzichtetet, fier sie passend zum Datum in de April se schigge. Weil alles, was ich mir krampfhaffd als Kuriositääd hädd kinne ausdenke, nidd annähernd so iwwerdreht hädd kinne sinn, wie das, was als Taagesrazioon an Jux so im effendliche Raum erummschwirrt. Doo kummt nämlich e ganz scheener Tiergaarde sesamme: es werrd in reeschelmääsische Abstänn e Kuh flieje geloss odder e Sau durchs Dorf getrieb unn sogar versucht, uns de ään odder annere Probleem-Bär uffsebinne.

Am beliebdeschde sinn joo zu dem Zwegg die Hof-Berichde aus der Bell Etaasch, wo die Verscheenerde unn die Guddbetuuchde wohne. Awwer was doo manchmool als Prominenz präsentiert werrd, also doo lache joo die Hiehner. Wann ich das siehn, doo muss ich uffpasse, dass nidd de Gaul midd mer durchgeht. Apropos Gaul, sie kenne doch sicher noch denne Spruch: Ja, wo laufen sie denn? Das kammer jedds aach ball bei uns saan, wann die näägschd Akzioon in der Biosfääre an de Start geht. In der Beziejung doo losse mir nämlich nix meh aus, bis sich das endgildisch iwwerall erummgeschwäddsd hadd.

Diesmool solle in ganz groosem Stil die Leid uff Trab gebrung werre unn etappeweis durch die Landschaft zoggele. Wär das nix fier Sie? So e bissje Beweeschung in naturbelassenem Sauerstoff iss es beschde geeje Friejohrmiedischkääd. Unn dann noch die scheen Landschafft. Durch die Wälder durch die Auen soosesaan. Es Au laafd joo bekanntlich aach midd. Unn weil das ganze in Gesellschaft am meischde Spaß macht, heischds nidd umsunschd: Braucht wer Beweeschung, stellt er gleich die Iwwerleeschung aan, am beschde schlies ich mich doch gleich einer Beweeschung aan.

Saarbrücker Zeitung, 22.04.2010

Emm Kaiser sei neiji Stroos

Dengmert iss joo ganz friejer, am Aanfang vum neinzehnte Johrhunnerd, vum Zibbel vun der Weltgeschicht ihrem Maantel gestreift worr. De beriehmde Goethe iss zwar knapp draan vorbei geridd, weil unser Bersch graad nidd am Brenne war. Awwer doodefier war de Napoleon doo. Also nidd, dass der sich hie lang uffgehall hädd, nää der iss doo nur midd seinem ganze Heer kurz durchgebredderd. So Grenzreeschioone wie bei uns, die hann das so an sich, dass doo immer die strategische Laache uff Durchmarsch steht. Das war schunn bei de alde Reemer so. Doo sinn in stermische Zeide all meeschliche Trubbe durchgezooh. Unn zwar meischdens gleich zwäämool: äänmool bei Uffmarsch unns näägschde Mool midd de traurische Reschde beim Riggzuuch.

Damidd dass das midd dem Nooschuub aach reibungslos klabbe solld, hadd de Napoleon sellemools die Stroos vun Metz bis Mainz massief unn durchgeejend ausbaue losse. Unn desweeje iss die Kaiserstroos aach noo ihm bennent worr. Unn nidd etwa noom Beckenbauer, wie mei Kumbel Schorsch, der Banause, gemennd hadd. Die voorisch Woch hadd de Rohrbacher Hisdoorigger unn Heimatforscher Friedrich Müller e scheene lehrreicher Vortraach zu dem Thema gehall, iwwer die Probleeme midd der nei Stroos speziell in Rohrbach. Die Leid, wo das Pech gehadd hann, dass ihr Heiser beim Stroosebau im Wääsch waare, hann doo nämlich Huddel midd der Regierung kried, die wo doomols in Paris gehuggd hadd. Unn die Betroffene, die ware so grimmelwiedisch iwwer die Maasnahme, dass doo ebbes passiert iss, was die Weltgeschicht noch nidd erlääbt gehadd hadd: die Rohrbacher un die Dengmerder hann sich sesammegeschloss unn hann gemeinsam uff Entschäädischung geklaachd.

Saarbrücker Zeitung, 6.05.2010

Friehjohr midd Piff

Ich wääs joo nidd, ob ich mich täusche, awwer in leddschder Zeit hann ich das Gefiehl, dass immer effder um mich erumm gesung odder gepiff werrd. Ich menn jedds nidd die Veschel, wo joo berufsmääsisch unn als schunn friehmorjens in der Naachd tirilliere. Wahrscheins iss das weeje dem Wonnemoonaad, was einische Zeidgenosse die Tonläädere enufftreibt. Odder es iss im Geejedääl de Galgehumoor in Kriesezeide. So wie mer bekanndlich aach im dungele Keller peife duud, wammer Fracksause hadd.

Was joo spontaanene musikalische Darbiedunge besunnerschd aanreeche duud, iss e fliesendes Gewässer. Wann de Männergesangverein zum Beispiel in Rüdesheim am Ufer steht unn sich in C-Dur frood, warums am Rhein so scheen iss. Manche duun sich sogar midd Singing in the Rään in Stimmung bringe, was awwer e tüppischer Fall iss, wie mer sich selwer froh macht. Gääre gesung werrd aach in der Baadewann, weil mer doo nidd vill Schaade aanrichde kann. Unn neilich bin ich sogar in de Umkleidekabine vun unserm Schwimmbad in de Genuss vun aangewander Sangeskunscht kumm. Uff der ään Seid hadd ääner vor sich hin gebrummt: Rosamunde, schenk mir dei Sparkassebuch. Unn uff der anner hadd ääner die Brücke am Kwai gepiff.

Wobei ich garnidd wääs, ob das uff hochdeitsch jetzt häasche missd: er pfeifte odder er pfoff. Iwwerhaupt muss mer doo joo schwäär uffpasse. Vor Johre iss nämlich so e Fall durch die Presse gang, doo hadd ääner ausgerechend im Minischderium uffem Flur die Internazionaale gepiff. Und das hadd ihne de Dschobb koscht. Weil e liewer Kolleesch ne verrood hadd. Doo frood mer sich allerdings, wann das so e schlimmes Lied war, wieso der das nur vum Peife iwwerhaupt gekennt hadd.

Saarbrücker Zeitung, 14.05.2010

Das doo iss joo kriminell

Krimis sinn joo schwäär in Mode unn das nidd erschd seit heid. Aaach frieher schunn iss die Mimi ohne Krimi faschd nie ins Bett gang. Weil komischerweis bei nix de Mensch so gudd entspanne kann wie bei me scheene Nervekitzel. Also wann ebbes richdisch kriminell odder minneschdens kriminalisdisch iss. Doo kammer sich immer so scheen driwwer uffreesche.

Mer wääs joo, dass am Enn die beriehmde Kommissaare denne ganze Unholde unn Spitzbuuwe doch es Handwerk leeje. So Dedeggtiefe wie de Sherlock Holmes, de Maigret, de Poirot, das ware nämlich meischd richdische Intelligenzbolze. Awwer nidd nur in Buchform, nää aach im Fernsehn werrd uff alle Kanääl ausgiebisch gemeuchelt unn hinnerher pooretief uffgeklärt. Zum Beispiel vum Columbo in seinem verknaudschde Mantel. Bei uns doo hadd frieher de Derrick immer irjendwie spitzkried, wer Dregg am Stegge gehadd hadd. Derrick das kummt joo eichendlich ausem Englische unn hääscht Bohrturm. Das hadd aach gepasst, weil der immer so lang gebohrt hadd, bis der demm wo das war uff die Schliche kumm iss.

Aach wammer manchmool denkt, das iss joo alles nur erfunn, imme Krimi gehts prinzipiell um Tat-Sache. Unn entsprechend hääscht die bekanndeschde Serie bei uns aach Tatort. Fier denne ganz neije Tatort ausem Saarland hannse sogar in Dengmerd gedreht. Wo die annere e Leich im Keller hann, hannse hie so ääni im Turm gefunn unn zwar im Beckerturm. Wie gesaad, so richdisch sch-een zum Grussele. Iwwrischens, de verflossene Kommissaar, de Palü uff seim Velo, der hadd sich in de siebzischer Johre schunn in Dengmerd als darstellender Kinschdler betäädischd. Nämlich bei der Kleinen Bühne hinne im Kulturhaus.

Saarbrücker Zeitung, 4.06.2010

Schulweh weejem Schulwää

Also manchmool denk ich mir joo, die klääne Knorze, wo jedds ball in die Schuul kumme, sinn werklich nidd se beneide. Im Sesammehang midd der Innschulung gehn nämlich – wahrscheins nidd nur in Dengmerd – schunn die Verteilungskämpf los. Wie das immer se beobachde iss, wann in unsrer Gesellschaffd de Rohschdoff langsam knapp werrd. Unn das sinn in dem Fall die Kinner. Weil se in der ään Schuul nidd genuch sesamme bringe, soll die Klass vunn weider weg uffgefillt werre. Awwer wer von de Eldere maan schunn gääre sei Kind als Lüggebüüser in e fremdi Schul schigge.

Apropos maan: bei denne Diskussiooone werre als ziemlich kloore Begriffe in die Debadde geschmiss. Wie zum Beispiel der Ausdrugg Kann-Kind. Das iss, so hann ich mir saan geloss, e Kind wo noch nidd missd, awwer schunn kinnd, wanns unbedingt maan. Das missd also eichendlich e Kinnd-Kind heische. Obwohl, meischd werrd das Kind joo nidd gefrood, unn es sinn iwwerwieschend die stolze Eldere wo menne, es missd jedds derfe. Weil sich das joo eichendlich erschd rausstellt, wann das Kind schunn länger in die Schul gang iss. Obs ebbes kann.

Wie mir sieht, duun so rätselhafde Sprich aus der Schulverwaldung bei mir immer tiefschürfende philosofische Iwwerleeschunge ausleese. Obwohl ich mir doo debei schunn effder erhebdliche feingeischdische Schürfwunde zugezooh hann. Unn zwar meischd am Kobb. De Karl Valentin hadd sich bei so ebbes aach schunn es Herrn verknoddelt, wie er gesaad hadd: Wollen hab ich schon mögen, aber dürfen habe ich mich nicht getraut. Bei der Schul steht awwer schunn immer eejer es Muss im Vordergrund. Unn die Klääne duud mer doodemidd verschregge, dass es dann ernscht gääbd im Lääwe.

Saarbrücker Zeitung, 10.06.2010

Haschde mool e Mark?

Hann Sie eewenduell beim Friehjohrsbudds noch e paar alde Markstigger uffgetrieb. Doo kinne se die jedds noch in Nadduralije umseddse. In Rohrbach hadd nämlich de Verein vun de Selbschdännische die Idee gehadd, dass mer vooriwwergehend noch mool in Dee-Mark bezahle kinnd. Am ginschdischde wär nadierlich, wammer unner der Madradds noch so e klääner Dausend-Markschein finne werrd. Ich wääs joo nidd ob sie so ääner schunn mool in der Hand gchadd hann, doo ware nämlich die Brüder Grimm druff abgebild. Awwer glaawe se nur nidd, dass ich das jedds sadierisch kommediere werrd. Doodefier iss das Thema vill se ernschd.

Sogar unser Boliddigger, wo sunschd alles immer ganz prima finne, mache uns derzeid in drasdische Faarwe klar, wie arm mir draan sinn. Die hann gudd schwäddse, kammer doo nur saan, wo se selwer im Reichsdaach hugge. Awwer die Akzioon midd dem Altgeld kummd bei de Leid gudd aan. Wahrscheins iss das die Sehnsucht noo rer Epoch, wo die Währung aangeblich noch härder war wie die Zeide. Mer kinnd aach saan, die Nostalschie noo der Dee-Mark iss so e Art guddbürgerlicher Marksismus. Doo hadd de Euro vun Anfang an e schwerer Stand gehadd.

Wobei joo die Äldere unner uns in ihrem Lääwe schunn ganz unnerschiedliche Sorde vunn Mark in die Hänn gedriggd kried hann: Reichsmark, Goldmark, Rentemark, unn sogar Inflationsmark, das ware die midd denne unheimlich ville Nulle. Unn doo sinn die alde unn neije Franke noch nidd emool midd debei gerechend. Awwer die bundesdeitsche Mark iss doch bei vill Leid immer noch die beliebdeschde Währungseinhääd. Die menschlich Erinnerung iss halt es beschde Silwerbuddsduuch. Je länger ebbes seriggleid, umso glänzender werrd das.

Saarbrücker Zeitung, 1.07.2010

Volle unn lääre Plätz

De Summer wo kallennermääsisch joo graad erschd aangefang hadd, laafd passend zu unsere Jungkicker langsam zur Heegschdform uff. Friejer hadd mer so e sportliches Groosereischnis joo gääre als Stroosefeescher bezeichent. Das hadd awwer nix midd der Stroosereinischung se duun gehadd. Awwer seit das Pabbligg Wjuuing in Mode kumm iss, verlaachert sich die kollektiefe Begeischderung sowieso immer effder ins Freije.

Die entsprechende Plätz werre in dem Fall umbenennt in Fänn-Meile. Unn doo werre dann, wie mer in der Fachsprache saad, die effendliche Räum eng gemacht. Was bei sensible Gemieder geleechendlich schunn mool zu Platzangstschd fiehre kann. De greeschde Platz innrer Stadt iss aus städdebauliche Gründe joo meischdens de Marktplatz. Unn in der Midd uffeme Soggel steht oft e passender Ferscht odder e Feldherr.

So ebbes hammir in Dengmerd nidd se biete, weil mir immer so friedlich ware. Awwer unser Marktplatz iss scheen quadratisch unn praktisch. Doo iss de Wochemarkt unn die Kerbb druff unn ab unn zu e Platzkonzert odder e bairisches Bierfeschd. Awwer wann das rum iss, doo leid de Platz widder ziemlich naggisch doo rum. Unn weil so e läärer Platz joo sei Zwegg verfählt hädd unn kää scheener Aanbligg iss, doo stelle mir dort unser Audos ab. Weil nääwe dem Abstellplatz doo hammir nämlich noch so e Areal. Midd dem villversprechende Noome Rendeewuu-Platz. Awwer das klingt nur so romantisch, im Grund isses e ganz prosaischer Busbahnhof. Fier e richdisches Rendezwuu wäär der awwer aach werklich nix, weil mer doo vunn owwe ausem Rathaus, wo sowieso es heegschde Haus am Platz iss, alles ganz prima im Au hadd. Unn doodebei geht die scheenschd Romantik fleede.

Saarbrücker Zeitung, 8.07.2010

Noo Schnäbbcher schnabbe

In Dengmerd ware joo vor korzem die Schnäppchedaache. Speziell am Oowend. Na ja, jedem sei Pläsierche. Die ääne gehn zum Friehschobbe unn die annere gehn gääre noch spät schobbe. Unn wannse sich dann noch midd denne Sonderaangeboode iwwerschlaan, doo gebbds fier manche Leid kää Halle meh. Wann doo mool die Schnäbbche-Fall zuschnabbd, doo nemme die alle Rabadde midd. Die glaawe im Ernschd, am Enn krääde se noch Geld raus, wann se nur genuch kaafe. Bei de Fraue doo hadd de Jaachdtrieb am Wuhldisch joo meischd die Schuh unn die Handtäschjer im Wiesier. Awwer die Männer brauche gar nix se saan midd ihre Schlaachbohrer unn ihrem eleggdroonische Krembel. Doo gilt aach nidd, dass doodevunn schunn e Dutzend im Hobbykeller leije.

Friejer hadd das ganze joo Summerschlussverkauf gehiesch. Awwer denne gebbds joo offiziell nimmeeh. Das iss ach besser so, weil mer joo nidd vorm Urlaub schun dran erinnert werre will, dass middem Summer ball widder Schluss iss. Awwer graad wannse de Urlaub buche, doo sinn die Leid besunnerschd wild uff Schnääbcher. Am beschde midd 4 Sterne unn alles inkluusiefe. Unn se wunnere sich dann, wann mer fier de Meerbligg e Fernrohr braucht, weil sich weit unn breit kää Meer bligge lossd. An der Nordsee iss das ebbes anneres, weil die joo weensichdens alle 12 Stunne widder seriggkummt. Awwer das iss joo dann aach kää Schnäbbche.

Wammer awwer middem Audo in Urlaub fahrt, doo beweed sich das Preisniwoo in die anner Richdung. Unn wann zu mir änner saad, so schnell schiese die Preise nidd, doo war der noch nidd an der Tankstell. Doo schiese die ausgerechend immer in de Feriezeid ganz gewaldisch. Obwohl doo joo eichendlich offenes Feier verbodd iss.

Saarbrücker Zeitung, 15.07.2010

E kiehles Helles uff die Bierstädder

Wann uns de Summer in de Schwiddskaschde holld, doo gebbds joo vill Hausmiddelcher fier bei der Hitz nidd wegseschmelze. Am beschde duud mer sich weenisch beweeje unn nur wanns unbedingt needisch iss. Wann emm die Zung am Gaume hängt iss awwer aach e leggeres Kaltgetränk e Wohltat. Besunnerschd beliebt iss in dem Fall e Glas midd saffdischer Gerschde. Am beschde imme schaddische Biergarde unn vor sich so e frisch gezabbdes kiehles Helles odder noch liebevoller e kiehles Blondes. Doo merkt mer schunn beim Hingugge, wie die Kerpertemberaduur in de Keller geht. Direggd so wie in der Werbung, wo die eiskalde Wasserdrobbe ganz genisslich es Glas erunnerkullere. Desweeje saad mer joo aach, wann ääner so e Erfrischung zu sich nemmt, er werrd e Bierche zische.

Einische Männer hann sogar e besunnerschd innisches Verhältnis zu dem Nahrungsmiddel unn traan ihr Razioon direggd am Kerper vorre midd sich rum. Das hängt midd dem sogenennde Reinheitsgebot sesamme: Das doo Bier muss noch rein heid, heischt dann die Dewiese. Mir in Dengmerd sinn joo sowiesoo anerkannde Fachleid uff dem Gebiet. Unn nidd umsunschd hannse uns frieher immer die Bierstädder genennt. Das war noch in der Zeit, wo hie die Brauerei e gewaldischer Ausstoss an Bier gehadd hadd. Seerschd hannses ausgestoos, dann beim Zuproschde aangestoos unn hinerher dann uffgestoos. Heid iss joo aach uff unserm Logo immer noch de Becker-Turm druff. Unn jedds soll e Tradizioonsverein die Fahne vun der Brauereikulduur hochhalle. Wie wertvoll das Produggd sellemools war, das sieht mer doodraan, dass die wo das geliwwert hann, nidd äänfache Bierfahrer ware. Nää, das ware ganz feudaale Bierkutscher.

Saarbrücker Zeitung, 22.07.2010

Dem Redaktör iss nix zu schwör

All die Prominennde, wo normalerweis in der Zeidung stehn, hann vor kurzem jedds aach widder in der Zeidung gestann. Nämlich bei der Innweijung in der nei Redakzioon vun unsrer Zeidung direggd Midde in der Fuusgängerzoon. Was so e Redaktör iss, der hadd joo kää leichter Dschobb. Er soll nämlich meeschlichst es Gras wachse heere unn trotzdem kännem uff de Schlibbs träade. Unn sei Arweddszeide sinn so, dasse sich nidd nur bei Hitze gääre mool ausdehne. E groosi Hilf iss allerdings, dass jeede Daach genau so vill passiert, dasses graad in ääni Zeidung passt. Die Tragik iss nur, dass das Produggd was de Zeidungsmacher macht, zu de leicht verderbliche Gieder geheert. Weil nix so alt iss, wie die neischde Meldunge vun geschdern. Erschd Johre spääder werrd das Ganze dann widder inderessant, wanns historisch worr iss unn fier e Riggbligg gebraucht werrd. Awwer dann iss die Zeidung längschd als Inwiggelbabier verschaffd worr.

E Redaktörin hadd neilich im Kinnerferieprogramm de Nachwuchsleser verzählt, was se so alles macht. Unn die hann das dann schunn mool probeweis geiebt. Am beschde hat mir joo gefall, dass doo änner gefrood hadd: Derfe mer aach die Wohrhääd schreiwe? Mer lacht, awwer es hadd joo frieher Zeide gebb, doo war das gar nidd so ungefährlich. Weil mer als Unnertaan leicht bei de Owwertaane aangeeggd iss. Das hadd de junge Goethe so formuliert: Der Zeitungsschreiber selbst ist wirklich zu beklagen, gar öfters weiß er nichts, und oft darf er nichts sagen. Unn zu Kaisers Zeide, doo hadds bei der Zeidung noch de Sitzredaktör gebb. Im Fall vun Majestätsbeileidischung iss der dann, sosesaan stellvertretend fier die ganz Belegschaffd in de Bulles kumm.

Saarbrücker Zeitung, 29.07.2010

Masseweis Urlaubsfoddoos

Wann die Leid ausem Urlaub seriggkumme, bringe se meischdens ebbes midd. Auser rer leer Brieftasch, me langsam abklingende Sunnebrand unn dem ortsübliche folklorisdische Nippes aach noch masseweis Urlaubsfoddoos. Mer will joo schlieslich weenischdens hinnerher genau wisse, wo mer gewään iss. Frieger war das knibbse joo aach schunn die liebschd Urlaubsbeschäffdischung, awwer doo hadd mer seerschd misse waarde, bis die Bilder entwiggeld ware. Fier se siehn ob se was worr sinn. Unn bei Knabbergebägg unn Schaumwein hadd mer dann die scheenschde Bilder dehemm imme Diavortraach gezeid. Doher kummt aach der Ausdrugg Buenos Dias.

Heidsedaachs brauche sich die Bilder nimmeh se entwiggele. Wammer doo middme ganz dinne Gerääd uffem Bersch sei Foddoos macht, doo nennt mer das e Diggi-Tal-Kamera. Odder mer nemmt glei es Händi unn knippsd wild druff los. Weil joo all Bilder, wo mer nidd graad brennend draan interessiert iss, sofort widder gelöscht werre kenne. Awwer weil das joo bei Stigger zwelfhunnert Bilder in Aarwedd ausarte kann, doo losst mers liewer gleich. Unn desweeje stapele sich dann uffem Kommbjuuder hinnerher die dollschde Mootiefe: Äscheäämer an der Raststädde, halb abgeschniddene Kieh uff der Alm, Kööriworschdbuude am Strand unn Sunneunnergäng frontaal geeje die Sunn fotografiert.

Manchmool ruddsche emm awwer aach nääwe der Verwandschaffd fremde Leid midd ins Bild. Ich hann doo so ääner imme knallbunde Tie-Schört gesiehn. Unn vorre iwwer der Cinemaskoop-Bruschd hadd gestann: East-Coast. Das iss Englisch unn hääscht Ostküste. Doo hann ich fier mich so gedenkt: hoffendlich dreht der sich jedds nidd erumm unn mer kried sei Westküste aach noch se siehn.

Saarbrücker Zeitung, 12.08.2010

Dengmerder Paradies fier Knoddler

Die Saarlänner sinn joo bekannt defier, dasse gääre im unn ums Haus erumm eichenhändisch unn ortsverscheenernd täädisch sinn. Fier so ääner hammir sogar e extra Bezeichnung, denne nenne mir Knauber. Also ääner, wo de ganze Daach am Knoddle unn am Bossle iss. Wann nämlich de männliche Dääl vun der einheimisch Bevelgerung am Summeliere iss, was er als näägschdes so mache kinnd, doo kummder leicht ins Dübeln.

Längschd duud de gestandene Heimwerker sich nimmeh doodemidd begnieche, dasser e Hasestall architeggtoonisch in Form bringt odder die Garaasch midd Reegibbsbladde verklinkert. Nää, was e richdischer Dachladde-Tschämpijen iss, der zieht e kombledd neijer Aanbau hoch oder e vollverglaser Windergaarde. Also ich als verschämder Besiddser vumme Paar linke Hänn kann joo so jemand nur bewunnere. Wie mer middme Presslufdhammer odder me Bolzeschneider so erumhandiere kann, ohne dass mer sich doodebei bleibende innere Verleddsunge beibringt, das iss mir e Rätsel. Unn was die bei so Akzioone fier Werkzeich brauche und fier e Madderial verschaffe!

Awwer doo leid aach das Probleem. Frieher, wo die Männer hie uff der Grub geschaffd hann, doo hadd mer sich joo alsmool kinne e Sää, e Vierkantholz odder e Stemmeise längerfrisdisch ausleije. Awwer die Zeide sinn vorbei unn mer muss gugge wo mer sei Zeich herkried. Doodemidd wars awwer in Dengmerd die leddschd Zeid Essisch, weil es einschläächische Unnernehme die Fladder gemacht hadd. Awwer jedds hadd joo in dem scheene Gelände nochmool e neijer Baumarkt uffgemacht. Baumarkt, bei dem Wort doo krien unser Heimwerker ganz glänzende Aue. Desweeje nenne die meischde vun denne sich aach im Unnertitel Paradies.

Saarbrücker Zeitung, 19.08.2010

Awwer nadierlich!

Seit neijeschdem fahre die Leid joo uff alles ab, wo amtlicherseits bestäädischd worr iss, dasses garandierd nadierlich wär. Wo mer gemerkt hann, dass de scheene neije Fortschridd aach e paar Schaddeseide hadd, drängt mer widder serigg zur Nadduur. So hannse jedds, nur mool als Beispiel in Rentrisch de Rohrbach reenadduriert. Scheener isses joo uff jeede Fall, wann so e Gewässer munder durch die Wies plädscherd als wanns dumpf durch de Beddong rauscht. Unn die Stadt macht sogar Reklaame middem Spruch: Natürlich St. Ingbert!

Wammer die Leid frood, wie se ihr Lääwensmiddel gääre hädde, doo saanse: ei nadierlich nadierlich. Sie hann halt es Gefiehl, dasse sich ebbes guddes aanduun, wann se zu Sache greife, wo noch im Urzustand sinn. Weil alles wo vorredraan Bio druffsteht, joo sosesaan in e heejeri Sfääre geheerd. Awwer wammers streng holld, iss joo biologisch eichendlich faschd alles. Was so richdische Züünigger sinn, die behaupte sogar, dass Roheel zum Beispiel aach e reines Naduurproduggd wär. Unn fier denne Fall, dass mool de Originalstoff graad knapp iss, gebbds Ersatz, wo middem Fachausdrugg naduuridentisch hääscht.

Ich wääs nidd warum, awwerr doo falld mir der Spruch vomme beriehmde Filosoof inn: Alles auf der Welt geht natürlich zu, nur meine Hose, die geht natürlich nicht zu. Als direggdes Geejedääl vum Nadierlische gilt joo es Kinschdlische. Was mer allerdings nidd midd kinschdlerisch verwechsle derf. Ich hann das mool scheen bei rer Teeaaderuffiehrung erlääbt. Doo sinn gradd woos dunkel woor iss e paar se spät kumm. Der ään hadd gefrood: Hadds schunn aangefang? Nää, hadd der anner gesaad, es hadd noch nidd aangefang. Sie schwäddse noch nadierlich.

Saarbrücker Zeitung, 16.09.2010

Deutsche Sprach - schweri Sprach

Doo hann ich hie in der Zeidung e lusdischer Ausspruch gelääs. Wo e Bolidigger gesaad hadd, midd der deutsch Sprach wärs wie midd seiner Fraa: Er werrd se liebe, awwer nidd beherrsche. Das geht wahrscheins noch meh Leid so. Mir verlange hie bei der Innbürgerung, dass doo noogewies werrd, dass jemand midd der einheimisch Sprach umgehn kann. Awwer wer wääs ob mir selwer bei soome Tescht so doll abschneide wirde. Weil graad unser Sprach joo bekannt defier iss, dasse midd ganz verknoddelde unn vertraggde Stolperstään geplaschderd iss. Isses nidd kloor, dass die höhere Schul nidd so hoch iss wie die die Hochschul. Odder e älderer Herr nidd so alt wie e alder Mann. Wann e Schweinekottlett e Stigg Flääsch vum Schwein iss, was iss dann e Jäächerschniddsel odder e Bauernommlett? Das will mer sich liewer nidd vorstelle. Ganz se schweiche vumme Senjoreteller odder Frauefriehstigg.

Speiseeis iss joo Eis, wo mer verspeise kann, awwer e Speisekaard iss eejer unverdaulich. Unn was hadd e Fischgericht middem Amtsgericht gemeinsam? Apropos Amt: uffem Arweddsamt soll mer aangeblich Arwedd krien. Awwer hann sie vielleicht schunn mool Finanze vum Finanzamt kried? Unn weil das im Deutsche so kombliziert iss, doo drigge sich manche Leid heid liewer uff Englisch aus, das iss scheins äänfacher. In Dengmerd hadd amme defeggde Parkaudomaad so e Schild gehong: Out of order. Ich hann doo rumgerätselt, was das bedeite kinnd unn hann in meinem Unverstand gemennt, es hääscht außerordenlich. Bis mich ääner uffgeklärt hadd, dass die doodemidd saan wollde, dass ebbes nidd ganz in Ordnung wäär. Unn doo kunnd ich mir die Bemerkung nidd verkneife: Das kannschdu awwer laut saan!

Saarbrücker Zeitung, 7.10.2010

Kischde voll Käschde

Metereologisch duun die laue Liffdche emm joo noch e bissje an de Summer erinnere. Awwer kalennermääsisch isses schunn Herbscht. Das merkt mer an annere Inndizije, zum Beispiel doodraan, dass in Dengmerd widder Kerb iss. Odder dass turnusgemääs ganze Kischde voll Spritzgebbägg unn Lebbkuche in de Auslaache leije. Wie schnell sinn joo die 10, 12 Woche bis Weihnachde rumm unn dann hadd mer nix fier die Kinner uff de Teller.

Unn an de Bääm werre langsam die Blädder bunt, befoor se dann erunnerfalle. Was aach erunnerfalld, das sinn joo die Käschde. Fier die Zugezoone muss mer denne Ausdrugg erscht mool erklääre: das sinn die Dinger wo mer uff hochdeitsch Kaschdaanie nennt. In essbarer Form sinn se joo legger, awwer wann se emm im Herbschd uff de Kobb falle, iss das weenischer angenehm. Doo kammer dann so Stoosseifzer heere wie: Die Käschde hann mei Kischd verschammeriert. Was in feines Deitsch iwwerseddsd in etwa sovill hääscht wie: an meinem Kraftfahrzeug entstand mittlerer Sachschaden, weil herabfallende Kastanien den Lack zerkratzt haben. Jetzt saan se mool ehrlich, doo heert sich das erschde doch besser aan.

E anneri Frucht, wo Auswärrdische ihr Probleme hann, for die in unserm Dialeggd se identifiziere, das sinn die Drooschele. Die Einheimische wisse das, dass e Drooschel nidd etwa e Vochelart iss, sondern e Stachelbeere. E Gewächs was in dem Sesammehang unbedingt erwähnt werre muss, das sinn die sogenannde Aarschkrazzerde. Ihr Name hann die doodevunn, dass die Hagebutte, wannse tief gesunken iss, ihr tipischer Juckreiz ausleest. An besaachder Stell. Desweeje werrd das niddsliche Flänzje gääre in der zwischemenschliche Kommunikation inn-geseddsd.

Saarbrücker Zeitung, 14.10.2010

Tragisches unn Luschdisches

Graad vor kurzem hannse joo schunn nommool denne nobele Preis fier Lidderaduur vergebb. Unn wie ich mir das schunn faschd hann kinne denke, bin ich als mool widder iwwergang worr. Obwohl, allzu traurisch muss mer doo nidd sinn, wammer bei der Verleijung läär ausgang iss, mer iss nämlich doodebei in beschder Gesellschaffd. Die Fachleid saan sogar, dass graad die greeschde Lidderaade de Nobelpreis eewe nidd kried hann. Awwer wahrscheins leids aach doodraan, dass die wo das se entscheide hann, des Saarlännischen nidd matz sinn. Unn unser Dialeggd sich so schwäär in annere Kulduursprooche iwwer-seddse lossd. Weil dann joo es beschde sowieso verloor gehn werrd.

Awwer es gebbd joo aach Geejebeweechunge. Ich menn, dass Leid vun drause ausem Reich, wo mool nur so aus Jux unn Dollerei fremde unn eggsoodische Volksstämm studiere wolle, sich intensief fier unser Ländche inderessiere. Die näägschd Wuch kummt so änner noo Dengmerd, der wo fier sei Feldstudie sich sogar hie niddergeloss hadd. Unn er lääsd dann in der Stadtbiecherei aus seinem neije Buch Saarland Sammelsurium. Wo er, wie de Noome schunn saad, alles meeschliche unn unmeeschliche iwwers Saarland sesamme gestellt hadd, wasser so ermiddelt hadd: Skurriles, Erstaunliches unn Luschdisches. Apropos luschdisch, in vierzehn Daach iss joo in der Stadthall widder Teaader-Abo unn doo steht e Stigg namens Tannöd uffem Programm.

In der Aankinnischung hannse geschrieb, das wär e Kriminalkomödie. Das kinnd allerdings bei de Besucher zu Irritazioone fiehre. Weil das nämlich uffme wirkliche Kriminalfall beruht unn e ziemlich tragischi Geschicht iss. Faschd so tragisch wie das midd dem Nobelpreis wo ich nidd kried hann.

Saarbrücker Zeitung, 21.10.2010

Milljoone unn Pienadds

Mer muss sich jedds widder wärmer aanzieje, weil so langsam nochmool die sääsonaale Kaltfronte unn Tiefausleifer uff uns zukomme. Wos aach um Hööje unn Tiefe geht, das iss bei de Preise unn Gebiehre. Unn doo kummt scheins aach e Schlechtwedderfront uff uns zu, noo allem was mer so in der Zeidung lääst. Die Grundsteier hann se in Dengmerd schunn mool erheed. Unn was am Enn vumm Wiegenlied bei de neije Abfallgebiehre erauskummt das wääs mer aach noch nidd so genau, awwer wahrscheins nix Guddes.

Dass aach de Strom ball kräffdisch deirer werrd, das hädd rein ökologische Gründe, hadds gehiesch. Sauwer, kammer doo nur saan. Unn fier bei de Arzt kannschde demnäägschd dann e Kredidd uffnemme, weil de midd Vorkass bezahle muschd. Doo freid sich nadierlich aach de Doggder, wanner nääweberuflich e Inkasso-Biro uffmache derf.

Also das Ganze duud sich fier uns Kläänsparer ganz scheen sesammeläbbere. Doodezu passt awwer dann die Erkenntnis, midd der e Soziolooche uns in seinem neije Buch begliggd hadd: Ab 300 Milljoone Eichenkabbidaal bräucht mer sich kää Sorje meh se mache. Wammer mool sovill Geld hädd, das kind mer gar nimmeh uff de Kobb haue. Unn mer wäär doodemidd uff der sichere Seit. Weil bei mir midd zunehmendem Älder es Sicherheitsbedirfnis stark aansteije duud, doo lass ich schunn mool vorsorchlich de Hudd erummgehn. Ich nemme aach klääne Scheine, weil Kläänvieh joo aach Mist macht. Unner Fachleid nennt mer so Beträäch Pienadds. Unn das sinn uff Deitsch joo Erdniss. Wann ich mich richdisch erinnere, sinn das die Dinger, wo mer im Zoo an die Affe verfidderd, dass se brav Faxe mache. Odder wies uff echt saarlännisch hääscht: das doo kannschde de Hase genn.

Saarbrücker Zeitung, 2.12.2010

Es iss joo kää Wunner

Ach du mei liewer Himmel, in vier Wuche iss joo schunn Weihnachde. Mer mennd als graad, se hädde em Kalenner zum Enn vum Johr aach so e Beschleunischungsgesedds verordnet. Awwer ich finne, die Zeit vor unn um Weihnachde iss joo trotz all der Heggdigg e wunnerbari Zeit. Auser fier die nadierlich, wo nimmee an Wunner glaawe, die berufsmääsische Skebbdigger. Die wo wisse, wie de Haas laafd unn wo die Nachdigalle tabbse heere. Allerdings iss nadierlich aach die allgemeine Laache so, dass nidd bloos die Kinner zur Zeit ganz groose, erstaunde Aue mache. Aach die Erwachsene kumme ball ausem Staune nimmeh eraus.

Ich wunnere mich joo es meischde doodriwwer, dass ich mich jeed Johr widder wunnere, wie schnell es alde erumgang iss. Odder dass kurz vorm erschde Advent ganz iwweraschend pleddslich Schnee vum Himmel falle duud unn die Temberaduure falle. Wo se doch die ganz Zeit vun der globale Erwärmung schwärme unn dass mir ball Heimaturlaub unner Palme mache kinnde. Unn drei Daach später heerd unn lääst mer dann vumme annere Klimafachmann, mir missde uns in de näägschde Johre uff e klääni Eiszeit gefasst mache. Mir wunnere uns awwer aach, dass uff äämool iwwerall die Gebiehre unn Abgaawe steije. Obwohl mir doch genau wisse, dass in de leddschde Johre die effendliche Hand uff zu groosem Fuus gelääbt hadd.

Noodemm dass mer doo nämlich die hohe Kunschd der Freigiebischkääd kulldiwiert hadd, will mer jedds Nehmerqualitääde unner Beweis stelle. Unn wann ich dann im Fernsehn heere, dass mich ääner annschwäddsd midd: Liebe Mitbürger, doo zugg ich unwillkirlich sesamme. Weil ich mich partout nimmeh doodraan erinnere kann, wann ich so e Bürgschaft unnerschrieb hann solld.

Saarbrücker Zeitung, 9.12.2010

Trick 17 midd Hund

Wann jedds widder de Huddel middem Schneeschibbe losgeht, doo denkt sich de ään odder anner, es wär doch scheen, wannse mool ebbes vollaudomaadisches erfinne werde, was emm denne Stress erspare kinnd. So wie bei de Fuusballer midd ihrer Raseheizung zum Beispiel. Nur e paar Nummere klääner. Wo mer doo heid schunn so dolle Erfindunge aangebodd kried wie subberschlaue Audos, Kiehlschränk odder sogar Heiser. Wo all das fier uns erledische, was mir in unserem struddelische Kobb vergess hann odder wo mir äänfach se bleed defier sinn. Also warum nidd aach e intelligentes Trottoir. Unn ich kinnd im Winder im Bedd leije bleiwe.

Wer joo aach oft vill schlauer iss als wie mer denkt, dass sinn die Tiere. Im Fernsehn kammer bewunnere, wie schnell zum Beispiel so e Hund spidds kried, wo es leggere Fudder verschdeggeld iss. Nur dasser nidd immer uffs Wort heert. Unn desweeje sei Herrche odder Frauche erscht leere, wie se am beschde middem schwäddse, dasses doo kää Konfliggde gebbd. Unn jedds gebbds sogar e neiji Methode, wo mer seinem Waldi beibringe kann, wie er sich im Haushalt nidds-lich macht. Dasser emm morjens die Zeidung bringt unn oowends die Schlabbe odder de Kiehlschrank uffmacht, ganz ohne Eleggdroonigg. Das ganze nennt sich Trick-Dogging. Das hadd nix se duun midd rer Dogge, das iss nur weil de Hund uff englisch dog hääscht. Wann de Fifi sei Trick scheen geleert hadd, unn nix kabudd gang iss, dann kummt aanschliesend es sogenennde Dog-Drigging. Wo de Schooshund zur Belohnung geknuddeld unn gehäämelt werrd. Unn seleddschd duud es Herrche noch e Lyoner spendiere unn als Krönung im Rassehunde-Dreikampf gebbds dann das bei alle Hunde beliebte Worscht-Schnapping.

Saarbrücker Zeitung, 23.12.2010

Die Naduur schlaad serigg

So e Winder, wie mer ne in dem Johr hann, iss joo werklich präschdisch fiers Au. Awwer aach e ziemlicher Schogg fier unser mobili Gesellschaffd. Mer merkts an de panische Reaktione in de effendliche Verlautbarunge. Vun Chaos iss doo die Redd unn dass de beese Winder gnadelos zuschlaan werrd. Odder sie bemiehe immer widder de Sport-Schaargong: es Wedder hädd alles im Griff. So wie die Ringer ihr Geeschner im Schwiddskaschde. Weil emm trotz de Temberaduure beim Schneeschibbe die Brieh erunner laafd. Wie ich das geheert hann, doo hann ich fier mich gedenkt, denne doo Spruch haschde doch schunn irjendwo mool gelääs. Unn richdisch: uff de neije Mülltonne sinn so frehliche Männer abgebild unn denääwe steht: Alles im Griff! Awwer doo iss das nadierlich positief gemennt.

Awwer weil der doo Winder so hinnerhäldisch frieh unn iwweraschend kumm iss, issne in Dengmerd unn annerschdwo jedds schunn das Zeich zum Straue ausgang. Es iss faschd wie im Middelalder, wo jo aach es Salz e ganz koschdbaares Gut war. Unn weil joo Dengmerd an der Periferie ringserum ziemlich in die Heeh gebaut iss, doo kried uff äämool die Bezeichnung Ausfallstroose e ganz neiji Bedeitung. Mer kann nadierlich all die arme Leid nur bedaure, wo bei dem Wedder unbedingt enaus misse in die weise Pracht. Unn wo dann statt gemiedlich unnerm Tannebäämche in rer riesisch Fluuchzeichhall hugge. Wer bei dem ganze Schlamassel noch am beschde wegkummt, das iss die Bahn. Jedds hann die doo weenischdens e halbweechs inleuchtende Entschuldischung doodefier dass die Ziech immer se spät kumme. Unn es iss e saffdischi Reddduurkuddsch fier all die, wo sich im Summer beschwert hann, die Abteile wäre se heiß.

Die Grundlegung der Existenzphilosophie aus dem Geist des Saarländischen

Aus den nachgelassenen Schriften von Prof. Dr. Waldemar Kramm-Metzler

[...] Man ging bisher, wie gesagt, davon aus, dass die Wurzeln des abendländischen Philosophierens bei den Griechen zu suchen sind, die man nicht ganz zu Unrecht auch gern die alten nennt. Meine jahrelangen Forschungen haben mich indes in der Überzeugung bestärkt, dass bereits das eingangs erwähnte kleine Völkchen im Herzen unseres Kontinents seit urdenklichen Zeiten mit allen elementaren Fragen der Menschheit sozusagen auf Duzfuß stand. Und dies nicht etwa in hermetischer Abgeschlossenheit und weltfremder Spekulation, sondern mit größter Unbefangenheit im täglichen Umgang. Möglicherweise steht dies in Zusammenhang mit einem hierorts jahrhundertelang betriebenen Industriezweig, bei dem die Einheimischen zum Zwecke des Broterwerbs ganz handfest gezwungen waren, die schwierige Kunst des In-der-Tiefe-Schürfens zu erlernen. Ich glaube, im Folgenden zweifelsfrei nachweisen zu können, dass besagte tiefgründige Ader vor allem im Idiom der Bevölkerung ihren Niederschlag gefunden hat.

Ich erinnere mich noch genau, wie ich hellhörig wurde, als mir bei meinen Forschungsreisen in die *„lichte, bewaldete Gegend"* zum ersten Mal die Begrüßungsformel zu Ohren kam: *„Ei gebbds dich dann aach noch?"* Schlagartig wurde mir klar, dass in dieser prägnanten Formulierung die Frage nach der menschlichen Existenz in ihrer ganzen Unerbittlichkeit gestellt wird. Und dass der diese Frage auslösende Impuls gerade jenes Staunen ist, in dem der Fachmann unschwer die Wurzel allen Philosophierens erkennt. So ist es auch keineswegs ein Zufall, wenn die einheimische Sprache für die Frage nach dem Vorhandensein einer Person oder einer Sache das Verb *„geben"* benutzt. Denn kreist nicht all unser Forschen – wie es mein großer Lehrer so unnachahmlich formulierte – letzen Endes immer um *"Gegebenheiten"*.

Überdies schwingt hierzulande in diesem Verb auch die Bedeutung von „*werden*" mit, die den prozessualen Charakter allen Seins betont, so etwa in der Sentenz: „*Es gebbd awwer aach langsam Zeit*" oder noch ausgeprägter das Fragmentarische all unserer Bemühungen betonend: „*Was gebbd dann das, wanns ferdisch iss*".

Um diesen Aspekt noch zu unterstreichen, bedient sich die untersuchte Sprache des Verbs „*geben*" besonders zur Umschreibung des sogenannten „*Saarländischen Passivs*", eines Genus Verbi, das zur Darstellung des „*Ergriffenseins*" und „*Geworfenseins*" geradezu prädestiniert ist: „*Er iss geschwaad genn*" oder gar in der zuweilen anzutreffenden Potenzierung: „*...geschwaad gebb genn*". Und wenn es im Hinblick auf einen abhanden gekommenen Führerschein etwa heißt: „*Der issem abgeholl genn!*", dann ist dies ein wunderbares Beispiel dialektischer Verschmelzung von Bedeutungskernen. Der Versuch, eine solche Konstruktion aus dem klangvollen Original ins Hochdeutsche zu übertragen, würde sinngemäß etwa ergeben: „*...abgenommen gegeben..*" Dies erscheint nur auf den ersten Blick als Widerspruch. Dass das Dasein dem Rhythmus von Geben und Nehmen verpflichtet ist, dürfte auch dem Begriffsstutzigsten einleuchten und es drängt sich auch sofort die Parallele zu dem Bibelspruch auf (auch was den Führerschein anbetrifft, wenn dieser unschuldige Scherz mir hier einmal gestattet sei): „*Der Herr hat´s gegeben, der Herr hat´s genommen...*" Und sollte deswegen jemand des Trostes bedürfen, braucht er keine weitere Vokabel zu bemühen. Ein aufmunterndes: „*Das gebbd sich*", hat sich als seelische Notfallmaßnahme stets trefflich bewährt.

Wie überhaupt der Saarländer sich natürlich den religionsphilosophischen Implikationen jeglichen Nachdenkens keineswegs verschließt. So ist die Behauptung: „*Das glaabschde awwer*" fast schon ein geflügeltes Wort unter den Eingeborenen. Dessen ganze Tiefgründigkeit wird sich allerdings nur dem erschließen, der erkennt, dass bei diesem Glaubens-Bekenntnis der Zweifel praktischerweise durch das „*awwer*" sprachlich schon mit eingearbeitet ist.

Doch richten wir den Blick wieder auf unser Zentralthema, die Existenzphilosophie aus der Sicht des Saarländers. Selbstredend verfügt die hiesige Sprache auch über das Zeitwort „*sein*", das in diesem Zusammenhang ein Hilfsverb zu nennen, ich nicht übers Herz bringe. Man nutzt es gern und häufig in Wendungen wie etwa: „*Wie kammer bloos so bleed sinn*", „*Das doo muss doch nidd sinn*" oder „*Das doo derf doch nidd woor sinn*". (Das „*doo... sinn*" steht hierbei natürlich für das Da-Sein). Hier zeigt sich in frappanter Weise, wie der Saarländer auf engstem Raum eine Erkenntnis auf den Punkt bringt, zu deren Erläuterung mein großer Lehrer Heidegger halbe Bibliotheken benötigte, nämlich dass Seins-Fragen immer auch Sinn-Fragen sind. Ganz nebenbei stellt die hiesige Philosophie, wie im letzten Beispiel ersichtlich, auch gleich noch die grundlegende Frage nach der Wahrheit überhaupt.

Dass prägnante Kürze das Gütesiegel der Saarländischen Philosophie ist, erweist sich aber besonders dann, wenn sie sich Extremsituationen stellt, dann nämlich, wenn – wie es Albert Camus im „*Mythos vom Sisyphos*" ausdrückt – „*... der Mensch fragt und die Welt vernunftwidrig schweigt*", (wobei das schweigende Gegenüber durchaus auch ein angeheirateter Mitmensch sein kann.) Einer derartigen existentiellen Ur-Szene begegnet der Saarländer gewohnheitsmäßig mit der knappsten aller sprachlichen Äußerungen: „*Unn???*" Diese Reaktion ist hierzulande so verbreitet und selbstverständlich, dass ein zu ironischen Auswüchsen neigender Kollege schon vorgeschlagen hat, die speziell saarländische Variante der Ontologie in „Unntologie" umzubenennen, was ich allerdings für übertrieben hielte. Es bleibt jedoch festzuhalten, dass es sich bei diesem fragenden Ausruf keineswegs um eine achtlos dahingesagte Floskel handelt, was speziell durch den sich unweigerlich anschließenden Nachsatz untermauert wird: „*Iss ebbes?*" Bündiger kann man die Frage nach Sein oder Nicht-Sein nicht stellen. Und es kann platterdings nicht bestritten werden, dass wir uns hier ganz präzise am Ausgangspunkt allen Philosophierens befinden.
Nun darf aber diese Kernformel keinesfalls verwechselt werden mit dem häufig anzutreffenden Zuruf: „*Ess ebbes!*", mit dem

der Saarländer sich durch substantielle Nahrungszufuhr der existentiellen Gefährdung entgegenstemmt, was sehr schön in dem standardmäßigen Nachsatz zum Ausdruck kommt: „... *dass de ebbes gebbschd*" oder auch in der Variante „... *dass de ebbes werrschd*". Denn jedem Werden steht das Vergehen entgegen, wie der Saarländer sehr wohl weiß und weswegen ihm auch das Nicht-Sein durchaus sprachlich geläufig ist: „*Nix iss!*", „*Das doo gebbd nix*" oder in dem fatalistischen „*Das doo kann schunn niggs sinn*".

Der französische Existentialismus hat, begünstigt durch die Grenznähe zum Saarland diese Anregungen begeistert aufgenommen, hat dabei aber leider deren nihilistische Komponente maßlos überbetont. Wehleidigkeit ist indes die Sache der Einheimischen nicht, und so rettet man sich aus der nicht zu leugnenden Seins-Verfallenheit und Bedrohung durch das Nicht-Sein ganz bodenständig in die gemäßigte Übergangszone des Nicht-So-Seins: „*Ei, mer wolle moo nidd so sinn!*" heißt es da oder „*Mir sinn nidd so*", wie eine traditionsreiche philosophische Gesellschaft sich heute noch nennt.

Dieser immer wieder kehrende Ausgleich zwischen geistigem Höhenflug und praktischer Anpassung an die Seins- und Sachzwänge hebt dieses Sinnen und Trachten auf eine höhere Stufe der Versöhnung, was schon den hiesigen Nationaldichter zu tiefsinnigen Betrachtungen veranlasste. Dadurch erklärt sich auch die häufige Verwendung des syntaktisch exponierten „*Ei*", mit dem der Saarländer seine Sätze generell eröffnet und damit seiner hemmungslosen Leidenschaft für das Gerundete und in sich Ruhende frönt: „*Ei, doo kannschde moo siehn!*". Ein häufig konsumiertes fetthaltiges Genussmittel, das in Ringform vorwiegend bei rituellen Anlässen angeboten wird, erhärtet diesen Befund.

Wohl ist das Ei als Ur-Symbol des Nährenden und Bergenden, aus dem Alles entsteht, in der Mythologie vieler Völker lebendig. Aber nur im Saarländischen wird es als litaneiartige Eingangsformel für Alltagsgespräche genutzt. Und damit die Einbettung in globale Bezüge nicht am Satzende etwa wieder aus dem Blick gerät, beschließt der Bewohner der Region seine Sätze gern und häufig mit einem „*unn alles*": „*...de Huddel midd de Kinner, die gans Laaferei – und alles*", „*Schmerze im Kreids, es Finansamt am Hals – unn alles!*" So wird aufs Anschaulichste der innige Bezug zwischen entnervendem Kleinkram und dem über allem thronenden großen Ganzen in schlichte Worte gefasst.

Der heftige Streit etwa darüber, ob das Huhn oder das Ei zuerst da war, würde hierzulande ohne viel Federlesens salomonisch entschieden: „*Ei, das war es Hingel!*" Dass dieses nützliche Haustier bei der Namensvergabe des sogenannten Hinkelsteins Pate gestanden haben könnte, halte ich jedoch, trotz der keltischen Abstammung der Ureinwohner, für eine maßlose Überinterpretation.

Zusammenfassend können wir also noch einmal die beiden ganz unterschiedlichen Strategien dieser bemerkenswerten philosophischen Tradition hervorheben, mit denen der Saarländer dem Rätsel seiner Existenz entgegentritt: da ist einmal das sogenannte pragmatische Staunen: „*Mach Sache!*", auch in den Varianten: „*Mach kää Sache*" oder „*Mach kää Dinger!*" nachweisbar, die das zupackende, werktätige Element seines Wesens verkörpern und im Gegensatz dazu eine Verblüffung, die ihn im Wesenskern trifft und sein sonst so unermüdliches Sprachzentrum lahmlegt: „*Doo saaschd du niggs mee!*" Aus diesem Satz sollte übrigens sehr viel später Wittgenstein sein epochales Diktum ableiten: „*Worüber man nicht reden kann, darüber muss man schweigen....*"

Hier bricht das Manuskript leider ab. Es bleibt nur zu hoffen, dass der übrige Text des auf 48 Kapitel angelegten Werkes nicht unwiederbringlich verloren ist und so vielleicht doch eines Tages die mysteriöse Sonderbegabung eines oft verkannten Volksstammes restlos aufgeklärt werden kann.